講談社文庫

女系の教科書

藤田宜永

講談社

目次

女系の教科書

第一章　文芸講座の盲点

それにしても、とんだ言い間違えをしたものだ。家に戻り、廊下でメグとグレに鉢合《はちあ》わせた時、自分の失態を再び思い出し、頰《ほお》がゆるんだ。

メグとグレは我が家で飼っている姉妹の猫である。二匹は、逃げ腰のまま私をじっと見つめていた。私は立ち止まり、猫たちを見返した。随分大きくなったものだ。

おまえらは〝吾輩《わがはい》は猫〟って顔してるよ、えらそうだな。

私はどすんどすんとわざと大きな足音を立て、猫たちに近づいた。メグとグレはさっさっさっと階段を上り、二階に逃げていった。

三女の朋香《ともか》が台所から出てきた。「お父さん、何してるの？」

「メグとグレがうちに来てもう何年になる？」

「六年ぐらいかな」

「そんなに経《た》ったか？　しかし、いつまで経っても俺には慣れないな」

「そういう猫っているんだって。諦《あきら》めて」

あっけらかんとそう言い、朋香は台所に引っ込んだ。

とっくに諦めてますよ。

メグとグレは、どんなに親切にしても、私にだけは懐《なつ》かないのだ。

私はふうと息を吐《つ》き、冷蔵庫から缶ビールを取り出した。

今夜の講義中、私は夏目漱石《なつめそうせき》の『吾輩は猫である』の一節を引用しようとした。その時、〝猫〟の代わりに〝男〟と言ってしまったのだ。

「夏目漱石の女性観ですが、『吾輩は男である』の中で……」

はっとして顔を上げた。

教室は静まり返ったままだった。

あまりに突拍子《とっぴょうし》もない言い違え。真面目に講義を聞いていた生徒たちは、即座に反応できなかったらしい。

「いや、失礼」

私は椅子の背もたれに躰《からだ》を預け、思いきり笑ってみせた。

すると堰《せき》を切ったように、教室に笑いが巻き起こった。

笑われて気が楽になったものの、そのまま講義に戻るのも何となく白々しい。

「余談ですが、歳を取るとですね」私は鼻眼鏡《はなめがね》になっていた老眼鏡を外し、咳払《せきばら》いをひとつしてから口を開いた。「思いもよらない間違いをよくやるようになるんですよ。言い違えは日常茶飯事、知ってる言葉がどうしても出てこないことも珍しくありません。この間、キリスト教の信者のことは、何て言うんだっけ、って娘に訊《き》いたら、真顔で心配されてしまいました」

さらに教室が和《なご》むと信じて恥を晒《さら》してみせた。しかし、逆効果だった。お追従笑《ついしょうわら》いがぽつりぽつりと起こったものの、若い生徒たちの表情はおおむね硬かった。救われたのは、同年輩の人たちの、うなずきと笑顔だった。

私は西新宿の高層ビルの中にあるカルチャーセンターで文芸講座の講師を務めている。

名前は森川《もりかわ》崇徳。正式には〝むねのり〟だが〝そうとく〟と呼ぶ者もいる。サンフランシスコ講和条約が結ばれた昭和二十六年に生まれた。今年の秋で六十三になる。四十年間、総合出版社に勤め、主に小説の世界で仕事をしてきた。辞めた時は文芸担当の役員だった。

一線を退いたのは去年の暮れ、二〇一三年のことだ。しばらく仕事には就かず、世俗から遠く離れて暮らしていたが、縁があってこの五月から、週に二回、教壇に立っている。

猫が男にすり替わってしまった理由は、私だけが知っている。

我が森川家は、曾祖父の代から、生まれてくるのは女ばかり。それが連綿と続いている。

私の〝きょうだい〟は上も下も女。姉にはふたり、妹には、ひとり子供がいるが、いずれも女である。

私は三人の子に恵まれたけれど、これもまた女ときている。

妻は四十三歳という若さで死んだ。病死だった。十九年前のことである。

その時、長女の美千恵《みちえ》はすでに十八歳で、手がかかることはなかったが、次女の小百合《さゆり》は高校生、朋香はまだ中学生だった。彼女たちの面倒をみてくれたのは母である。

その母は今は施設に入っている。父は、今の私ぐらいの歳で他界した。

八十八になる母はかなり弱っていて、父の元に旅立つのは、そんな先のことではなさそうだ。

いずれにせよ、幼い頃から女たちに囲まれて生きてきた私の心の底に〝吾輩は男である〟という思いが、べったりと貼り付いているようだ。

しかし、あの失態はなんぞや。

原因はひとえに加齢である。頭の中に打ち込まれているボルトが経年劣化し、錆《さび》つき、ゆるんだことが不覚の失言を呼んだらしい。

生徒数は三十人ほどである。暇つぶしに受講している者もいれば、小説家になりたいと頑張っている者もいる。歳はまちまち。二十歳の学生からリタイア組の高齢者もいる。しかし、性別で分けると圧倒的に女が多い。

午後八時半、その日の講義が終わった。熱心な生徒は、すぐには去らずに、私に質問を投げかけてくる。それに丁寧に答えてから、事務所の人間と軽い雑談を交わし、カルチャーセンターを後にした。

私は深川《ふかがわ》育ち。住まいは江東区《こうとう》冬木《ふゆき》で、最寄りの駅は門前仲町《もんぜんなかちょう》。西新宿からの行き方はいろいろあるが、運動のつもりで、高層ビルの間を吹き惑《まど》う風に操られるように新宿駅までぶらぶらと歩く。新宿駅からは大江戸《おおえど》線に乗れば、乗り換えずにすむのだ。

その夜は、もうひとつ小さな異変があった。

猫が男にすり替わったのは単なる私のミステイクだが、こちらの方はちょっとミステリアスだった。

大江戸線のホームで電車を待っていた時、知っている顔を発見した。青井照子《あおいてるこ》。私の生徒のひとりで、先ほどの私の失敗を、大きくうなずいて受け止めてくれたひとりである。

声をかけていいものかどうか迷った。

先生が偶然会った生徒に話しかける。ごく自然な行為だけれどできなかった。青井照子の服装が、講義を受けていた時とまるで違っていたのだ。

三十分も経っていない間の早変わり。

変装はミステリの王道である。アルセーヌ・ルパン、明智小五郎《あけちこごろう》、そして長谷川一夫《はせがわかずお》の当たり役『雪之丞変化《ゆきのじょうへんげ》』、片岡千恵蔵《かたおかちえぞう》の演じた「多羅尾伴内《たらおばんない》シリーズ」、ボンカレーのお姉さん、名前は松原智恵子《まつばらちえこ》？　いや、松山容子《まつやまようこ》が茶の間を沸《わ》かせた『琴姫《ことひめ》七変化』も変装が売り物だった。

しかし、文芸講座を受けている青井照子が〝変化〟した理由は見当もつかなかった。

彼女の正確な歳は知る由《よし》もないが、六十七、八というところだろうか。

先ほどまでは、水仙やチューリップなどの花が刺繍《ししゅう》されたワンピースに、コサージュのついた薄いピンク色の帽子を被っていた。

センスはあまりよろしくないが、いつも派手な格好でやってきて人目を引いた。

ところがホームに立っている青井照子は、ベージュ色のだぼっとしたズボンに作業着風の上っ張りを羽織《はお》っていた。教室ではスニーカーではなかった。大きなリボンをあしらった可愛《かわい》いパンプスを履《は》いていたはずだ。髪もぺたっとしている。頭のてっぺんがほどよく立っていたのはウィッグのおかげだったらしい。

電車が入ってきた。

馬車がカボチャに変わった姿は見られたくないだろう。私は照子の乗る車両を避け、乗車した。

ところが電車が動き出して間もなく、照子が私の乗った車両に移ってきた。

お互い避けようがなかった。

目が合った瞬間、照子の顔色が変わった。

「ああ、青井さん」私は何事もなかったかのように笑みを作った。

「先生」

心ここにあらずといった体《てい》で照子は無理に笑おうとしたが、目に動揺が波打っていた。しかし、開き直るのは早かった。

「お隣いいですか？」

「どうぞ」

私は少し尻をずらした。

「私、これから知人宅の片付けのお手伝いに参りますの。ですから駅のトイレで着替えまして」

「それはご苦労様です」

苦しい言い訳にしか聞こえなかったが、それ以上、〝変装〟に触れる気はなかった。

照子は典型的なチンクシャ顔である。決して美人とはいえないが、見ようによっては愛くるしい。

「どちらまで行かれるんです？」私が訊いた。

「お手伝いを頼んできたのは、うちの近所の人なんです」

照子は、同じ江東区の白河《しらかわ》に住んでいるという。最寄りの駅は清澄《きよすみ》白河。門前仲町のひとつ先である。

「先生は冬木でしたわよね」

「そうです。青井さん、ご出身も白河ですか？」

「いいえ。私は新潟《にいがた》の直江津《なおえつ》で生まれ育ちました」

しばし沈黙が流れた。

「私、瀬戸内寂聴《せとうちじやくちよう》さんの大ファンなんですけど、最近、三島由紀夫《みしまゆきお》の小説に嵌《は》まってますの」

「ほう、それはそれは。で、特にどんな作品に？」

「やっぱり、『愛の渇き』『美徳のよろめき』なんかがいいわ」照子は首をくねらせ、歌うように言った。

〝やっぱり〟と言った気持ちは分からないことはない。三島の女性ファンは『憂国』や『わが友ヒットラー』よりも、そちらの系統の作品に引かれるはずだ。

「私も小説を書こうとしているんですけど、どうかしら？」

どうかしらと訊かれても答えようがない。

「いいですね。是非《ぜひ》、是非」

私は心もなく勧めた。

「タイトルはもう決めてありますの。『甘美なる果実』。先生のご意見をお伺いしたいわ」

「と言われましても、作品の内容次第ですから」

新宿から門仲までは約三十分。青井照子は彼女がこれから書こうとする小説について語り続けた。

小説の話は大好きだが、照子の自分に酔った一人語りには辟易《へきえき》させられた。

門仲で電車を降りた私に、照子はずっと手を振っていた。

私も小さく手を振り返した。何もそこまでサービスする必要はないのだが、つい女に合わせてしまう癖が出てしまった。

門仲の交差点に立つと、空気がとてもうまく感じられた。

しかし、なぜ服装を変えていたのだろうか。いくら考えても納得できる答えは思い浮かばなかった。

自分の部屋に入った私はベッドに寝転がり、缶ビールをちびりちびりと飲んだ。

数年前、喉頭癌《こうとうがん》が見つかった。早期に発見されたから通院し、放射線治療を受けた。五年経てば、再発する恐れはほとんどないという。五年はとうにすぎた。安心したら健康診断を受けるのも疎《おろそ》かになった。テレビを点《つ》けると、健康に関する番組やCMばかり目にするようになったことで、天《あま》の邪鬼《じゃく》な気分が芽生《めば》え、余計に病院から足が遠のいた。

役員を自ら辞したのには理由がある。小説本の売れ行きが、私が役員になってから下がった。出版社も営利団体である。同人誌を作っているわけではないから、売れ行きを無視することなどできない。私なりに不本意と思えるような提案までし、ごく一部の売れっ子作家の作品のみならず、全体の部数を上げるべく努力したが効果はなかった。

私はもう何をしていいか分からなくなった。トップに立つ人間がお手上げ状態では話にならない。元々、小説はロングセラーを目指す商品だが、世の中の動きは想像以上に速く、同じ本を長く並べておくなどというゆとりは書店にだってない。

森川家はかつては材木屋だった。婿《むこ》養子の父は目利きな上に商売が上手で、先代の頃よりも繁盛していた。特に昭和三十年代はすごかった。しかし、他の材木屋が新木場《しんきば》に移転し始めた時、この商売に見切りをつけたのか、父はあっさりと店を畳《たた》み、跡地にマンションを建てた。そして、ハーレーダビッドソンを買い、釣とツーリングを趣味として悠々自適な生活を送っていた。

私が学生だった時、父に跡を継《つ》ぐ気はあるかと訊かれた。すぐに返事はできなかったが、父は私の気持ちを見抜いていた。

「お前はそもそも商売には向いてないし、外を飛び回る性格でもない」父は薄く笑ってそう言った。「これからは輸入材木がどんどん入ってきて、これまでのようにはいかんだろうしな」

店を閉めた理由のひとつは、私にあったのかもしれない。母は私に継いでほしかったようだし、姉の昌子は「あんたさえ継ぐと言っていれば」と今でも時々愚痴をこぼす。

私が現場で作家と付き合っていた頃も、小説は売れないと言われていたけれど、今ほど落ち込むことはなかったので、悠長に仕事をしていられた。

しかし、役員に昇格してからは経営者側に立つ人間である。不得意だろうが何だろうが、本を売ることに専念した。しかし、結果がついてこなかった。

辞任すると決めたら、とても気分がよくなった。社長には留任を、と優しい言葉をかけてもらったが、私の意思は変わらなかった。

父が将来について私に話した時、「疲れた」とつぶやいたのをふと思い出した。辞める前の私の心境も同じだった。

男は社会に出ていないとしょぼくれる。そう思っていたのに、退職すると決めた時は、自由な時間をいかに使おうかと浮き浮きした気分だった。しかし、すぐに暇を持てあましてしまった。よく言われる〝サンデー毎日〟をやりすごすのは、けっこうきついものだと実感した。

私には交際中の女がいる。名前は白石温子《しらいしあつこ》。職業は医学ジャーナリストである。五十三歳の彼女は当然、今も一線で働いていて、出張も多い。だから、閑人《ひまじん》の私をいつでも相手にはしていられない。こちらもプライドがあるから、不平など言ったことはない。むしろ、余裕のあるところを見せて鷹揚《おうよう》にかまえている。母は、子供たちのことはかろうじて分かっているようだが、孫になると怪しい。小百合も朋香も、そのことには気づいていた。

支離滅裂《しりめつれつ》な発言が次第に多くなった。しかし、時々、まともになり、「お父さん、苦労してたわね」などとつぶやくのだった。

いくら身内でも、毎日顔を見せると疲れるようだからほどほどにし、行ってもできるだけ長居はしないようにしている。

それでも母の様子を見にいくのが、退職してからの〝仕事〟となった。

他の時間は何をやってもいい。ところが、この、何をやってもいい、というのが案外くせ者なのだ。

木場公園まで足をのばし、これまで読めなかった本を読んだり、図書館に行ったりし、暇をつぶした。

母の入った施設は東京都現代美術館の近くにあるから、絵画やオブジェを見て回る機会も増えた。

次女の小百合が高校の時、美術館でアルバイトをしていたのを思い出した。部屋の隅に座って、ただ周りを監視しているだけの仕事である。小百合は退屈だと言って、二度とやらなかったが。

戸田《とだ》競艇場にも出かけた。長女の美千恵は競艇選手なのである。

美千恵は父である私を嫌っていて、母が死んだ直後に家を出、長い間音信が途絶えていた。だが、小百合とは連絡を取っていたので、時々、小百合から様子を聞くことはできた。

しかし、美千恵が競艇選手になったと知った時は驚くばかりで二の句が継げなかった。深川には川がたくさん流れている。そのせいかもしれない、なんて馬鹿なことまで考えた。

美千恵との和解のきっかけを作ってくれたのは、レース中の怪我《けが》だった。職業柄、温子は医師との付き合いがあった。彼女の紹介で、美千恵は我が家からさほど遠くないところにある病院に入院した。結果、話す機会が増えたのだ。

ひょんなことで、美千恵と微妙な関係にあった男と出会った。岩政圭介《いわまさけいすけ》は建設会社に勤める青年で、今時、珍しい熱血漢だった。ちょっと人なつっこすぎるのが玉に瑕《きず》だが、私は好感を持った。

父との関係が氷解したことが影響を及ぼしたかどうかは分からないが、美千恵は岩政圭介と結婚した。朋香がふたり目の子供を産んだ時期と重なったものだから、おめでたが続いたわけである。

彼らは式など挙げず、籍を入れてから、私たち家族に挨拶にきた。高知《こうち》から上京してきた圭介の両親も一緒だったので、我が家で小さな宴席を設けた。

姉の昌子はきちんと式を挙げなかったことに陰でぶつくさ言っていたが、圭介の人柄に文句はなかったようである。

美千恵は結婚してからも、以前と同じようにボートに乗っている。競艇選手は六十をすぎてもできるという。美千恵は子供など作る気はまるでなく、力尽きるまで選手を続けるつもりなのかもしれない。

戸田までの遠出は気分転換になったが、負けてばかりなのでほどほどにしている。

そんなこんなで、気を紛らわせることはできたが、何をやっていても、やはり、どことなく心に隙間風が吹いていた。パンクしているタイヤに空気を送り込んでいるような空しさから逃れることはできないのだった。

会議に出たり、大御所の作家の相手をしたり、賞の候補作に目を通したり、売り上げを伸ばそうと知恵をしぼったりしていた頃が懐かしくてしかたがなかった。

定年退職した大菅太郎《おおすがたろう》が、現役の私を羨《うらや》ましがっていたことを思い出した。大菅太郎とは昌子の夫である。しかし、太郎はこの世にはもういない。一昨年、六十六歳で急死したのである。

姉夫婦は我が家から目と鼻の先のマンションでふたり暮らしをしていた。六十五歳を迎えた昌子は今もそこに住んでいる。

太郎は酒を飲んだ後、風呂に入ったらしい。それがいけなかったのだ。

その夜、昌子はクラス会に出かけていた。帰宅した時、湯船に浸《つ》かった格好でぐったりとなっている夫を発見し、救急車を呼んだ。

知らせを受けた私は搬送された病院に飛んでいった。

太郎は発見された時、すでに心肺停止の状態で、病院に着いた時には亡くなっていたという。

葬式には太郎の友人、会社の元の同僚、昌子の友人、近所の人たちが参列した。勤めていた印刷会社からは社長の名前で花が出ていて、役員のひとりが葬儀に顔を出した。しかし会社色はまるでなかった。

それはそれでどうってことのない話だけれど、現役で他界するのと、そうでないのとでは、えらく違うものだ。そのことは当然、以前から知っていたが、姉の夫の死ということもあって、改めて痛感させられた。

会社を辞めれば、お歳暮やお中元は減り、年賀状の束も次第に薄くなる。それも大した話ではないが、自分にも起こると思うとちょっと寂しかった。

六十六歳で他界するというのは早すぎる。

しかし、太郎はピンコロであの世に逝《い》った。長患《ながわずら》いの果てに逝くよりも、断然、そっちの方がいい。とはいえ、ピンコロの確率は極めて低いと、どこかの雑誌に書いてあった。

癌を患った作家がこんなことを言っていた。物を書く自分は循環器系の病に倒れるよりも癌の方がいいと。なぜなら、死するまでの間、自分の作家としての人生を見つめ直し、筆を走らせる時間が少しは持てるからだそうだ。

私は物書きではないし、余命を告げられても、何か書き残そうとはまるで思わないが、人生を振り返る時間があるのは悪くない。死に仕度《じたく》といっても、いざとなったら何をしたらいいのか戸惑うだろうが、机の引き出しに詰まっている、小さな過去に触れられるだけでも気持ちが落ち着くというものだ。

太郎が死んだ時、まだ私は会社にいたから、日々の雑事に追われ、死に仕度のことなんか考えなかった。しかし、退職後は、時々、茫洋と拡がるこれから先の時間にふと思いを巡らせてしまう。

カルチャーセンターの講師の話を持ってきてくれたのは、或《あ》る文芸評論家だった。私のように編集者だった男が講師を務めていたが、脳梗塞《のうこうそく》で倒れたのだという。欠員を埋めるべく、私を推薦したいと言ってきたのだ。

週に二回、人の前に立つ。それだけでも生活に張りがでる。

所在ない日々を送っていた私は、その話に飛びついた。

これは運がいいと言っていいのだろうか。私は首をひねった。

役員の目などまるでなかった私が出世できたのは、当時の役員候補がふたり、脳梗塞と鬱《うつ》病で職を全うできなくなったからである。

今回も、他人の病気が私に運を運んできた。何だか妙な気分になった。

私は缶ビールを飲み干すとテレビを点けた。

以前は部屋にテレビはなかった。母の部屋はそのままだが、テレビだけ私の部屋に持ち込んだ。

チャンネルを動かしていると『刑事コロンボ』をやっていた。始まったばかりだった。

往年のスター、レイ・ミランドがゲスト出演していた。レイ・ミランドと言えば、グレース・ケリーがヒロインを務めたヒッチコックの『ダイヤルMを廻せ!』である。教養のある紳士面《づら》だが、妻を巧妙な手を使って殺そうとする悪い奴。レイ・ミランドのはまり役だ。

以前にも観ているのに、ストーリーはほとんど覚えていなかった。断片的にシーンを記憶しているだけ。だからまた観ても夢中になれる。

皮肉にも忘れっぽくなったことの効用というやつである。

張り切って西新宿まで出かけているが、実は頭の中は過去で溢れ返っている。

古い本、古い映画、古いアルバム……。

ともかく懐かしいものにしか興味がない。はっきりとそう自覚したのは、不思議なことに教壇に立つようになってからである。外の風に触れることで、暮らしにメリハリがついたせいに違いない。

昔はよかった、今は駄目《だめ》だ、という生臭い発想はまるでない。素直に過去に触れていると新しい気分が生まれる。

古い映画を観ていると、出演者が生きているかどうか調べたくなる。ネットは便利なものだ。映画を観ながら、途中で俳優の名前を打ち込むと略歴がすぐに出てくる。

レイ・ミランドは八六年に七十九歳で死んでいた。

パソコンを閉じ、テレビ画面に視線を戻した。

玄関が開く音がした。だが、声はない。

次女の小百合も三女の朋香も家にいる。鉄雄《てつお》だったら、必ず「ただいま」と言うはずだ。鉄雄は朋香の夫である。

不審に思った私は、テレビを点けっぱなしのまま部屋を出て、玄関に向かった。

鉄雄の後ろ姿が見えた。腰を屈め、引き戸の隙間から門の方を盗み見ていた。

「何してるんだ」

鉄雄が私の方に首を巡らせ、唇《くちびる》に指を立てた。

私は鉄雄の後ろに立ち、彼に重なるようにして隙間から外を見た。

人影が見えた。

バタバタと階段を下りてくる音がした。朋香夫婦の長女、舞《まい》である。

二階から子供の泣き声がした。朋香の下の子が目を覚ましてしまったらしい。

「パパ、何してるの」

舞を無視し、鉄雄が声を殺して言った。

「変な男が、うちを覗《のぞ》いてたんです」

私はそれには応《こた》えず、サンダルを引っかけた。そして、そっと引き戸を開け、門に向かった。

逃げ去る足音が聞こえた。私は門から飛び出した。男が葛西橋《かさいばし》通りを左に曲がるのが目に入った。街路灯に照らし出された人物は太っていて、頭がつるっ禿《ぱ》げだった。海坊主《うみぼうず》みたいな男である。

男が消えた通りの角まで走った。鉄雄がついてきた。

大通りは車が行き交ってはいたが、歩道は閑散としていた。上弦の月が出ていて、沿道の柳が、力なく揺れていた。

「僕が福田《ふくだ》さんの家の角を曲がった時、男が門の前に立ってたんですよ。僕に気づいて、一旦《いったん》、葛西橋通りの方に去っていったんですが、様子がおかしいから気になって」

「太った海坊主みたいな奴だったな」

「僕が見た時はサングラスをかけてました。だから顔はよく分かりません」

気持ちが悪い。空《あ》き巣は必ず下見をするという。しかし、こんな時間にうろつくものかどうか。

家に戻った。

朋香と舞、それから小百合が居間にいた。朋香は次女を膝《ひざ》に乗せていた。

今度こそ、男の子でありますようにと、お不動《ふどう》さんにも八幡《はちまん》様にもお賽銭《さいせん》を弾《はず》んでお願いしたが、その甲斐《かい》はなかった。名前は安香音《あかね》という。

興奮冷めやらぬ鉄雄は、口早に何があったかを話し、男の人相を家族に教えた。

「かなり歳の男だったな」私が口をはさんだ。

「六十は越えてそうな感じでしたね」

「うちの誰かに会いにきたのかしら」小百合が言った。

「お姉ちゃん、この間、ぐんと歳の離れた男がいい、って言ってたよね」

朋香の発言に小百合の目つきが変わった。「言ったけど、ジジイは嫌よ」

小百合はフリーのアナウンサーで、一昨年、熊本《くまもと》に移り、向こうの局で働いていた。しかし、去年の秋、何の前触れもなく、その仕事を辞めて東京に戻ってきた。そして、以前同様、不定期な仕事をぽつりぽつりとこなしながら、テレビに出てくる女子アナの悪口を言っている。歳は三十五。マイクを握ると、当然だが、綺麗な言葉遣《づか》いで話し、感激を表す場面になると、声が裏返るぎりぎりまで上げてみせたりもする。しかし、家にいる時は大違い。声も低いし、言葉遣いもすこぶる悪い。

「お祖母《ばあ》ちゃんの恋人よ、きっと」

舞がしっかりとした口調で言った。舞は地元の小学校に通っている。歳は八歳、今年の春から二年生である。

母には昔、心に想う人がいたらしいが、まさか、あの男と母に繋《つな》がりがあるというのは飛躍がありすぎる。

「戸締まりに、今まで以上に気をつけないとな」私が言った。

「朋香、あんた暑がりだからよく窓を開けるけど、閉めるのよく忘れるよね」

「しつこいよ。そう言われたから気をつけるようになりました」朋香は口角をきゅっと締めて小百合を睨《にら》みつけた。

小百合と朋香は決して仲が悪いわけではない。あけすけに思ったことを口にし合うから時々、もめるだけである。密着度が強い証《あかし》だと言っていいだろう。

子供の頃から、我が家の女たちの煮詰まった状態の中にいたから、扱いは心得ているつもりだ。

余計な口はできるだけ挟まない。誰かの肩を持つような発言を軽々にしようものなら大騒動になりかねない。適当に聞き流すのが火の粉が降りかかってこないようにする秘訣である。男が女系の中で生きるには、家庭でも処世術が必要なのだ。

しかし、この術《すべ》、若い頃から身についていたわけではない。火に油を注《そそ》ぐようなことを言った途端、今までぶつかりあっていた女たちが、攻撃の刃《やいば》を私に向けてくることも多々あった。正論を言っている自信があったから私の方が爆発してしまったことも一度や二度ではない。冷静になったら、彼女たちのひとりぐらいは謝ってくれると期待したこともある。しかし、謝られた例《ため》しはない。ここが摩訶《まか》不思議なのだが、相手は怒ってもいないのだ。

喧嘩《けんか》していたはずのふたりが、ケーキをパクついたりしながら、私にも「食べる?」とにこやかに微笑《ほほえ》んでくる。そこでまた蒸《む》し返すようなことを口にするのは禁物である。

彼女たちは、すべてもう忘れているのである。次に駒を進めるのが女は実に早い。初恋の人のことを淡く思い出すのは男だけだと思った方がいい。

何事も体得するには時間がかかるものだ。

抗《あらが》わずに受け流すことができるようになるまでには相当の時間と忍耐を要した。いや、正確に言えば、今も完璧ではない。地雷を踏まないようにしているが、避けては通れない場合もよくある。

「安香音を休ませなきゃ」鉄雄が朋香に言った。

「うん。戸締まり、あなたがやってよ」

「パパ、おでつだいちゅる」安香音がくりっとした目を鉄雄に向けた。

舞の安香音を見る目が鋭くなった。

それは私の役目でしょう、と言外に言っているようだ。

母親が安香音をかまってばかりいるから、舞は焼《や》き餅《もち》を焼いているらしい。

何とすでに、新たな女の争いが起ころうとしているらしい。私が死んだ後も、森川家の〝女の園〟から姦《かしま》しさは消えないようである。

安香音が生まれたのをきっかけに、朋香夫婦はここを出てゆくかと思ったが、そんな素振りはまったく見られなかった。

鉄雄は昆虫学者でフェロモンの研究をしている。しかし本人は雄のフェロモンを分泌しているとは思えない男である。瘦《や》せこけていて小柄で、青白い顔に眼鏡をかけている。頭が左右に大きく拡がっていて、顎《あご》が細い。一言で言えば逆三角形の顔なのだ。髪の真ん中を今風につんと立てている。

それを見た小百合が、カメムシに似ていると言い出し、朋香と喧嘩になった。

熊本から戻ってから、小百合はカメムシ発言をしなくなったが、鉄雄は今もカメムシに似ているし、三十七になっても相変わらず、雄のニオイとは縁遠い男である。しかし、ふたりも子供を産ませることができたのだから、男性としての機能は正常なようだ。

人は見かけとは違うらしい。性格も然《しか》り。朋香の尻に敷かれっ放しに見えるが、この男、強《したた》かなところがあるようだ。

一ヵ月ほど前のことである。私は朋香夫婦の会話を偶然耳にした。

「家賃がいらないって楽でしょう」朋香が言った。

「で、いくら貯《た》まった？」

鉄雄の声は、これまで聞いたこともない生々しいものだった。

「まだ目標の一本には届いてないよ」

一本？　一千万のことらしいが、主婦をやっているだけの朋香が、どこでそんな隠語めいた言葉を覚えてきたのか、驚くばかりだった。

「もっと貯まってるんじゃないの？」

「ひどい。鉄雄の稼《かせ》ぎが悪いからケチケチして頑張ってるのに」

「今の研究が大成功すると変わるんだけどな」

「一緒になった時も、同じこと言ってたよ」

「そうかあ？」

「小学校はともかく、中学からは舞を私立に入れよう」

ふたりは高名な私立学校の名前をいくつか口に出した。

「A女学院がいいな」鉄雄が言った。

「何でよ」

「制服が可愛いから」

「そういうことで判断するもんじゃないでしょう?」

「でも、あそこだったら文句ないだろう?」

「まあね」

「ともかく、そん時は引っ越さなきゃな」

「鉄雄の研究、いつお金を産むの」

「研究ってのは閃《ひらめ》きなんだ。天啓というのが大事でね。それに、STAP細胞の問題以来、研究データのチェックが厳しくなって、やりにくいんだ」

「まさかデータ改ざんなんてやってないでしょうね」

「そんなことするわけないだろう。けど、研究ってのはすごくデリケートなんだよ。ライバルも多いし」

「ノーベル賞なんかいらないから、お金にして」

朋香の突き放すような言い方に私は面食らった。

「コガネムシは金持ちだあ……」鉄雄がすっとぼけた声で歌い出した。

ふたりの会話にびっくりした私は、ただぽかんと口を開けているだけだった。

専業主婦である朋香は家のことを実によくやってくれているし、母が同居していた時は、朋香がいなければ、どうにもならなかった。

朋香は実家を離れる気はないから、鉄雄をここに引きずりこんだのだ。

朋香はこの家が好きだし、それよりも何よりも楽ちんらしい。その気持ちに今も変わりはないだろうが、一方で貯蓄のために、家賃のかからない実家を、鉄雄と結託して利用しているということだ。

私はちょっとショックだったが、腹は立たなかった。他人には分からない夫婦だけの深い絆《きずな》があることは大事なことである。絆というものは、綺麗事よりも悪巧《わるだく》みの方が、より強いものになるのが相場である。いわゆる共犯関係というやつだ。

新しい子供の名前が安香音に決まるまでには一悶着《ひともんちゃく》あった。

ネットで字画占いをやったが、回答者の言っていることがバラバラだったので当てにしないことにした。

私は、死んだ妻が美枝《みえ》だったから、美代とか小枝子とか、一文字、妻の名前から取りたかった。しかし、却下されてしまった。

鉄雄は、瀬世梨《せせり》なんて妙な名前を考えていた。どこからそんな名前を思いついたか

という と、蝶《ちょう》の種類にセセリというのがいるからだと説明された。

朋香が猛反対した。

「爪楊枝《つまようじ》でせせることしかイメージできないよ。よくない。絶対によくない」私も腕を組んでそう言った。

結果、安香音になった。アカネはトンボを連想させたが、可愛い名前だから賛成した。瀬世梨よりは随分マシである。

二階の戸締まりは鉄雄に任せ、私はもう一度、外まで出てみた。

街路灯の灯《あか》りが路上を鈍く照らしているだけで人影はなかった。

それから一階の戸締まりをした。

縁側から庭に目を向けた。

五葉松《ごようまつ》にカエデ、そしてツツジの紫が庭園灯に浮かび上がり、低い竹垣に沿って、アジサイが花をつけていた。

翌日の午後、母を見舞いにいった。昌子がすでにきていて、ふたりで甘い物を食べていた。母は病気が進んでから、以前にも増してお菓子をほしがるようになった。

母の病状が悪化したのは軽い肺炎を起こして入院してからだ。もう台所にも立てないし、徘徊《はいかい》も始まったものだから、家で看《み》るのは無理だった。新しくできた評判のいい有料老人ホームがあると言ってパンフレットをもってきたのは昌子だった。

いつ見ても母の顔色は悪くなかった。口さえ開かなければ病気とは思えない。躰の縮んだ単なる可愛いお婆《ばあ》ちゃんである。

昌子も私も母には昔話をよくした。笑うこともあるが、認識しているかどうかはよく分からなかった。

鉄雄が家に初めてきた時、母は「北大路欣也《きたおおじきんや》みたいな男にお姫様だっこされたい」と言っていた。その頃が懐かしい。

施設に足繁く通っているのは昌子である。

お節介な性格だから、ちょっとした母の変化にも大騒ぎして、風邪《かぜ》気味と聞いただけで、管理が悪いとクレームをつけるものだから、施設の人間には厄介《やっかい》者扱いされているようだ。

「な、姉さん、あまり相手を責めると、却《かえ》って、やる気をなくしてしまうよ。そうなると余計に面倒だぜ」

「だって、あの若い介護士、まるで老人のことが分かってないんだもの」

「姉さんが選んだ施設だよ」

「そうだけど」昌子がぷっと膨《ふく》れた。

我が家の女たちの言っていることはなるべく聞き流すことにしているが、姉とはちょくちょくぶつかった。しかし、何を言われても黙って従っていた時期がある。突然、伴侶《はんりょ》を亡くした昌子は憔悴《しょうすい》しきっていた。ふっくらとした頬が萎《しぼ》んだようにさえ思えた。ともかく何事においても口をはさみたがる昌子だが、そんな気力も失せてしまっていた。だから、余計なことは言わず、好きにさせていた。

昌子には郁美《いくみ》と妙子《たえこ》というふたりの娘がいる。郁美は勤務医で独身。住まいは広尾《ひろお》だと聞いている。妹の妙子は、外資系証券会社に勤めていたが、父親が亡くなる少し前、税理士と結婚し、成城《せいじょう》のマンションで暮らしている。ふたりとも、以前よりも母親に会いにはきているようだが、どちらかが母と同居するという話は今のところ出ていないようだ。

時がすぎても胸の奥底には、夫を失った寂寞《せきばく》とした気持ちがたゆたっているに違いないが、或ることが以前の昌子に戻るきっかけを作ってくれた。

突然、私に家まできてほしいと昌子から電話がかかってきたのは、太郎の一周忌をすぎた頃だった。

沈んだ暗い声だった。何があったのかと訊いたけれど、すぐに来ての一点張りだった。

私は姉のマンションに飛んでいった。

私を迎え入れた昌子の目が吊り上がっていた。

「どうしたの、姉さん」

「それ見てよ」

テーブルの上に何かが積まれていて、その上に、白い布がかかっていた。布の下に死んだ人の顔が隠れているみたいだった。

私は布を取った。

「なるほど」

「なるほどじゃないわよ」

積み上げられていたものはアダルトビデオ。DVDよりもVHSの方が多かった。『淫乱女の部屋』『美畜レイプ2』……。『美畜レイプ2』の主役は飯島愛《いいじまあい》だった。

飯島愛は私の好みである。

「やっと遺品を整理する気になって、やり出したの。そしたら、これが……。あの人、こんなものを私に隠れて……」

昌子は若い頃、フランソワーズ・サガンの小説を愛読し、進歩的なことを口にする女だが、妙に固いところがある。

　エロとエロティシズムは違うと、誰かの小説に書かれていたことをふと思い出した。

言いえて妙である。が、エロとエロティシズムの共通点と相違点は深く考えるとよく分からなくなる。

　昌子がじろりと私を見た。「あんた知ってたんじゃないの」

　私が取りそろえてやったように聞こえないこともなかった。〝戦犯〟を見つけないと気持ちを癒《い》やせないらしい。

「知らないよ、俺は。で、どこに隠してあったの？」

「『世界の旅大百科』の後ろに紙袋に入れて、巧妙に隠してあった」

　そのムック本全集は、私の会社で、昔出していたものだった。ヨーロッパからインド洋の島々までが網羅された全十七冊。かなり版を重ねたと聞いている。

　アダルトビデオを巡る、この手の話は、夫が死なずともよく聞く話である。

　私の部下だった男は、お宝のアダルトビデオを隠していたが、いつの間にかなくなっていたと飲み会の時に言っていた。見つけて捨てたのは妻しかいないが、夫は当然「あれどうした？」とは訊けない。妻も何も言わない。そのまま日常生活は何事もなく続いていたが、部下は、しばらく座り心地の悪い椅子に腰かけているような気分だったという。

たかがアダルトビデオである。

息せき切って私に電話してくるような問題ではない。そう思ったが、ひとり残された姉の気持ちを考え、男の味方をするのは止《や》めた。

「ショックだな。太郎さんはそういうことには縁のない人だと思ってたけどな」私は神妙な顔をしてみせた。

「そうよ。そうなの。私、あの人に騙《だま》されてたのよ」

「それはちょっと大袈裟《おおげさ》だけど、姉さんの気持ち、よく分かるよ」

昌子が目の端《はし》で私をじっと見つめた。「あんた本気で言ってるの」

「もちろん」

「あんたが死んだら、やっぱりこんなのが出てくるのかしらね」

「それはないよ」

私は少し考えた。確か、週刊誌の連中からもらったものがあるはずだが、どこにしまったか覚えていない。

「あんた、処分して」

「俺が？」

「私にやれって言うの？」

「はい、はい。何とかしましょう」

私は、使わなくなったスポーツバッグをもらい、そこに〝太郎のお宝〟を詰めて、家に持って帰った。

「お祖父《じい》ちゃん、それ何？」

舞に訊かれて言葉を失った。朋香も首を伸ばしてスポーツバッグに視線を落としている。

「太郎さんが観ていたビデオをもらってきた」

「観せて」舞が無邪気に言った。

外国で買ったエロ雑誌を持ち込もうとして、税関であたふたしているような気分だった。

「これね……とっても古いもんで、舞が観てもちっとも面白くない」そこまで言って私は朋香に視線を向けた。「無声映画。お前が観てもつまらんやつだよ」

「太郎さん、無声映画なんて観てたの。そんな歳じゃないのに」朋香が首を傾げた。

「でも、観てたんだ」

突然、無声映画なんて言葉が飛び出したことについ笑い出したくなってしまった。夢精という言葉をまるで意識しなかったのに、やはり、ビデオの内容が内容だから、同音異義語がぽろりと口をついて出たらしい。

私はさっさと自分の部屋に引き取った。

捨てるにはそれなりの処置をほどこさないとまずい。それが面倒で、今も私の机の引き出しの奥や、天井裏に分けて隠しっぱなしになっている。

この秘め事が、昌子と死んだ太郎の間に距離を生んだようで、昌子の回復に繋がった。アダルトビデオ様々である。

病院を出た私と昌子は裏通りを通り、亀久橋《かめひさばし》を目指した。

「今年は八幡様の本祭りね。お母さんに見せてやりたかった」昌子がぽつりと言った。

富岡《とみおか》八幡宮の本祭りは三年に一度開催される。しかし、三年前は東日本大震災で延期され、翌年、天皇皇后両陛下をお迎えして開かれた。だから、今年は二年後に開催されることになるが、盛り上がりに変わりはないだろう。

昌子は麗子《れいこ》に会いにいってくるという。

妹の麗子は仙台の煎餅《せんべい》屋の跡取りと一緒になり、向こうで暮らしていたが、三年前、夫のギャンブル癖に愛想を尽かして家を出た。何とかその時は収まったのだが、夫が約束を破って雀荘《ジャンそう》にいりびたるようになったものだから、麗子は東京に戻ってきてしまった。離婚はしていないが、一年半前から別居状態。一時、娘の香澄《かすみ》をうちで預かっていたが、今は母親と森川家の持ちマンションで暮らしている。

「あんたも寄る？」昌子に訊かれた。

「俺はいいよ」

マンションは平野《ひらの》にあるが、亀久橋を渡れば我が家はすぐである。

「そうだ。あんたに言うことがあった。昨日ね、小山《こやま》さんとこに空き巣が入ったのよ」

小山さんとは昌子の幼馴染《おさななじ》みで、昌子のマンションの裏手の一軒家に住んでいる。

「森下《もりした》とか千石《せんごく》でも空き巣に入られた家があるんですって。あんたのとこも……」

私は思わず立ち止まってしまった。

「どうしたのよ」

「いやね……」

私は昨夜あったことを昌子に話した。

「何でそれを早く言わないのよ」

「いちいち姉さんに報告するようなことじゃないだろう？」

「きっとそいつよ。間違いなくそいつよ」

「………」

「今から警察に行って話しましょう。目撃者はあんたと鉄雄さんだけなんだから」

「その男が犯人とは限らないよ。かなり歳がいってたしね」

「老人の犯罪も増えてるのよ。高齢者だからって油断しちゃ駄目。世の中どうなってるのかしらね」昌子は憤懣《ふんまん》やるかたない顔をした。

「ちらっと見ただけだから、人相はよく分からなかった。それに間違った情報だったら、却って真犯人を取り逃がすことにもなるよ」

「あんたはいつもぐずぐずしてるんだから」昌子が苛立《いらだ》った。

「鉄雄君と相談してから決めるよ」

昌子は不服そうな顔をしたが、それ以上は、ぶつくさ言わなかった。

確かに姉の言っていることには一理ある。

しかし、あの年老いたデブの海坊主が空き巣なのだろうか？

その夜の食事の際、昌子から聞いた空き巣の話を家族にした。

食卓を囲んでいたのは、朋香夫婦に子供たち、そして小百合である。

「昌子伯母《おば》さん、大袈裟だからね」小百合がハンバーグにナイフを入れながら言った。

「でも、警察に知らせておいてもいいんじゃないの」と朋香。「通報したことが、真犯人の逮捕に繋がったら、警察から金一封が出るかもしれないし」

「出るわけないだろう」鉄雄が小馬鹿にしたように笑った。

食事が終わりかけた頃、チャイムが鳴った。

玄関を開けると、昌子の後ろに見知らぬ男がふたり立っていた。

「崇徳、こちらね、深川署の刑事さんよ」

また勝手な真似《まね》をしたのか。私は思わず天井を見上げてしまった。

歳のいった中肉中背の刑事が鈴木《すずき》と名乗った。がたいが大きくて鋭い目つきの若いのは、永田《ながた》といった。

「どうぞ、お上がりください」

「ここでけっこうです」鈴木が答えた。「で、昨夜、不審な人物が、お宅を覗いていた、とお聞きしたんですが、間違いありませんか」

「ええ。でも空き巣かどうかは」

「人相を教えていただけますか？」

もっぱら質問するのは鈴木だった。永田の方は露骨に家の中を覗いていた。感じが悪い。

私は鉄雄を呼んで、ふたりでその時の状況、それから男の人相を刑事たちに教えた。

「大変、参考になりました」

「その男にしぼりすぎると、却って、本ボシを……」

本ボシなんて言葉がさらりと出てきたのは、ミステリ小説を読んできたからだろう。

鈴木刑事が右手を上げて、私の言葉を制した。「ご心配にはおよびません。情報に振りまわされることはありませんから」

本当かな？　首を傾《かし》げたくなったが、口には出さなかった。

刑事たちは早々に退散した。昌子は門の外まで刑事たちを送りに出た。

「昌子伯母さん、すっかり昔の元気を取り戻したね」朋香が言った。

「いいんだか悪いんだか」小百合が軽く肩をすくめた。

このまま昌子が帰るとは思っていなかった。

果たして姉は、「お邪魔しますよ」と暢気《のんき》な声で言って、居間に入ってきた。

「姉さん、警察に行く前に俺に言ってよ」

「あんたに言っても埒《らち》が明かないと思って」

「伯母さん、ご飯は？」朋香が訊いた。

「木場に、素敵なイタリアンがあったからそこで食べたわ」

「知ってる。白い壁の店でしょう？」小百合が口をはさんだ。

「そうよ」

「あそこ、まずくない？　能書きはすごいけど」

「とても感じのいいシェフだったわよ。ミラノで修業したんですって。懐かしかった。太郎と一緒にイタリア旅行した時のことを思い出しちゃった」

姉は若い頃、航空会社の客室乗務員だった。航空会社の社員は、無料か或《あ》いはただ同然の料金で飛行機に乗れる。子供ができる前、その特典を利用して、昌子夫婦はよく海外に出かけていた。

死んだ太郎のことが話に出たためだろう、小百合はもう、その店の味談義はしなかった。

私は『世界の旅大百科』の裏側に隠されたもののことが脳裏をよぎった。

夫婦でイタリア旅行。そして、ひとりでこっそりＡＶ鑑賞。まことに人間らしいではないか。私は生前の太郎の顔を思い出した。

「ああ、これですっきりした」昌子は茶をすすった。「この緑茶、あんまりおいしくないわね。この間、静岡の知り合いから新茶を送ってもらったの。今度、お裾分けするわね」

「姉さん、あの男じゃなかったら冤罪《えんざい》に加担したことになるな。そうなったら困るね」

「困りはしませんよ。通報は市民の義務でしょう?」

「まあ、そうだけど」

玄関の引き戸が勢いよく開く音がした。

私たちは一瞬、顔を見合わせた。

「どなたですか?」

大人《おとな》ぶった声でそう言った舞が玄関に向かおうとした。朋香が慌てて止めた。

私が居間を出た。

三和土《たたき》に男が立っていた。太った海坊主。サングラスではなく、普通の黒縁眼鏡をかけている。眼鏡の奥の目が殺気だっていた。頭部が二段に分かれていて、てっぺんの方が立っている。ゴリラの頭に似ていた。頰の肉が弛《ゆる》み、唇は小さかった。

赤い半袖《はんそで》のポロシャツに灰色のコットンパンツを穿《は》いていた。腕は太く、太鼓腹《たいこばら》のせいでポロシャツがはち切れそうだった。

「どら様ですか？」

私は肩を怒らせ、背筋をのばし、男を真《ま》っ直《す》ぐに見つめた。酒を飲んでいるらしい。

「森川崇徳ってのはあんたか？」

敬称もつけずに居丈高《いたけだか》に言われたものだから、むかっ腹がたった。

「誰だと訊いてるんだ。答えろ」私は男を睨み返した。

「貴様が不埒なことを教えてるんだな」

「はあ？」

男はズボンのポケットに手を突っ込んだ。

刃物でも出されたら、と私は身構えた。

ポケットから取り出されたのは二冊の文庫本だった。それを男は、私に向かって投げつけた。

文庫本に目を落とした。一冊はめくれていて、もう一冊は背表紙を見せていた。

何の本かよく分からない。

「愛の渇き、美徳のよろめき。一体、これは何だ。うちの婆さんを色気づかせてどうする気だ」

愛の渇きに美徳のよろめき？

「ああ、ああ」私は馬鹿みたいに大きな口を開けてしまった。

「何が、ああ、ああ、だ。けしからん。実にけしからん」男は両手をぎゅっと握り、肩を二度ばかり上下させた。

「あなた、ひょっとして青井照子さんの……」

「夫だ」

ほっとすると同時におかしくなってきて笑いが止まらなくなった。

「貴様、わしを馬鹿にする気か」男の口から唾《つば》が飛んだ。

「お上がりになりませんか。話せば分かることです」

「何で上がらなきゃならないんだ」

「青井さん、三島由紀夫はご存じですよね」

「それぐらいわしでも知っとる」

「この本のどちらでもいいですけど、お読みになりました？」

「読むはずないだろうが。わしは愛など渇かん」

「喉《のど》は渇いてるでしょう。冷たいものでもいかがです?」

「ふざけるな。あんたみたいな優男《やさおとこ》が講師? 何がカルチャーだ」青井照子の夫と称する男は太い腕を私の方に突き出し、指さした。「お前、二度と女房に近づくな」

「青井照子さんは、私の生徒というだけで」

「貴様は深川っ子の面汚《つらよご》しだ。男のくせにへらへらしやがって」

怒りで頬がぶるぶる震えている。

「あいつは、お前に会いにいっとるんだ。もう一度言う。照子に近づくな」

そう言い残して、男は踵《きびす》を返した。

私は唖然《あぜん》として、男の怒った背中を見ていた。

男は引き戸を力任せに閉めた。戸が外れるのではと心配になるくらいの勢いだった。

文庫本を拾った私は、その場に立ち尽くしていた。

襖《ふすま》から顔を差し覗かせていた家族が、私の後ろに立った。

「あれ、何?」朋香も呆然《ぼうぜん》としていた。

「生徒の旦那《だんな》らしい」

小百合が目の端で私を見た。「お父さん、生徒に手を出したの?」

「馬鹿なことを言うな」

私が先に居間に戻った。改めて文庫本に目を落とした。

いずれも難解と言えば難解な小説だから、好き好きはあるし、三島由紀夫の代表作と言えるかどうかは分からない。が、文学史に残る作品には違いない。

しかし、小説の世界にまるで興味のない人間からすると、『愛の渇き』にしろ『美徳のよろめき』にしろタイトルだけ見たら、誤解を招くかもしれない。

舞が文庫本を覗き込んだ。

「『愛の……』これ何て読むの？」

「カワキよ」

「カワキって……」

「喉が渇くのと同じ」

「へーえ。愛ってラブよね。ラブって渇くの？」

「渇くのよ」小百合がそっぽを向き、低い声でつぶやいた。

「お姉ちゃん」朋香が顔をしかめた。

小百合は黙ったままである。熊本で何かあったのかもしれない。

「奥さんってどんな人？」朋香に訊かれた。

私は容姿や歳格好を教えてから、この間、目撃してしまった照子の〝早変わり〟についても触れた。

「……やっと納得がいったよ。青井照子って生徒、旦那に嘘をついて講義に出てたんだな」

「しかし、今でもあんな化石みたいな男がいるんですね。小説のタイトルで、妻が色気づいたって思うなんて。昆虫は進化していない生き物なんですが、あの男もそうだな」鉄雄が短く笑った。

「まだまだそういう男が日本にはいるのよ」昌子が口をはさんだ。「表では物わかりのいい顔してるけど、妻には横暴な男が。うちのマンションに住んでる山下《やました》さんの旦那もそうよ。化粧が濃いとか何とか文句を言うそうだから。その点太郎は……」

「太郎さんは優しかったもんね」私はしみじみとした口調で言った。

太郎は大人しい男だったから、活発な昌子に押し切られ、言いなりになっていた。それはそれで彼の本意だったのかもしれないが、本当のところはよく分からない。またもや、アダルトビデオのことが頭に浮かんだ。

「でも、ちょっと素敵よね」そう言ったのは朋香だった。

一斉に視線が朋香に集まった。安香音まで母親を見ていた。

鉄雄が目を瞬《しばたた》かせている。「お前、あんな男がいいのか」

「あの男は嫌よ。でも、奥さんを人には渡さないって、ストレートに言えるところが格好いい。〝照子に近づくな〟」朋香は渋面《じゅうめん》を作って、声を低め、海坊主を真似た。

「あんなこと言える男、もういなくなったね」

「どこが格好いいのよ。女を所有物だと思ってるだけじゃん。あんた、何考えてるの」小百合がつっかかった。

昌子が大きくうなずいた。「小百合ちゃんの言う通りよ。あれは愛情の表れなんかじゃないわよ」

「パパ、愛って、どうしてかわくの？」舞が無邪気な質問を鉄雄に投げかけた。

鉄雄は答えられない。

「あ、洗濯物、取り込むの忘れてた」朋香が腰を上げた。

「お手伝いする」舞が素早く立ち上がった。安香音に先を越されたくなかったようである。

朋香はふたりの子供を連れて居間を出ていった。

「姉さん、さっきの鈴木って刑事に、事情を教えておかなきゃ」

「あんた、電話して」

「何で、俺が」

「刑事を相手にするのって神経使うのよ」

姉は物事を仕切りたがるが、具合が悪くなると私に丸投げしてくる。

この性格は昔から変わらない。

昌子は免許を早くに取り、トヨタ・スプリンターのクーペを新車で買った。私が会社に入ったばかりの頃の秋の話である。

運転させてほしいと頼んでも絶対にハンドルを握らせなかった昌子が、友だちが葉《は》山《やま》に住んでいるからドライブしようと誘ってきた。運転させると約束したから乗ったのだが、交代してはくれなかった。トワ・エ・モワのカセットテープがかかっていた。

「今はもう秋……」昌子は上機嫌だった。

「姉さん、ちょっとスピード出しすぎじゃない?」

「あんた案外恐がりなのね」

「そうじゃないけど」

私は昌子が車線を替える度にひやひやしていた。

しかし、事故もなく葉山に着いた。葉山の道は狭くて行き止まりも多い。

「運転させてあげる」

「え？　ここで？」

「私、こういう道って苦手なの」

それは男とて同じだ。しかし、昌子はさっと運転席を離れてしまった。

しかたなくハンドルを握った。運転したことのない新車である。幅の狭い上り坂で、対向車と擦《す》れちがうだけで冷や汗をかいた。

「こすったら許さないからね」

「うるさいな」

姉の言った通りに走ったら、坂道のどんづまりだった。下りるのにすこぶる苦労した。

気持ちのいい道は自分で走るが、神経を使うところは男に任せる。

女にはありがちな話だが、相手が姉では張り切る気持ちにもなれなかった。

私はそのことを思いだしながら、深川署の鈴木刑事に連絡を取った。しかし、彼は外出していて署にはいなかった。

鈴木刑事がうちに電話をしてきたのは、一時間ほど後のことで、その時はもう姉は帰ってしまっていた。

「先ほどお話しした不審人物は、知り合いのまた知り合いでした。ですから、空き巣とは関係ありません。早合点《はやがてん》して申し訳ありませんでした」私は昌子の代わりに謝った。

「その人の名前を教えてください」鈴木の声は真剣だった。

「それはちょっと。空き巣とは関係ない人ですから」

「実は、他からも目撃証言を得たんですが、森川さんから聞いた人物に似てるんです。調べるだけ調べてみないと」

どっと汗が噴《ふ》き出した。「素性もはっきりした人で、絶対にその人が空き巣のはずはありません。私が保証します」

「でも一応……」

「相手に不快な思いをさせるわけにはいきません。それではこれで」

私から電話を切ってしまった。嫌な感じが胸に残った。

「あの男のやったことは脅しよ。名前ぐらい警察に教えてやって、ぎゃふんと言わせてやればよかったのに」小百合が言った。

「そんなことできるか」

青井某《なにがし》は、失礼千万な男ではあるが、生徒の夫である。迷惑がかかるようなことは絶対にしたくなかった。

小百合が目を細めて私を見つめた。「お父さん、私にだけは本当のこと言っていいよ。青井照子って生徒に手を出したんじゃないの」

私には〝前科〟があるから小百合は疑っているのだった。

「二度は言わないけど、絶対にない。お父さんにはそんな元気はもうない」私は嚙《か》んで含めるような調子で言った。

「そうね。温子さんもいるしね」

「うん、うん」私は満面に笑みを浮かべ、大きくうなずいてみせた。

部屋に戻った私は青井照子のことを考えた。

照子が受けているのは木曜日の夜の講座である。来週、彼女は来るだろうか。いや、あの夫が家から出さないに違いない。

お洒落《しゃれ》をして、文芸講座を受ける。普通だったら、何の問題もないことではないか。

歳を取ると大概、小さな愉《たの》しみを日々の糧《かて》として生きているものだ。それを取り上げられてしまうのか。

私はちょっと照子が気の毒に思えてきた。

第二章　怒る男

週二回の講義だからと言って、残りの時間が暇だというわけではない。話の内容を考え、まとめておかなければならない。引用したい文章が、どこに書かれていたか探すだけでも大変である。受講生の作品を四、五本読み、批評するのも骨が折れる。編集者時代にやってきたことだが、私が何を言うかと、書いた人間が期待と不安の色に染まった眼差《まなざ》しを私に向けている。やりにくいと言ったらありゃしない。

しかし、下準備は、我を忘れるほど愉《たの》しい。長らく読まなかった本を紐解《ひもと》き、新たな発見をし、改めてその作品の深さにうなることもある。一冊の本が他の作品に私を誘《いざな》い、拾い読みをするだけでも、ノートしたいことが必ず出てくる。

生徒たちが書いたものは、他の受講者も読んでくる。合評会の形式で、いい点、悪い点をみんなで言い合う。書き手が弁明、反論する機会もあたえられている。

問題の木曜日がやってきた。私はいつもとちょっと違う気分で教室に入った。

青井照子《あおいてるこ》は欠席だろう。そう思いつつ教壇まで進んだ。

意外だった。青井照子は来ていた。

黄色いアヤメが描かれたブラウスに襟《えり》なしのベージュのジャケットを羽織《はお》っている。ジャケットには縞《しま》模様が入っていた。相変わらずセンスはいただけない。

照子は、これまでのような笑顔で私を迎えはしなかった。やや俯《うつむ》き加減で、ちらりちらりと私を見ていた。

照子が欠席しなかったことは喜ばしいけれど、私は内心、深い溜息《ためいき》をついた。

照子が出席したことで、私は十万円、損をすることになったのだ。

先週の土曜日、午後の講義が終わってから交際している白石温子《しらいしあつこ》と会った。新宿のデパートで買い物をするという温子に付き合い、早めの夕食を摂《と》った。入った店は、会社にいた時に時々使っていた小料理屋だった。

食事をしながら、青井照子を巡る騒動について温子に話した。

温子は何度も箸《はし》を止め、笑った。

「まったくまいったよ。しかも、もう一度言うけど、警察はその旦那《だんな》を疑ってるんだから」鈴木《すずき》刑事からの電話をこちらから一方的に切ってしまったことを思い出すと、また嫌な気分が甦《よみがえ》ってきた。

家まで刑事が訪ねてきても、青井某《なにがし》のことは口にすまいと心に決めていた。しかし、その後、警察からは何の連絡もなかった。

「臆面《おくめん》もないところが、その青井さんって人のいいところかもね」そう言って温子はぐいと冷や酒を飲み干した。

温子も強引な男に惹《ひ》かれるのだろうか。自分にはそういう面はまるでない。

「朋香《ともか》、〝俺の女房に手を出すな〟って言ったところにぐっときたそうだ。温子もそういう受け止め方するのかな」私はさらりとした調子で訊《き》いた。

「場合によりけりよ。そう言われて気分のいい時もあれば、二度と顔を見たくない時もあるわね」

「どういうこと？」

「私が好きな相手には強引にされたいけど、それほどでもない相手だったらノーサンキューってこと」

「なるほど。すべて女次第ってことか」

「そうよ。優しい男には強引になってもらいたいし、強引な男には優しくなってもらいたいっていうのが本音かな」

私は薄く微笑《ほほえ》んだ。「つまり、ないものねだりをしてるってことだね」

「ないものねだりをしすぎるのが女の欠点ね」温子はあっけらかんとした調子で言い、さわらの西京漬けに箸をつけた。

反省する様子もなく、躊躇《ためら》いもなく、〝欠点ね〟と言えるところが、いかにも女らしい。それを受け入れられるかどうかは男の器量次第。女がそう思っていることを知りたくなどなかったが、知らず知らずのうちに教えられてしまった。

私と温子の関係は、この三年の間に深まった。しかし、微妙な距離を保ったままの付き合いでもある。

今更、激しい恋を望んでいないのは一致している。しかし、茶飲み友だちになるには若すぎる。

昔、〝スープの冷めない距離〟という言葉が流行《はや》ったことがあった。家族関係で使われるのが普通だが、私と温子の距離にも当てはまる。このような関係を温子がどのように思っているのかは分からない。

私は温子と一緒になってもいいと考えている。なのに優柔不断な態度を取っているのには理由がある。しかし、ここではその話は止《よ》そう。

問題は青井照子である。

私が照子はもう講義には出てこないだろうと言ったら、温子は首を軽く捻《ひね》った。

「どうかしらね。女って、いざとなったら男よりもおたおたしないものよ。旦那が先生にそこまで失礼なことをしたと知ったらブチ切れたかもしれない。そうだったとしたら、彼女、意地でも講義に出てくると思う。賭《か》けてもいいわ」

今度は私の方が首を傾《かし》げた。「若い女だったらそうかもしれないけど、青井照子の年代の女は、男にかしずくように教育されているから、家でしゅんとなってる気がするな」

温子の目がきらりと光った。「じゃ賭けましょうか」

「いいよ。で、何を賭ける？」

「十万」

「ほう。大きく出たね」

「コーヒー代を賭けてもつまんないでしょう。賭け事は痛みを伴うから興奮するのよ」

私と温子のデートコースのひとつは競艇場である。美千恵《みちえ》のレースを観てから、温子は競艇が好きになったのだ。金の使いっぷりは私よりもよかった。

私は受けて立つことにした。

「でも、私たちの間で、お金のやり取りをするのは無粋よね。こうしない？　美千恵さんの出るレースを観に行った時に、今度の賭けで負けた方が、相手の舟券を買う」

「配当金は、賭けに勝った方がいただくってことだね」

「そうよ」

「美千恵、俺が観にいくと勝てない。あいつを外して舟券買おうかな」

「現金ね」温子が目の端《はし》で私を見て、くすりと笑った。

このような運びで温子と賭けをすることになったのである。

照子が欠席しなかったことは嬉しかったけれど、十万の出費は痛い。そんなことを考えながら席に着いた。

その夜は合評会が行われた。

三十枚の短編四本を読んだが、どれもこれもぱっとしなかった。テーマがありきたりであることに目を瞑《つむ》っても、視点すらばらばらなものもあったから、小説好きの私でもさすがに読むのが苦痛だった。

生徒たちの何人かが意見を述べた。書き手も思いを語った。

私は辛辣《しんらつ》なことは決して言わない。長所を大袈裟《おおげさ》に褒《ほ》め、欠点にはやんわりとしか触れない。

がつんと赤裸々に言うのが生徒たちに対する愛情なのかもしれないが、私の性格ではそれは無理である。

あの海坊主の怒った顔がちらりと脳裏をよぎった。もしもあの男が講師だったら、一刀両断、辛辣なことを平気で言いそうだ。

「他に意見のある人はいませんか？」

手を上げる者はいなかった。

「青井さん、どうです？　小説を書こうとしてるっておっしゃってましたけど」

「特にありません。みなさん上手なので、私はまだまだだと思いました」

照子は、意味のない綺麗事を口にしてまた目を伏《ふ》せてしまった。

八時半すぎに講義が終わった。

生徒たちが次々と教室を出ていった。照子は早い段階で姿を消していた。

照子は私をどこかで待っている。そんな気がしたが、果たしてカルチャーセンターのビルを出たところで、照子に声をかけられた。

「先生、主人がとんでもないことをしでかしたそうで。本当に申しわけありませんでした」

「お時間あります？」

「ええ」

「少しお話ししましょう。さて、どこに行こうかな」

「中央公園はどうでしょうか？　周りに人がいると……」

私たちはビルの裏手に回り、新宿中央公園を目指した。そしてナイアガラの滝近くのベンチに腰かけた。

湿った風がそよいでいる。

照子はまた詫《わ》びの言葉を口にした。

「よく授業に来られましたね。ご主人が……」

照子が空を見上げた。視線の先に都庁がでんと控えていた。

「私、家を出ました」照子が言った。

「家出したんですか？」

「息子のところに厄介《やっかい》になってます」

夫が私の家に怒鳴《どな》り込んだことを、照子は、その夜遅くに夫から直接聞いたそうだ。

「大喧嘩《おおげんか》になりまして。あのろくでなしが、〝出てけ〟って大声でわめいたものですから、私、荷物をまとめて家を出たんです」

三島由紀夫《みしまゆきお》の作品は今も読者を引きつけ、時代を超えて後輩の作家にも影響をあたえている。しかし、自分の作品のタイトルが、こんな騒動を引き起こすとは。当人が知ったら啞然《あぜん》とするだろう。

「息子さんはどちらにお住まいなんです？」

「青梅《おうめ》街道を渡ったところです。ですから、カルチャーセンターまで歩いてこられて、便利になりました。それに、こそこそ着替えたりしなくてすむし」

私は照子の顔を軽く覗《のぞ》き込んだ。「つかぬことをお伺いしますが、お宅に刑事がいかなかったですか？」

照子が私を見て目を瞬《しばたた》かせた。「先生、主人を訴えたんですか？」

「まさか。実は……」私は昌子《まさこ》の勇み足も含めて事情を話した。「……刑事には青井さんの名前も住所も一切教えてません」

「そんなことがあったんですか。でも、私、家を出てしまったので何も知りません。あの人、留置場にでも放り込まれればいいんです。ぎゃふんと言わせてやりたいもの」

「ご主人、いかにも深川《ふかがわ》っ子らしい威勢のいい人ですが、何をなさってるんです？」

「すだれ屋です」

「すだれ屋」私の声がひっくり返った。そして、思わず吹きだしそうになった。あの暑苦しい男が、涼風をもたらしてくれる日本の伝統品を作っている。考えただけでおかしくなってきたのだ。

「笑ってください、先生。あんなむさ苦しい男が、すだれ屋の四代目なんですから」

「お店も白河《しらかわ》に？」

「資料館通りに『田巻屋《たまき》』ってお店があるの、ご存じでしょう？」

「ええ」

『田巻屋』は京着物や宝石を扱っている歴史ある店である。

「『田巻屋』の斜め前にうちの店はあります」

「そう言えば、あの辺にすだれ屋さんがありますね」

「そこです。店の名前は『すだれ屋、清吉《せいきち》』です」

「清吉さんというのが、ご主人の名前ですか？」

「ええ。家を継いだ者は、初代の名前を受け継ぐことになってるんです。たかがすだれ屋なのに、大袈裟だと思うんですけどね」

「青井清吉さん。すだれ屋さんらしい名前ですね」私は笑いをこらえるのに必死だった。

「私、ほっとしました。先生がご立腹なさって私を相手にしてくれないのでは、って心配してたんです」

「私の方は、もう授業に来られないのではないか、と気になってました」

「先生はご存じないでしょうが、先生、生徒さんたちにすごく人気があるんですよ」

「それは嬉しいなあ」

「説明も分かりやすくて丁寧だし、小説を書きたい人に対するアドバイスも、何ていうのかしら、やる気を起こさせるものですから、みんな喜んでます。前の先生よりもずっと親しみやすいです」

照子に普段の柔らかい笑みがやっと戻ってきた。

私は照子に目を向けた。「ひとつ言っていいですか？」

「何でしょうか？」

「やはり、家には戻った方がいいですよ。正直に言って、とんでもない誤解が招いた騒動ですから、きちんと話せばご主人も分かってくれるはずです」

また照子の表情が硬くなった。「あの人には無理です。すだれ職人としては一流だと思いますが、あの人の頭は、目詰まりしたすだれみたいなもんですから。聞く耳なんか持ってくれません」

「よかったら私が話してみましょうか」

「そんな」照子が首を何度も横に振った。「またあの人、暴れます。お怪我《けが》でもなさったら、それこそ大変」

「あなたが家を出た後、ご主人はひとりで……」

「次男が一緒に住んでます。でも、息子じゃ、あの人を止められません。危ないですから近づかないでください」

まるで夫が凶悪な男だと言っているような口振りである。

単純に考えれば、そこまで怖がる相手と暮らしてきたのが不思議だ。しかし、夫婦関係というのは実に面妖《めんよう》なもので、あの男にも何かしらいいところがあるから、これまで一緒にやってこられたのだろう。

私は、照子を長男のところまで送っていくことにした。照子には断られたが、物騒な世の中である。夜道をひとりで帰らせたくなかった。

青梅街道を渡り、サンマルクカフェの角を左に曲がった。

やがて学校が左手に見えてきた。区立西新宿中学校という表示が目に入った。

「高校の頃、友だちがこの辺に住んでたので何度か来てます。当時はこの辺の町名は柏木《かしわぎ》だったし、中学の名前も違ってましたね」

「そうでしたね。私、東京に出てきた時に、この近くの成子坂《なるこざか》に住んでたんです」

車が後ろからやってきた。私たちは脇に寄って、車をやり過ごした。

「ご主人、あなたが息子さんのところにいるのを知ってるんですか？」

「ええ。それがまた気に入らないらしいんです」

「どうしてです？」

「義男《よしお》、長男は義男というんですが、あの人に勘当されまして」

「勘当ですか」私はつぶやくように言った。「最近、なかなか聞かない話ですね」

「義男は、四十にもなって売れない役者をやってるんです。私もいい加減にしろって何度も言ったんですけど、あの子、辞めるつもりは全然ないみたい。私も悪いんですよ。将来、大スターになってほしいなんて馬鹿な夢を見て、甘やかしたんですから」

「舞台に立ってるんですか？」

「ええ。テレビや映画に出たこともあるんですよ。でも、おわらい草です。お巡りさんの役で出た時は、〝名前と住所を言いなさい〟って台詞《せりふ》しかなくて、その後すぐに殺されました。オカマの役で出た時は、もう少し台詞がありましたけど、スカートをめくられるのを見た時、主人は怒って、テレビに湯飲みを投げつけました。戯曲も書いてるらしいんですけど、そんなもの誰も相手にしません。あの子、最初はハムレットがやりたくて劇団に入ったんですよ。それがスカートをめくられるオカマ役ですからね」照子は空笑いをした。

「役者はどんな役でもこなせないと」

「まあ、そうなんですけどね」

「女のお子さんはいらっしゃらない？」

「うちは男ばかり。あの人の三人のきょうだいも、私の上と下もすべて男です」

「うちと正反対ですね」

「先生のご家庭は女系ですか？」

「ええ」私は簡単に家族構成を教えた。

「ああ、そう」照子が大きくうなずいた。「それで納得できました」

「何が納得できたんです？」

「先生が、女に自然な感じで接することができるのは、そのせいなんですね。男の人って多かれ少なかれ、女にかまえるところがあるでしょう？」

「私もかまえてますよ」私は毅然《きぜん》とした調子で言った。

「かもしれないですけど、やっぱり、違うわ」

私の頰《ほお》から笑みがかすかにこぼれた。「あなたのご主人と比べてですか？」

「あの人は問題外です。化石です。それも二束三文のね。女性に理解のある人は物腰が柔らかいですから、若い人にも受け入れられる。だから、先生、人気があるんですよ」

褒められたのだから礼を言うのが当たり前。しかし、私は小さくうなずいただけで何も言わなかった。

なぜか素直に喜べなかった。今更、頑固《がんこ》親父に宗旨替えできるはずもないし、そうしたいとも思わないが、今のようなことを言われると、自分が男の原型から外れているような気分になるのだった。

その夜は、特にその思いが強かった。

おそらく、朋香の発言や、それを受けた温子の意見が作用していたからだろう。

「あそこに椰子《やし》の木が見えるでしょう？」照子が指さした。

「ええ」

「あの向こうが息子の住んでるコーポです。先生、この辺でもう。主人がご迷惑をかけた上に、ここまで送っていただき、何て申し上げたらいいか。私、先生のためにいい小説、書かなきゃ」

私の目が一瞬泳いだ。

「ともかく一度、家に戻られることをお勧めします」

照子が目を細めたが、私を見ていなかった。私は照子の視線を追って振り返った。自転車に乗った太った男がこちらに向かってくる。脚を大きく開いて苦しそうに漕《こ》いでいた。

男が照子に気づき、自転車を止めた。そして緊張した面持《おもも》ちで私を見つめた。

「先生、息子の義男です」

「ああ、そうですか」私は大きくうなずき、自己紹介をした。

男は自転車を降りた。「母がお世話になってます」

丸顔で目が大きく、頬に贅肉《ぜいにく》がたっぷりとついている。その辺りが父親にそっくりである。短めの髪が四方に立っていて、怒ったハリネズミみたいだった。

役者と聞いたものだから、勝手に二枚目を想像していた私は拍子《ひょうし》抜けした。この男が女装していた。私でも見たくないと思った。しかし、よく見ると目鼻立ちは悪くない。痩《や》せていた頃は二枚目で通っていたのかもしれない。しかし、どう転んでもハムレットは無理だろう。

「先生にここまで送っていただいたのよ」

「ありがとうございました」

「あ、忘れるところでした」私は鞄を開け、そこから、照子の夫が私に投げつけた三島由紀夫の文庫を取りだした。「これ、お返ししておきますね」

「それはどうも」照子はやたらと恐縮していた。

「では、私はこれで」

照子と息子はその場に立って私を見送った。振り返ると照子が手を振った。私はもう一度、会釈《えしやく》をして、元来た道を引き返した。

家に戻ったのは午後十時半すぎだった。一階には誰もいなかった。

「鉄雄《てつお》？」二階から朋香の声が聞こえた。

「お父さんだよ」

「遅かったね」

「生徒の相談に乗ってたから」

自分の部屋で一休みしてから一風呂浴びた。それから缶ビールを持って居間に入り、夕刊にざっと目を通した。

ふと或《あ》ることを思い出し、縁側に立った。

縁側のカーテンを引き、ガラス戸を開けた。そして軒《のき》の方を見上げた。

突然、何が気になったかというと、すだれである。

照子の家がすだれ屋だと聞いて、うちにもあったことを思い出したのだ。

私が市販のものを買ってきて自分で取り付けたものである。

ホームセンターに行った折、すだれが目に入り、衝動的に買ったのだ。まだ妻が生きていた頃のことだから、随分前の話である。

自分で取り付け、二、三年は使っていたが、そのうちに上げ下げがうまくいかなくなり、そのまま放置してしまった。

私は、巻き上げられていたすだれを下ろしてみることにした。どこかが引っかかっていて下ろすのに一苦労した。かなり傷《いた》みがひどく、使い物にはならないことが分かった。

朋香が居間に入ってきた。

「何してるの？」

「すだれがあったことを思い出してね」

「それ、下げるつもり？」朋香の声が曇った。「汚らしい」

「使うつもりはないよ」

「取っ払った方がいいわね。鉄雄にやらせようか」

「近いうちに、ふたりでやるよ」

「でも、なぜ、突然……」

私は朋香を見て頬をゆるめた。「もうじき夏だから」

朋香はきょとんとした顔をした。

「小百合は？」

「出かけてるよ。芝居のナレーションを頼まれたとか言ってた」

玄関の引き戸が開く音がした。

「ただ今」

鉄雄が帰ってきたのだ。朋香が迎えに出た。

私はすだれを巻き上げ、自分の部屋に戻った。

翌日は、朝から細かな雨が降っていた。温子は仕事で博多《はかた》に行っている。

随分迷ったが意を決して家を出た。

葛西橋《かさいばし》通りを横切り、亀久橋《かめひさばし》を渡った。そのまま真《ま》っ直《す》ぐに行けば、資料館通りにぶつかる。

私は大きなこうもり傘をさし、雨に煙《けぶ》るスカイツリーを遠くに見ながら歩を進めた。

近所とはいえ、資料館通りの方には滅多《めつた》に来ない。白河三丁目の交差点を左に曲がった。そのまま真っ直ぐに行けば、清澄《きよすみ》公園である。

豆腐屋、写真館……。様変わりしたとはいえ、昔からの店が残っていた。

『すだれ屋、清吉』が近づいてきた。

私は傘の端から盗み見ながら、店の前を通りすぎた。ガラス戸越しに作業場を目にすることができた。若い男が、見慣れない機械の前で作業をしていた。

私は踵《きびす》を返し、ガラス戸の前に立った。

作業をしている男は引き締まった躰《からだ》の持ち主だった。面長のきりりとした若者で、わざと剃《そ》らずにいるらしい頬の無精髭《ぶしょうひげ》が似合っていた。

目許が、昨夜会った照子の長男と似ているから、この男が次男ではなかろうか。しかし、圧倒的に、この男の方が精悍《せいかん》で格好がいい。ひょっとすると次男ではなくて、雇われている人間かもしれない。

すだれの材料らしい細い棒のようなものを機械の穴に通し、足でペダルを踏むと、材料に糸が巻かれる仕組みになっていた。すだれを編んでいるらしい。

男の動きは実にリズミカルだった。

海坊主はいなかった。男と目が合った。私はガラス戸を引いた。

「いらっしゃいませ」男は作業の手を休めずに挨拶をした。

奥の方から竹のいい香りがしてきた。

「あのう、青井清吉さんはいらっしゃるでしょうか？」

男が手を休めた。「どちらさまですか？」

「冬木《ふゆき》に住んでいる森川崇徳《もりかわむねのり》といいます」

男は口を半開きにして、私をじっと見つめた。

「あなたはご子息ですか？」

男はそれには答えず、スリッパをぱたぱたさせ、暖簾《のれん》をめくって奥に姿を消した。

私は店を見るともなしに見た。

壁のいたるところにすだれがかかっていて、竹などの材料が作業場の隅に置かれている。土間の部分はほんの一部で、作業場は板敷きになっていた。右の奥に急な階段があった。

なかなか男は戻ってこなかった。

私は少し苛立《いらだ》ってきた。

男が現れた。そして、板の間に正座した。「私、清吉の次男の茂一《しげかず》と申します。この間、父が大変ご迷惑をおかけしたそうで」

「そのことはもういいんです。お父さんは……」

茂一が上目遣《うわめづか》いに私を見た。「今日は会わない方がいいと思います。改めて私がお詫びに伺いますので、今日のところはお引き取り下さい」

「変なことをお伺いしますが、警察がここに来たことはなかったですか？」

茂一は目を閉じ肩を落とし、深い溜息をついた。

「やっぱり、来たんですね」

「昼すぎに」

「誤解があるかもしれないと思いまして、私……」

私の言葉を遮《さえぎ》ったのは、どすんどすんという足音だった。暖簾が激しく揺れて、海坊主が現れた。つるっ禿《ぱ》げの頭が汗で光っている。

「きさま、何しにきた」清吉は端っから喧嘩腰である。頬が桜色に染まっていた。酒を飲んでいたらしい。

「親父、引っ込んでてくれよ」

「うるさい。わしはこいつのせいで泥棒《どろぼう》扱いされたんだぞ」

「そのことで話があるんです」私は無理に笑みを作った。

階段から女が顔を覗かせた。かなり年輩の女だった。

「何でにやにやしてんだ！」清吉が土間に裸足《はだし》で下りてきた。

「昨日、教室で奥さんに会って……」

それはいきなり起こった。私は清吉に胸ぐらをつかまれ、平手打ちを両頬に食らった。

「親父！」

茂一が父親を後ろから押さえようとした。

「お前の出る幕じゃねえ」

私は突き飛ばされ、編み機の角に後頭部をぶつけ、その場に倒れてしまった。

「きさまは女房を色気づかせ、わしを空き巣に仕立てあげた。卑怯な手を使いやがって。許せねえ」

さらに向かってくる清吉の前に立ちふさがったのは、二階から下りてきた女だった。

「社長」

清吉は両手をぎゅっと握り、肩で息をしていたが、もう手出しはしてこなかった。

「大丈夫ですか？」茂一がしゃがみこんで、私の顔を見た。

清吉は黙って奥に去っていった。密林に消えてゆくゴリラみたいだった。

私は茂一に助けられ、起き上がった。茂一の顔は真っ青だった。

「念のために病院に。僕がご一緒しますから」

「何てことするのかしら、まったく」女が暖簾の奥を睨《にら》みつけた。

私は、打った頭の部分を手で摩《さす》った。じんじんと痛みが走っていた。

「いや、いいです。自分で行きますから」

「駄目ですよ」女が口をはさんだ。「茂一さん、お連れして」

「車、取ってきます」

私はまだぼうっとしていた。後頭部を打ったせいではない。起こったことに驚いてしまったのである。

叩かれた頰に手を当てた。右頰の皮膚が切れたらしく軽い出血が見られた。

女も奥に消えた。戻ってきた彼女の手にタオルが握られていた。冷たいタオルが頰に気持ちよかった。

「私、ここにお世話になっている村越《むらこし》と申します。社長、悪い人ではないんですけど、瞬間湯沸かし器なんです」女が申し訳なさそうに謝った。

表に軽トラが停まった。茂一が下りてきた。「村越さん、後は頼みますね」

「はい」

雨は降り続いていた。私はこうもり傘を手に取り、外に出た。

村越と名乗った女が、濡《ぬ》れるのも気にせず軽トラのところまで私についてきた。

木場《きば》公園近くの総合病院に行くという。

車中、茂一は謝ってばかりいた。

「警察が来た話だけど、お父さん、誤解してるんだ」

「どういうことでしょうか？」

私は、昨夜、照子に話したことを繰り返した。「しかし、警察、よくお父さんのことが分かったな」

「あの風体ですから目立つんです」

私は黙ってうなずき、ぶつけた頭をまた撫《な》でた。

「あのう……」茂一が言い淀んだ。

私は茂一を見つめた。

「森川さん、示談ですませることはできませんか。図々しい話ですが、父を罪人にはしたくないんです」

「お父さんが人に暴行したのは、これが初めてじゃないんでしょう？」

「いえ。今回が初めてです」茂一の目が落ち着きを失った。

「本当かな？」

「すみません。嘘です。僕も何度も殴《なぐ》られてます」

「警察沙汰《ざた》になったことは？」

「母が頭を下げて示談ですませたことが一度あります」

「お父さん、おいくつ？」

「七十二です」

「あなたは？」

「三十八になりました」

車は深川署の前を通った。茂一が不安そうな目で署を見つめた。

「お父さんが詫びを入れてくれればそれでいいですよ」

「ありがとうございます」茂一がほっとした目を私に向けた。

「危ないよ。前を向いてて」

「は、はい」

私が学生だった頃は全共闘運動が激しかった。私はノンポリだったが、あの時代の空気を吸っていたせいだろうか、窃盗や強盗なら別だが、ちょっとしたいざこざで〝官憲〟を呼ぶ気にはなれないのだった。

それに、昔の作家の中には酔って暴れる者も珍しくなかった。新宿ゴールデン街好きの作家の中には客に絡まれ、乱闘事件を起こした者もいた。しかし、誰も訴えなかった。当時のゴールデン街は、或る意味〝治外法権〟エリアだったから、大事《おおごと》にする人間はひとりもいなかった。

そういう洗礼を受けていることもあり、今回のことで青井清吉を訴える気はなかった。

医者には、滑って転んで、頭をすだれ作りのための編み機にぶつけたと言った。

「すだれの編み機ですか？」医者の興味がそちらに移った。

私はどんな機械か見たままを話した。

しめしめ。嘘をつく時は、事実をしっかりと織り交ぜることが大事である。これは、ミステリ作家から教わったことだ。

長く待たされた上に、ＭＲＩなどの検査も受けたものだから、病院を出たのは五時近くだった。

頭は打撲ですんだ。頬に絆創膏《ばんそうこう》が貼られた。

茂一に家まで送ってもらうことになった。

家に近づいた時、角の福田《ふくだ》さんの家の娘がタクシーに乗るところが目に入った。

最近、結婚して家を出たはずの娘をよく見かけるようになった。

福田さんの家の角を曲がった。前を女が歩いていた。傘をさしていたが小百合だとすぐに分かった。〝ながら〟スマホ中である。流行《はや》りの帽子にフレアスカートを穿《は》いていた。

あいつ少し太ったかな。異常がないと分かったものだから、気持ちに余裕ができたようで、そんなことが頭をよぎった。

「クラクション、鳴らして」

茂一が怪訝《けげん》な顔をした。

「前を歩いてるのはうちの娘なんだ」

茂一が軽くクラクションを鳴らした。

小百合が振り返った。サングラスをかけていたが、こちらを睨みつけている。

私は窓から顔を出した。

小百合はサングラスを外し、目を細めて軽トラを見ていた。軽トラが小百合の傍《そば》で停まった。

「お父さん……」

「ちょっといろいろあってね、こちらは……」

青井という名前を出すのを躊躇った。本当のことを話すと、また騒動になりかねない。

「この人は、茂一君っていうんだ」

「青井茂一と申します」

私は天を仰ぐような姿勢を取った。と言っても、軽トラの天井に遮られて空は見えるはずもなかったが。

「青井って、あの男の……」

「息子さんだよ」

茂一が先に路上に立った。私も車を下りた。

「今日また父がとんでもないことをしでかしまして」茂一が緊張した面持ちでつぶやくように言った。

「お父さん、何があったの？　その絆創膏、何？」

「何って、見ての通り、絆創膏だよ。すだれに使うヒゴのようなものがぶつかったんだ」

小百合はぽかんとした顔をし、首を軽く傾げた。

「僕は仕事がありますので、これで。改めてお詫びに上がります」そう言ってから茂一はまた謝った。

一年分の詫びの言葉を、今日一日ですべて聞き尽くしてしまった気がしないでもなかった。

軽トラが去っていった。

「あの男が海坊主の息子……」

「次男だそうだ」

「何でお父さん、海坊主の次男と」

それには答えず私は先に門を潜《くぐ》った。居間に入る前、私は洗面所に向かった。絆創膏が貼られている顔を改めて見つめた。何だか間抜けに見えた。

小百合と朋香の話し声が聞こえた。

「お父さん、変なの。あの海坊主の息子の車で家に帰ってきたのよ」

「何で何で」朋香の声が興奮している。

「知らない。ともかく変」

洗面所から出た私は居間に入った。

小百合と朋香が私の後についてきた。

頭が痛い。打撲のせいではない。興味津々の娘たちの視線が鬱陶《うっとう》しかったのだ。

「どういうことなの、お父さん」朋香の顔は真剣そのものだった。

清吉がうちに謝りにきたら、大体のことは家族に知られてしまうだろう。しかし、殴られた話は、説明するのが面倒なので、この場ではしたくなかった。

「あの海坊主な、すだれ屋でね。資料館通りに『田巻屋』ってのがあるだろう。あの斜め前に店がある」

小百合が上目遣いに私を見た。「すだれのヒゴで怪我したって言ってたよね。お父さんが海坊主に会いにいったってこと？」

ふたりに問い詰められている気分だった。私は黙ってうなずいた。小百合と朋香が顔を見合わせた。

私は昨夜、照子と会った時のことから順を追って話した。

「……例の空き巣の件が気になったから訪ねてみたんだ。そしたら、警察はもうあの海坊主に事情聴取してた」

「やっぱり、あいつが空き巣だったの？」

「海坊主、家にいたよ。捕まってないから犯人じゃないんだろうよ」

「そんなことはないわよ。警察は泳がせてるのかもしれない」小百合が言った。

「そんなことはどうでもいいけど、で、何で怪我したの？」

「土間が濡れてて滑ってね。頭を打ったんだよ。さっき小百合が会った息子が病院まで連れていってくれた」

「ふーん」朋香が猜疑心《さいぎしん》丸出しの視線を私に向けた。「お父さんが嘘をついてる時って何となく分かる」

「私も。私が中学の時だったよね。デパートでばったりお父さんの付き合ってる人に会ったの」

何で話がそこに飛ぶのだ。遠い昔のことだから動揺はなかったがバツが悪い。

「そんなことあったっけな」私は笑って誤魔化《ごまか》した。

しかし、小百合はその話をやめなかった。

「その時、お父さんの態度、超おかしかった。具体的なことは分からなかったけど、お父さん、嘘をついてるって思った。今日も同じニオイがしてる。本当のことを言いなさいよ」

「いずれ時がくれば分かる」

私は座卓を離れ、縁側に立った。打ちつけた後頭部が気になり、軽く撫でた。先ほどよりも隆起していた。

「息子っていうのも、親父に似てデブなの？」朋香が小百合に訊いた。

「全然」

「いい男？」

「普通。感じのいい奴だったけど」

「『すだれ屋、清吉』ね。あの鬱陶しい奴が。きっと、あいつが作ってるすだれ、売れないね」朋香が冷たい口調で言った。

「今日のこと、昌子伯母さんには言うなよ」

「分かってます」答えたのは朋香だった。

小百合が、私が起こした愛人騒動に触れたものだから、相手の佐久間志乃《さくましの》のことを久しぶりに思い出した。

佐久間志乃は作家で、私は彼女の担当編集者だった。精神のバランスがすこぶる悪い女で、暴れられたこともあった。そこがまた可愛《かわい》かったのだが、彼女に振り回されつぱなしでほとほと疲れ、もとより、妻と別れる気などなかった私は関係を切った。すったもんだはその後も続いたけれど何とか収まった。

そう言えば、志乃に頬を殴られたことがあった。暴行されたのはあれ以来である。志乃とは三年前に偶然会い、茶を飲んだ。時が生々しさを打ち消してくれ、短い間だったが、愉しい会話ができた。その後、彼女には会っていないが、一流の作家になった志乃はコンスタントに本を出し続けている。

「お父さん、何で今、話せないのよ」

「疲れてるんだよ」私はまた大袈裟に頭を触って見せた。そして、話題を変えた。

「ところで、福田さんとこの、由希子《ゆきこ》さん、最近、よく見かけるようになったね」

「そうだあ」朋香が大きく目を見開いた。「お姉ちゃんに言うの忘れてた。由希子、離婚したんだって」

「え？　マジで。何で何で」小百合の声は溢れんばかりの好奇に彩《いろど》られた。

「旦那って、空間クリエーターとか言ってたけど、全然、仕事になってなかったみたい」

「神田《かんだ》に事務所があるって言ってなかった？」

「あれもさ、家賃や何か、全部、由希子の家で面倒みてたんだって」

「いかにもヒモっぽい男だったね」

「あの子、そういう男が好きなのよ」

「そうよね。前の男も優しいだけの甲斐性なしって感じだったもんね」

「びっくりしないでよ。あの子、もう新しいカレシができたらしいの」

「大人《おとな》しそうにみえるけど、男食いなのよ、由希子って。で、その話、誰から聞いたの？」

「愛子《あいこ》よ。貴子《たかこ》が恵美《えみ》から聞いて、貴子が愛子に教えたの」

話が福田家の娘のことに移って、私はほっとした。しかし、こういう会話には入っていく気にはなれない。

知り合いの小さな騒動を耳にすると、大概の女は萌えになるようだ。特に離婚や別れ話になると。

男だって人の噂話はするけれど、あっさりとしたもので、ここまで興奮することはない。ともかく、ゴシップは女たちを活気づかせる、ほどよいサプリなのかもしれない。

私の携帯が鳴った。昌子からだった。

「あのね、例の空き巣、捕まったそうよ」

「あの海坊主じゃなかったろう？」

「違ってた。体型は似てたらしいけど」

「これからは早合点《はやがてん》は禁物だよ」

「間違えを恐れてては何も進まないのよ。だからあれはあれでよかったの」昌子が居直った。

私は苦笑するしかなかった。

茂一の吐《は》いた詫びの言葉のひとつかふたつ、昌子が譲り受けることができれば、少しはバランスが取れるのだが、そうはいかないのが世の中である。

私の後頭部にはタンコブができたが、触らなければ、もう痛みは感じなくなっていた。

日曜日の午前中、青井茂一から電話があって、午後二時頃に、父親を連れてお邪魔したいと言ってきた。

その日は、朋香夫婦も小百合も家にいた。

昼食の際、私は青井親子がやってくることを教えた。そして、こう付け加えた。

「お前らは、相手をしなくてもいいからな。お父さんひとりで十分だから」

「一応、僕はお義父《とう》さんと一緒に」鉄雄が言った。

「そうだな。じゃ鉄雄君は参加しろ」

「何で女だけ排除するのよ」小百合が文句を言った。

「そうよ」朋香が小百合に同調した。「あの海坊主が謝るところ見たいもの」

「家族総出で相手にするようなことじゃないだろうが」

「謝りにくるって言ってるけど、話の流れによってはまた暴れるかもしれない。人が多いほど圧力がかけられる」小百合は引かなかった。

「じゃ、いていい。けど、大した問題じゃないんだから、蒸し返すようなことは言うなよ」

「私も一緒にいる」舞《まい》が言った。

「あんたはお勉強。後でママが見てあげるから。今日はそういう約束だったでしょう」

「…………」舞がふて腐《くさ》れた顔をした。

食事の後片付けが終わると、朋香が居間を片付けた。

午後二時少し前、玄関チャイムが鳴った。

すでに小百合と朋香夫婦は居間で待機していた。朋香は安香音《あかね》と一緒だった。

小百合も朋香もきちんと化粧をし、こざっぱりとした服に着替えていた。

私が玄関まで迎えに出た。

茂一も清吉もスーツにネクタイ姿だった。

居間に通された青井親子は、私に促され奥の席に腰を下ろした。ふたりとも正座している。

私は家族を青井親子に紹介した。

茂一が改めて父親の非礼を詫び、手にしていた紙袋から包みを取り出した。「お詫びのしるしにもなりませんが、お納めください」

「それはそれは」私は恐縮した顔をして浅く頭を下げた。

かすかにいい香りがした。果物らしい。

しばし沈黙が流れた。清吉は目を伏せたまま黙っていた。

玄関チャイムがまた鳴った。そして、勢いよく引き戸が開いた。

「やばい」小百合が思わずそうつぶやいた。

青井親子がじっと小百合を見つめた。

「ちょっとお待ちを」私は慌てて居間を出た。

果たして昌子だった。妹の麗子《れいこ》が一緒だった。

「姉さん、今、お客さんなんだ。後にしてくれる？」

「誰が来てるの？」

「…………」

「誰よ」

「後で話すから」

「姉さん、お茶でも飲みにいきましょう」麗子が昌子の袖《そで》を引いた。

「変ね、あんた。私に何か隠してるの」昌子は麗子を無視してそう言うと、さっさと靴を脱いだ。

私は諦《あきら》めた。

襖《ふすま》を開けた昌子が私に目を向けた。「ああ、この人、空き巣の……」

「違うだろう。犯人は別にいたじゃないか」私は昌子に怒った。

「そうね。そうだったわね」

麗子が昌子の後ろから居間を覗き込んだ。「話に出てた海坊主かしら」

麗子の言い方はのんびりとしている。が、それが却《かえ》って、重い一言となった。

清吉は上目遣いに私たちの方を睨んだ。

「紹介しておきます。手前が私の姉の昌子で、後ろが妹の麗子です」

「青井清吉です」清吉は仏頂面《ぶっちょうづら》のままである。

茂一も自己紹介した。

私は小百合に目で合図をした。小百合が立ち上がり台所に向かった。茂一が横目で小百合の後ろ姿を見ていた。

昌子が座ると、麗子もその後ろに腰を下ろした。

昌子が目を吊り上げた。「ここに怒鳴りこんできた方が、今日は何の御用なんです？」

「姉さん、ちょっと黙ってて」

「父が森川さんに、また大変なご迷惑をおかけしてしまいまして」茂一が沈痛な表情で言った。

「何があったんです？」麗子が訊いた。

「茂一さん、その話はもういいです」私は慌てて止めに入った。「お父さんがここに来られただけで気持ちは分かりましたから」

「親父、ちゃんと謝って」

清吉は神妙な顔をして頭を下げた。「興奮してたとはいえ、あんなことをしでかし申し訳なかった。この通りです」

「お怪我の方は、その後……」

「大丈夫、大丈夫」私は手を軽く上げ、茂一の言葉を制した。

昌子が私を見た。「崇徳、どういうことなの？」

「父がその……」

「茂一さんも、もういいですから、その件は」

「よくないわよ」昌子が前屈みになり、茂一に目を向けた。

「父が、森川さんを殴って、怪我をさせたんです」

驚いたのは昌子だけではなかった。小百合も朋香夫婦も唖然とした顔をして私を見た。

「何があったのよ、兄さん」麗子に訊かれた。

ここまできたら話すしかない。私は、簡単に経緯を話した。そして最後に、空き巣の犯人が捕まったことを清吉に伝えた。

清吉はむっとした顔をし、口を開かない。

「誤解があったようで、こちらも謝ります」今度は私が頭を下げた。

一瞬の間をついて昌子が私に言った。「あんた、警察に届けなかったの」

「そんな大袈裟なことじゃないんだ。元はと言えば……」

そこまで言って私は言葉を呑んだ。ここで姉と言い争いをしても始まらない。

小百合がお茶を用意して戻ってきた。茂一がまた小百合をちらりと見た。

「青井さん、この件はこれでお終《しま》いにしましょう」

「ありがとうございます」礼を言ったのは茂一だった。

「青井さん、私からお願いがひとつあります。奥さんが、文芸講座を受けるのを許してあげてください」

清吉が腕を組んだ。「もうわしの知ったことじゃない。あいつは家を出ていった。勝手にすればいい」

「『美徳のよろめき』も『愛の渇き』も立派な文学作品です。それを理解できないなんて」昌子がきつい調子で言った。

「わしは文学など分かりません。ともかく、わしに隠れて、ああいうことをしてるのが気に食わんのです」

「もう少し奥様を理解してあげたらどうです？」昌子が続けた。

「ともかく、今日は殴ったことを謝りにきた。早まったことをしたと反省しています。しかし、照子のことは話が別です」

「麗子、姉さんを」

麗子が小さくうなずいた。「お姉ちゃん、行きましょう。大した用じゃないんだけど、後で連絡くれる？」

「うん」

「でも、暴力は……」

「姉さん、帰って」私はいつになく強い口調で言った。

昌子が渋々立ち上がった。そして麗子と共に居間を出ていった。

玄関が開け閉めされる音がした。

「申し訳ない。姉はちょっと言いすぎる時がありまして」

そっぽを向いていた清吉が突然、立ち上がった。何をするのかと見ていたら、縁側に立ち、断りもせずにガラス戸を開けた。

少し下がり気味に巻き上げられていたすだれに気づいたらしい。清吉はすだれを下げた。

「この家の造りはすばらしい。だが、このすだれはいただけない。お詫びのしるしに、すだれを作って差し上げたい」

「それには及びません。それより、私の話を真面目に聞いてほしい」

「あんたが夫婦のことに口だしする理由はないだろう」清吉はすだれを巻き上げながら言った。

「確かに」

「だったら余計なことは言わないでほしい」

「親父、森川さんの言う通りだよ。お袋に帰ってこいって言ってよ。親父、お袋がいないと飲んでばかりいるじゃないか」

「勝手に家を出ていった奴に、何でわしから頭を下げなきゃならない。お前も口を出すな」

安香音が泣き出した。清吉の声に驚き、怖くなったのだろう。階段を駆け下りてくる音がした。舞が襖を開け、居間を覗き込んだ。

朋香が、清吉を睨みつけ、安香音を連れて出ていった。「舞もいらっしゃい」

「あの人、泥棒さんね」舞の声が聞こえた。

朋香はそれには答えず、子供たちを連れて二階に消えた。

「ともかく、うちのすだれを使ってもらいたい。これじゃ、あまりにもひどい」

清吉が元の席に戻り、お茶を一気に飲み干した。

「親父、行こう。寸法は後で僕が計りにくるから」

チャイムが鳴った。昌子が戻ってきたのではと私は不安になった。

「こんにちは。崇徳《そうとく》さん、いるかい」

私はまた玄関に出た。

「里山《さとやま》さん、どうも。お久しぶりです」

里山新太郎《しんたろう》は同じ町内で今も材木屋を営んでいる男である。里山は町内会の大幹部。以前は会長も務めていた人間である。歳は七十二。

今年は八幡《はちまん》様の本祭りが開かれる。祭りを仕切っている町内会の人間は寄付を募って回る。しかし、ちょっと例年よりも早い気がした。

「前を通りかかったら、『すだれ屋、清吉』の車が停まってたもんだから、ひょっとしてと思って」

「里山さん、お知り合いですか?」

「まあね」

「お上がりください」

「じゃちょっとだけ。寄るところがあるから」

居間に入った里山に茂一が挨拶をした。

里山が、おや、という顔をして、上座に正座している清吉を見た。仕事以外でここにきていることを不思議に思ったらしい。

「清吉さん、ここで何してるんだい?」

「あんたには関係ないことだ」清吉はまた腕を組んだ。

「里山さん、清吉さんとは」

「お互い、親父の時代からの付き合いでね。言わば腐れ縁だな」

「親父が、ちょっと森川さんにご迷惑をおかけしたものですから。詫びにきたんです」茂一が口をはさんだ。

里山が興味津々の目で清吉を見た。「何をやらかしたんだい?」

「………」

「そのことはもういいんです」そう言ってから私は話題を変えた。「寄付のことは承知してます。例年通りの金額を用意してます」

里山は姿勢を正し、礼を言った。

「二年前、例外的に本祭りをやったもんだから、間がいつもよりも一年短くなったろう。だから寄付を頼みづらくてね」

寄付金は気持ちだからいくら出してもいい。七十万ぐらい寄付する会社もあれば、三千円の個人もいる。むろん、まったく出さないところもある。地元の商店や代々、冬木に住んでいる人間は二十万から三十万は用意する。しかし、きつい出費だと思っている人間も少なくない。

我が家は三十万円寄付している。ちょっと痛い出費だが、母が本祭りを愉しみにして生きていた。その母はもう祭りを見ることはできないし、母が生きている間の最後の祭りになるかもしれない。だから、これまで通りのことをやっておきたかった。

「それでは、私たちはこれで」茂一が言った。

「私も行くよ」里山も腰を上げた。「しかし、お前にここで会うとはな。俺は、ここの先代には、若い頃いろいろ世話になったんだよ」

青井親子と里山が退散した。

彼らを見送った私は、ふうと息を吐き、居間に戻った。

「お父さん、何で前に本当のこと言ってくれなかったのよ」小百合がなじるような調子で言った。

「まあいいじゃないか」私は笑って誤魔化した。

「やっぱり、あの海坊主、最低ね」

「どっかおかしいよ。いくら熱くなる人間だって言っても、謝りにきたのに仏頂面してるなんて」鉄雄が口をはさんだ。

朋香が二階から下りてきた。ひとりだった。

「安香音は？」私が訊いた。

「眠くなったみたい」

「親父はとんでもないが、息子はちゃんとしてるね」私が言った。

朋香が小百合を見て、含み笑いを浮かべた。「あの息子さ、ちらちら、お姉ちゃんのこと見てたよ」

「僕も気づいたよ」と鉄雄。

「でしょう？　きっとお姉ちゃんに興味があるのよ」

「私、全然気づかなかった」

朋香が意味ありげな目をした。「どう？　ああいうタイプ？」

「ピンとこないな」

「でも、言い寄られたら変わるかも。私だって、鉄雄に最初は全然興味がなかったもの」

「あのね、どんなに素敵な男だったとしても、あの父親の相手をすると思ったら、無理。絶対に無理だよ」

「それは言えるね」朋香が大きくうなずいた。

「あの家に嫁《とつ》げる女は、今の世の中にはいないな」鉄雄が短く笑った。

私はぬるくなった茶を啜《すす》った。そして、手土産《てみやげ》の包みを開けた。いい香りが立ち上った。

「おう。これはうまいよ」

青井親子が持ってきたのは福井産のプリンスメロンだった。

「プリンスメロンは福井が一番うまいんだ」

「あの男、ケチね。これ、マスクメロンよりも安いんでしょう？」朋香が言った。

「そうだけど、なかなかセンスのいい土産だよ。お父さん、マスクメロンよりもこっちの方が好きだし」

「僕は食べたことないな」鉄雄がくんくんと匂いを嗅《か》いだ。「いい香りがしてますね」

「朋香、ちょっと切ってくれないか」私が頼んだ。

「うん」

久しぶりのプリンスメロンである。子供の頃、マスクメロンなどほとんど食べたことはなかった。もっぱらプリンスメロンだった。

私が、昔の懐《なつ》かしい味に舌鼓《したつづみ》を打っていると、小百合が言った。

「お父さん、伯母さんたちが電話を待ってるんじゃないの？」

「あ、そうだった」

「何の話か知らないけど、うちには呼ばないで」小百合がはっきりと言った。「海坊主のことで興奮されると面倒だから」

「うん」私は麗子の携帯を鳴らした。

ふたりは麗子の部屋にいた。昌子も麗子もプリンスメロンが好きだった。私は四個を袋に入れて家を出た。

亀久橋を渡り、森川第一マンションに向かった。第一とついているが、第二は存在していない。父親はゆくゆくは他にマンションを造るつもりだったのか。よく分からない。

朋香と小百合の会話を思い出し、小百合のことを考えた。

小百合は熊本《くまもと》から戻ってきてから、さして仕事はなく、ぶらぶらしている。結婚を強《し》いるつもりはないが、アナウンサーではとても食ってはいけないだろう。いい人が見つかればなあ、と思ってしまうのだった。

茂一は悪くない。しかし、娘にあの舅《しゅうと》と付き合えというのは酷である。それに私も、青井清吉と親戚になるのは願い下げだ。

昌子と麗子は、紅茶を飲んでいた。ケーキを食べた跡がテーブルに残っていた。

昌子も麗子もプリンスメロンを見て頬をゆるめた。

「へーえ、あの男にしては気がきいてるわね」

「息子が選んだのかもしれないよ」昌子が言った。

「そうね」

私は麗子に目をやった。「香澄《かすみ》ちゃんは？」

「出かけてる。ワインの試飲会があるんだって」

香澄は麗子のひとり娘で、女子大に通っていた頃、一時、我が家で預かっていた。跳ねっ返りの典型で、家の前に停まっていた車の中で、男と喧嘩していたこともあったし、家族に内緒で新宿のキャバクラでバイトしていた時期もあった。フランス文学を専攻しているのに、モーパッサンの名前も知らず、私は呆《あき》れ返った。しかし、或る時、サン＝テグジュペリの『人間の土地』が好きだと言った。あまりにも意外だったものだからよく覚えている。

小津《おづ》安二郎《やすじろう》の昔の映画『大学は出たけれど』ではないが、就職先が決まらず、困っていた。しかたなく、私の勤めていた会社に入れた。と言っても契約社員だが。配属されたのは飲食を専門にした『フード・パラダイス』という雑誌の部署だった。

きちんと働いてくれないと私の顔が立たないと一抹《いちまつ》の不安を感じていた。しかし、意外や意外。上司にも大変、受けがよく、しばらくしてから、取材を任されるまでになっていた。今は短い原稿も書いているという。

正社員にはなれないが、うまくいけば数年は働ける。

別居中の麗子に、夫の泉一《せんいち》は仕送りをしているが、麗子はその金を娘のために貯金し、自分は幼馴染《おさななじ》みが社長をやっているネオン看板の会社に勤めている。

「大した用じゃないって言ってたけど、何？」

「その前に、あの男のことを話してよ」

「いいよ。もうすんだことだから」

「暴力を振るわれたのに泣き寝入り？」麗子が小馬鹿にしたような顔で言った。

「崇徳は気骨がないのよ」昌子に追い打ちをかけられた。

「姉さんの早とちりがなければこうなってないよ」

「しかたないでしょう、あの時点では」

「で、何だよ、用って」

昌子が麗子に目を向けた。

「兄さん、弁護士を紹介してほしいの」麗子が言った。

「お前、離婚することにしたのか」

「そうよ。泉一、協議離婚に応じないんですって」昌子が口をはさんだ。「いつまでも、中途半端な形でいるわけにはいかないでしょう？」

「まあな。で、香澄ちゃんは何て言ってるんだい？」

「好きにしたら、って言われちゃった。離婚しても、ママはママだし、パパはパパだとも言ってた」

「香澄ちゃん、成長したな。こう言っちゃ悪いが、俺が預かった時は、先行きどうなるんだろうって心配してたけど」

「兄さんのおかげよ。あの子、今、仕事に燃えてるもの」

「泉一さんは相変わらずギャンブルに手を出してるのか」

「知らない」麗子が突き放すような調子で言った。

「あの人の悪い癖は別にして、お前の泉一さんに対する気持ちはどうなんだ」

「崇徳、余計なこと言わないで」昌子に睨まれた。「ああいう男はね、舌の根の乾かないうちから、同じことを繰り返すもんよ」

「店はどうなってるんだ」

「老舗《しにせ》だから、それなりに客はついてるのよ」

「別居の理由が、相手方のギャンブル癖にあるから問題はないと思うけど、離婚訴訟って面倒でしょう？　だから、いい弁護士を紹介してやりたいのよ」

昌子が麗子を焚《た》きつけた可能性がある。子供の頃から、麗子は昌子に押しきられることが多かったが、本当の気持ちはよく分からなかった。今回もそれを頭に入れておかなければ、と改めて思った。

「分かった。学生時代の友人に弁護士がいるから聞いてみるけど、あまり当てにしないでくれよ。ところで姉さんの方はどうなんだい？」

「私、離婚する相手なんかいないじゃない」

「そうじゃなくて、ひとり暮らしを続ける気かって訊いてるんだよ」

「そう。娘たちには時々、会えばいいのよ。一緒に暮らすと何かと気を遣わなきゃならないし」

昌子が強がっているのか、そうでないのかはよく分からなかった。

第三章　圭介の悩み

翌日、母の様子を見に施設に出かけた。

ひとりではなかった。美千恵《みちえ》の夫、岩政圭介《いわまさけいすけ》が一緒だった。

午前中に圭介から電話があり、会いたいと言ってきた。その日、仕事は休みだという。夜、門仲《もんなか》で一杯飲むことにした。美千恵は浜名湖《はまなこ》で開催しているレースに出場しているので東京にはいない。

私が立ち寄り先を教えたら、圭介が同行したいというので、午後五時半に施設の入口で待ち合わせをした。

私が施設に着いた時、圭介はすでに来ていて、紙袋を手にして立っていた。

美千恵と圭介は結婚後、引っ越しをした。最寄りの駅は埼京線の浮間舟渡《うきまふなど》。美千恵が住んでいたところから、それほど離れていない新築マンションを購入したのだ。

「ご無沙汰《ぶさた》しています」圭介が私に頭を下げた。

「付き合わせて悪いね。三、四十分で引き上げるから」

「その後、お義祖母《ばあ》さんは？」

「薬で進行を抑えてるけど、それでもどんどん悪くなってるようだ。これぱっかりはどうしようもない」

圭介が、美千恵の浜名湖のレース結果を教えてくれた。三位だったそうだ。

「最近、調子いいみたいだね」

「ええ」

私たちは母の部屋に入った。狭い部屋の窓際にベッドがあって、母はそこに横になっていた。介護士の女性が、母の躰《からだ》を起こしてくれた。

私と圭介は折り畳み式の椅子をベッドの脇に持っていき、腰を下ろした。

母は圭介を見つめていた。相手が誰か分かっていないようだ。

圭介が椅子から離れ、しゃがみ込んで母に話しかけた。「美千恵さんの夫の圭介ですよ」

圭介がしゃがみ込んだのは、認知症の患者は、上からの視線に恐怖を感じることが多いからである。

母は反応しなかった。

「これ、どうぞ」圭介が紙袋から包みを取り出した。

水羊羹《みずようかん》だった。嚥下《えんげ》の問題があるので大福のようなものは食べさせられない。

「生意気ね」母が不機嫌そうな顔をしてぽつりと言った。萎縮《いしゅく》した脳が、何かに反応している。土産《みやげ》を持ってきたことについての応えではない。

らしいが、その正体を突き止めることは誰にもできない。

圭介が皿を用意し、そこに水羊羹を載せた。「みんなで食べましょう」

相変わらず、母は無表情だった。しかし、顔色は悪くない。それで十分である。

私と圭介が先に水羊羹に口をつけた。

「もうじき、八幡《はちまん》様のお祭りだね」私が言った。

母が目を細めて笑った。

その時の体調にもよるが、まったく出かけられないことはない。できたら、ほんの短い間だけでも、母に祭りを見せてやりたいと私は思っていた。

母が水羊羹を食べた。自分で食べることはまだできるのである。

私は、母が理解しなくても、プリンスメロンを食べた話などをした。認知症がひどくなってから、母は食べ物の話が殊《こと》の外《ほか》好きになった。

「お父さん、何してる」母が抑揚のない声でつぶやいた。

「親父はとっくに死んだじゃないか」

「死んだ？　ふーん」

圭介は居たたまれないような顔で母を見ていた。認知症というものがどんなものか頭では理解できても、三十代の圭介には、どう対処したらいいのか分からず、戸惑《とまど》ってしまうのだろう。

私はもう慣れた。ともかく、話が嚙《か》み合わずとも、こうやって一時をすごす。それでいいのである。

「昌子《まさこ》がうるさい」母がしっかりとした口調で言った。

焦点の合っている一言だった。時々、現実を認識できるようだ。何かにつけてかまいすぎる昌子の態度が、脳のどこかに強くインプットされている証《あかし》に思えた。

私は母を覗《のぞ》き込むようにしてうなずいた。「そうだよね。昌子姉さんはうるさいよね」

母はそれには応えず、うまそうに水羊羹を食べている。

甘い物の他に反応するものが、もうひとつある。

それは昔の歌である。

私が『銀座カンカン娘』をハミングした。

にわかに母の目が輝いてきた。そして、彼女が歌い出した。なぜか昔の歌の歌詞はこの間、来た時は、クリスマスでもないのに『きよしこの夜』を突然、歌い出した。ワンフレーズだけだったが、英語で歌った。

音楽の力は偉大である。

私たちは四十分ほど母の相手をし、介護士に連絡を取った。

介護士が来たところで、圭介に目配せした。

「お母さん、また来るからね」

母は口を開かなかった。

私たちは母の部屋を出た。エレベーターを待っているとケアマネージャーの田辺《たなべ》さんに会った。母のことを訊《き》いた。別に問題はないという。

施設を出た私と圭介は門仲に向かって歩いた。

「圭介君、認知症ってのは怖いんだよ」

「本人が苦しくないんだったらいいんですが」

「その辺のところもよく分からない。けど、今の方が楽かもしれないな。半分、健常者と同じように認識できてた時の方が辛《つら》かった気がする」

「うちの会社の会長が、この間、七十五になりましてね。免許の更新の時、認知機能検査をさせられ、怒ってましたよ。屈辱的だって」

「話には聞いてるが、どんな検査をするんだい」

「〝今日は、何日ですか？〟とかいうばかばかしい質問に答えなければならないそうです。ウサギとかバイクの絵を見て覚え、後でどれだけ覚えているか訊かれたりもするそうです」

「私は自信ないな。緊張して、何も思い出せないかもしれない」

「お義父《とう》さん、今日は何曜日です？」圭介が改まった調子で訊いてきた。

「え？　ああ……今日は……月曜日じゃないか」私は憤慨《ふんがい》を露《あら》わにして口早に答えた。

「正解です」圭介がにっと笑った。

「からかうのもいい加減にしろ。私はまだ六十二だよ」

「すみません。思わず訊いてみたくなってしまいまして」

若い圭介は、六十二歳と七十五歳の差を実感できないのかもしれない。

大横川《おおよこがわ》の近くにある居酒屋に入った。

適当に酒の肴《さかな》を頼み、ビールのジョッキを軽く合わせた。

「圭介君、私に何か話があるんじゃないのか」

「大したことじゃないんですけど」圭介がビールを呷《あお》るように飲んだ。

「美千恵と喧嘩《けんか》でもしたか」

「ただの夫婦喧嘩でしたら、何もお義父さんにいちいち聞いてもらうようなことはしませんよ」

私は真顔になった。「じゃ、かなり深刻な問題だってことか。まさか君、離婚とか」

圭介が頰《ほお》をゆるめ、首を横に振った。

「じゃ何だい？」

「子供のことなんです」

「ほう」私は首を前に突きだし、圭介をじっと見つめた。「美千恵、妊娠したのか」

「ならいいんですけど、彼女、子供はいらないって言って、その……」そこまで言って圭介が周りを見回した。「例の時にゴムを強要するんです」

「コンドームをね、あの子が」

私の声が聞こえたらしい。隣にいたカップルがじろりと私を見た。

バツが悪くなった私は、慌てて牛すじを口に運んだ。

「僕は子供がほしいんです。だけど、美千恵は嫌がってる」

あの子も今年で三十七である。昔と違って、四十を越えて出産する女も珍しくなくなったが、産むならそろそろである。

「子供を産んでも仕事に復帰できるじゃないか。ママさん選手もいくらでもいる」

「そうなんですが、僕は子供ができたら、彼女には選手を辞めてほしいと思ってます」

「でも、あの子は選手を辞めないだろうよ。私も辞めてほしいとは思ってないしね。君だって結婚前は続けることに反対してなかったじゃないか」

「確かに以前はそう思ってましたけど、気持ちが変わりました」

私は腕を組んだ。「美千恵は、選手を続けられるんだったら産んでもいいと思ってるのかな」

「いや、そうじゃないみたいです」

子供を欲しがらない女がいてもおかしくはない。女は子供を産む機械ではないのだから。しかし、美千恵はなぜ、産みたくないのだろうか。

死んだ妻は、仕事を辞め、家庭に入り、三人の子を儲けた。彼女は子供を産みたがっていたが、子育てには深い悩みを抱いていた。だが、美千恵はそのことは知らないはずだ。

「変な話をしていいですか？」

「何だい？」

「僕は、どうもアレが苦手でして」

私は顎《あご》を引き、圭介をじっと見つめた。圭介は、あっちが好きだと耳にしたことがあった。違っていたのだろうか。

「それはつまり淡泊だという意味かね」

「はあ？」圭介の武者人形のような眉《まゆ》がゆるんだ。「そっちはどちらかというと好きな方ですよ。僕が言ってるのはゴムのことです。アレを使うとどうも気分が乗りません」

「それは誰でもそうだろうが」

「ええ。でも僕は特に嫌いで」

「最近は超薄型のものがたくさん開発されてると聞いてるがね。私の若い頃はゴムの質が悪くて、指サックがあるだろう、あれより多少マシなものしかなかった」

「いくら薄くなってもですね、気分までは変えられませんよ」

「そんなもんか」

「そんなもんですよ」

「話がずれてはいやしないか。君がゴムが苦手ということと、美千恵が子供を作りたくないことと、どう関係があるんだい？」

「直接関係はないですけど、夜の夫婦生活に、アレが邪魔をしてるんです。途中でその……」

「そういうことか」

「はい、そういうことです」

私はジョッキを空け、はあ、と溜息《ためいき》をついた。

「お義父さん、それとなく美千恵に、子供の話をしてくれませんか？」

「私が？」

圭介がこくりとうなずいた。

「そういう話をするのは女がいいんだがな。でも、あいつの母親は死んでるし、お祖母《ばあ》ちゃんはあんな状態だし、適任者がいない。困ったねえ。子供がいるのは朋香《ともか》だけど、妹に先輩面《づら》されたら、余計に美千恵は頑《かたく》なになるだろうしな」

昌子は論外である。麗子《れいこ》との関係は薄いから外した方がいい。

「お義父さんはどうなんです？　美千恵の産んだ孫の顔を見たいと思いません？」

「男の子ならね」

「お義父さん、意外とはっきりしてますね」

「分かるだろう、君にも。女の子でもかまわないけど、私のかねてからの望みは、我が家に男の子ができることなんだよ」

　圭介が背筋をのばした。「男の子が生まれるように頑張ります」

　私は力なく笑った。「努力してどうなるもんじゃないだろうが」

「そうですが、念力をこめます。ともかく、お義父さんしか頼れる人はいないんです」

「どう話したらいいか見当もつかんよ。産め、産めなんて言えないだろうが。美千恵、君にも産みたくない理由を言わないのか」

「レースを休みたくないとしか言ってません。でも、他に理由がある気がしてます」

「子供が嫌いなのかな」

「そうではないみたいです。友だちの子供にはすごく親切だし、小まめにプレゼントをしたりもしてますから」

　舞《まい》や安香音《あかね》に接している美千恵を見たことがあるが、おざなりに相手をしているようには見えない。本気で可愛《かわい》いと感じている態度に思えた。

「分かった。機会を見て、それとなく話をしてみよう」

「お願いします」

「しかし、夫婦なんだから、美千恵にさらに突っ込んで訊けばいいじゃないか」

「何度もそうしました。だけど、答えはいつも同じで、しつこく言うと、ヒステリーを起こすので、お手上げです。僕が思うに、美千恵は本当はファザコンですね。小百合《さゆり》ちゃんや朋香ちゃんよりも、ずっとお義父さんを意識してます」

「なぜ、そう思うんだ？」

「別に、お義父さんの話をしょっちゅうしてるわけじゃないんですけど、いつもお義父さんのことを気にしてる気がします。なかなかお義父さんに歩み寄れなかったのも、原因はそこにある。僕にはそう思えてならないんです」

美千恵は私の娘の中で、一番難しくて、面倒な子である。圭介との関係も長い間、曖昧《あいまい》なものだったし、私と和解するまでにもかなりの時間がかかった。

その分だけ、私は美千恵をかまいたくなってしまうのだった。小百合は、私の気持ちを見抜いていて、焼き餅を焼いたこともあったようだ。

圭介の話を聞いていたら、幼い頃の美千恵を思い出した。あの子は、私にまとわりついて離れなかった。

圭介は悩みを打ち明けたのだが、食が進まないことはまるでなく、最後に大きな焼きおにぎりを二個も平らげた。

早い晩飯だったから、居酒屋を出た時はまだ八時すぎだった。私は圭介を連れて、美沙子《みさこ》の経営するバーに向かった。

美沙子も深川《ふかがわ》出身で、彼女の兄が子供の頃からの私の知り合いである。温子《あつこ》と親しくなれたのは、美沙子のおかげだった。

階段を上って店に入った。時間が早いせいだろう、客は一組しかおらず、カウンター席は空《す》いていた。

「いらっしゃい。まあ、今日は珍しいコンビね。温ちゃんは?」

「博多《はかた》に行ってる。明日戻ってくるけど」

圭介が美千恵と結婚してから、何度かふたりをここに連れてきているので、圭介を紹介する必要はなかった。

「美千恵ちゃんもお仕事?」

「女がよく働くようになったから、我々、男は寂しく飲むしかなくなった」私は冗談口調で言った。

私たちは水割りを頼んだ。

先ほどの問題についてはもうふたりとも口にしなかった。私は、『すだれ屋、清吉《せいきち》』の起こした騒動を話題にした。

「今時、そんな男がいるの」美沙子が驚いた。

「分かるな、その人の気持ち」圭介がしめやかな声でつぶやいた。

「君が理解できるとはね」

「口には出さないけど、妻がふらふら出かけることをよく思ってない男は、今もたくさんいるんですよ」

「君もそうなのか」

「僕は違いますよ。美千恵が会社勤めしてるんだったら、何も思わなかったでしょう。もちろん、友だちと飲みにでかけても文句を言う気もない。競艇は危険でしょう？　最近、急に心配になってきて。やっぱり、恋人でいるのと結婚するのとでは違いますね」

「そりゃそうよ」美沙子が口をはさんだ。「結婚するっていうのは、同じ小舟にふたりで乗ってるようなもんですからね。ひとりが勝手な真似をして、たとえばだけど、立ち上がったりしたら舟が転覆することもあるでしょう」

「さすがにいいこと言うね」私は本気で感心した。

美沙子が目の端《はし》で私を見た。「結婚もしてないのに偉そうなことを言うって、本当は思ってるんでしょう？」

「そんなことはないよ。でも、美沙ちゃん、どうなの？　結婚する気はないの」

「ないわよ。私、舟を転覆させてしまうような女だから無理無理」美沙子がからからと笑った。

一時間ほど飲んで、私たちは美沙子の店を出た。

「お義父さん、美千恵のことよろしくお願いします」

「あいつが家に来た時に話す。わざわざ、美千恵のところまで出向くと大袈裟《おおげさ》だからね」

「その辺はお任せします」

大通りで圭介と別れた私は、いつものように深川不動尊の赤門を潜《くぐ》って、八幡様の横を通り、家に戻った。

台所に入り、冷蔵庫を開けた。麦茶が冷やしてあった。それをグラスに注ぎ、居間に入った。

朋香が二階から下りてきた。

「お帰り」

「麦茶、お初だな」

「ちょっと早いけど、鉄雄《てつお》が飲みたいって言ったから。お祖母ちゃん、どうだった」

「いつもと変わりなかった」

「お父さん、飲んできたのね」

「圭介君とね」

「へーえ、ふたりで飲むなんて珍しいね」

「お前に聞いてもらいたいことがあるんだ」

「ちょっと待って。私も麦茶取ってくるから」

私は麦茶を飲みながら朋香を待った。

朋香が私の前に座った。「話したいことって？」

「最近、美千恵に会ってる？」

「メールしてるだけ。あのふたりに何かあったの？」

私は、圭介が言っていたことを朋香に教えた。

「お姉ちゃん、最近、成績がいいから、子供を作る気なんか全然ないんじゃないかしら。お父さんも、美千恵姉ちゃんに子供を作ってほしいの？」

「私はどちらでもいいよ。孫はもうふたりもいるから」

男の子だったらほしいとは絶対に口にはできない。

「私からお姉ちゃんに話してみようか」

「いや。お前が言うと却《かえ》って……」

「そうか、そうよね。旋毛《つむじ》を曲げるに決まってるね」

「美千恵、今度いつ、お祖母ちゃんの様子を見にくるか知らないか」

「次の日曜日、私と一緒に行くことになってるよ」

「美千恵、家に寄るかな？」

「と思うけど」

「お父さんが会うまで、余計なことは言うなよ」

「分かった。でも、お父さんも知ってる通り、お姉ちゃん、頑固《がんこ》よ」

「だから頭を抱えてる」

「あ、言うの忘れてた。お父さんが家を出てすぐに、青井《あおい》さんがきたわよ」

「青井さんって、どっちの？」

「息子の方よ。寸法を計りにきたの。今までのすだれ、ついでに取り払ってもらった」そこまで言って、朋香は意味深な目をして頬をゆるめた。「あの息子、間違いなく小百合姉ちゃんに興味を持ってるよ」

「そんなことどうして分かるんだ」

「作業が終わった後、お茶を淹《い》れたんだけど、何となくそわそわしてた。だから、私の方から、小百合姉ちゃんは出かけてます、ってさりげなく言ったの。そしたらね、お忙しいんですねって、がっかりした顔をしてた」

「それだけじゃ、何とも言えないだろうが」

「絶対、そうよ。彼女の出てる番組があったら教えてほしいって顔を赤らめて訊いてきたもの」

小百合はテレビやラジオの仕事はしていない。お声がかからないのだ。

「小百合、熊本《くまもと》にいた時、好きな人がいたんじゃないのか」

「さあね。私は知らないな」朋香が目を逸《そ》らした。

「朋香、お前、本当は小百合から何か聞いてるな。小百合には言わないから、お父さんに教えてくれよ」

「…………」

「東京に戻ってからの小百合、何となく元気がない。仕事が少ないせいかと思ったけど、それだけじゃなさそうな気がしてる。失恋したんじゃないのか」

朋香は観念したのだろう、小さくうなずき、溜息混じりにこう言った。「お父さんにだったら話してもいいか。お姉ちゃん、お父さんと同じことをしてたのよ」

「同じこと？」

ああ、そういうことか。私は麦茶の入ったグラスを宙に浮かせたまま、あっちを見たりこっちを見たり、急に落ち着きを失った。

小百合は妻子ありの男と付き合っていたらしい。

「お父さんの昔のことを責めてるんじゃないのよ」

私はグラスをテーブルに戻した。「それは振られてよかった。絶対によかった」

「お姉ちゃん、振られてなんかいないよ。相手が、奥さんと別れるって何度も言ったのに、全然、行動に移さなかったんだって。それで、お姉ちゃんから別れてきたのよ。同じ局の人だったから、仕事も辞めたってこと」

「なるほど。やっぱり、お父さんの勘、当たってたな」

「お姉ちゃん、一生、独身でもいいって言ってた」

「強がりだろう？」

「私もそう思う。お姉ちゃん、けっこう惚《ほ》れっぽいタイプだから、すぐにいい人できる気がする」

「だといいけどな」

玄関が開いた。ヒールの音が三和土《たたき》に響いた。小百合が帰ってきたらしい。

居間の襖《ふすま》が開いた。果たして小百合だった。

「ただいま。あらあ、もう麦茶作ったの」

「うん」

小百合が朋香に目を向けた。「私も飲みたい」

「自分で取りに行ってよ」

「いいじゃない。たまには姉にサービスして。私、ちょっと酔っ払っちゃった」小百合はその場に仰向けに寝転がった。

朋香は嫌な顔をしたが、腰を上げ、台所に向かった。

「お前、芝居《しばい》に出るのか」

「声の出演だけ。急な話でね、脚本の地の文を朗読するのが私の仕事。それまでやってた人が病気で倒れて、急遽、私にお鉢《はち》が回ってきたの」

朋香が麦茶を用意して戻ってきた。小百合が躰を起こした。そして礼を言うと一気に飲み干した。

「どんな芝居なんだい？」私が訊いた。

「或《あ》る老いた女の作家が庵《いおり》を結ぶような暮らしをしているの。処女作を読み返していると、作中の人物が現れて、作家と問答をするの。〝ああいう別れ方はしたくなかった〟とか〝もう少し素敵な男が相手だったらよかった〟とか。それに作家が応え、亡霊のように姿を現した登場人物と言い争ったり、和解したりするって芝居。その処女作を朗読するのが私なの。すでに書かれた作品を、作者が作中人物と共に解体する。結果、沈みがちだった主人公に新しい風が吹き込まれ、次の作品を作り出すエネルギーになってゆくって話よ」

「なかなか面白そうじゃないか」

「脚本、すごくよくできてるって思う。けど、小さな劇団だから大変よ。ギャラも安いしね」

そうは言ったが、小百合が張り切っているのが感じ取れた。

「私、芝居を本気でやりたくなっちゃった」

「男優にいい男がいるでしょう？」朋香がさりげない調子で口をはさんだ。

小百合が険《けわ》しい顔をした。「どういう意味よ。私、男探しをするために、その仕事を引き受けたんじゃないわよ」

「分かってるよ」朋香がちょっとうろたえた。「俳優の中にはいい男がいるだろうってちらっと思っただけ」

「美男はいるよ」小百合は投げやりな調子で言った。「だけど、俳優は男も大概ナルだから、付き合いきれないよ。それに弱小劇団の団員なんてみんな稼《かせ》ぎないしね」

小百合のハンドバッグの中で音楽が鳴り出した。小百合がバッグからスマホを取り出した。メールがきたらしい。

小百合の表情が真剣になった。しかし、途中で頬がかすかにゆるんだ。読み終えるとすぐに返信を始めた。

親指だけで文章を打っている。よくそんな器用なことができると私は感心するばかりだった。

朋香は、刑事が容疑者の様子を盗み見るような目をして、小百合から視線を外さない。

メールを打ち終わった小百合が朋香に言った。「朋香、明日、私が夕食作るって言ったけど、用ができちゃった。ごめん。明後日は私が、美味《おい》しい冷やし中華、作るから」

「えーえ！」朋香が顔をしかめた。「お姉ちゃん、この間もぎりぎりになってドタキャンしたじゃん」

「明日はどうしても無理なの」

「そんなに大事な用なの？」朋香が顎を上げ、冷たい口調で訊いた。

「劇団の集まりがあるの。帰り、遅くなるからね」

「ふーん」

「何よ、ふーんって」

「何でもない」

また玄関が開いた。「ただいま」

鉄雄が帰ってきたのだ。朋香が席を立った。

鉄雄は私たちに挨拶だけして、朋香と共に二階に消えた。

「お父さん、芝居、観にくる？　作家の話だから退屈しないよ、きっと」

「いつから始まるんだい」

「来週の金曜日から。温子さんと一緒に来ればいいじゃない。チケット用意するから」

「来週の金曜か。温子に訊いてみるけど、多分、大丈夫だと思う」

私は、小百合にも美千恵の子供の問題について教えた。

「お姉ちゃん、子供がほしくないっていうんじゃないと思う。怖がってるんだよ、きっと」

「何を怖がってるんだい？」

「いろいろよ。出産って大変だし、子育てもきついでしょう。圭介さん、無理やり、妊娠させてしまえばいいんだよ」

「そんな乱暴な」

「お姉ちゃん、本当は臆病なの。だから、競艇みたいな危険な仕事に飛び込んだんだと思う」

「なるほどね」

小百合が言っていることは一理あるかもしれない。

「さて、鉄雄さんが風呂を使う前にシャワー、浴びてこようっと」

そう言い残して、小百合が居間を出ていった。

青井照子《てるこ》は休まずに講義を受けにきていた。明るい顔をしている。夫の殴打事件のことは知らされていないらしい。

この間のように、ビルの外で待たれていると面倒だと思ったが、私の心配は杞憂《きゆう》に終わった。

翌日の金曜日、茂一《しげかず》が新しいすだれをもってやってきた。

「随分、早くできましたね」

「もっと早くお持ちしたかったんですけど、仕事が立て込んでいたものですから」

「まあ、上がってください」

茂一が手際よく新しいすだれを取り付けた。市販されているものよりも、素人目《しろうとめ》にもしっかりとした作りをしていた。

猫たちが遠巻きに様子を窺《うかが》っていた。家の中の異変に猫は敏感なのだ。

小百合と朋香が新しいすだれを見にやってきた。小百合は小奇麗な格好をしていた。どこかに出かけるようである。

私は茂一の様子を窺った。茂一は緊張した面持《おもも》ちで小百合を盗み見ていた。

朋香の言ったことは当たっているようだ。

小百合はどうかというと、すだれにも茂一にもさして興味はなさそうだった。

すぐに帰しては失礼だから、お茶を勧めた。朋香が麦茶を用意した。

私はプリンスメロンの礼を言った。

「やっぱり、なかなかいいもんだね。すだれってやつは」私は庭の方に目を向けた。

「作ったのは親父です」

「お礼を言っておいてください」

「はい」

「ところで、お母さんは？」

「まだ兄のところにいます」

「お父さん、迎えにいく気はない？」

「そんなことは絶対にしないと思います。兄と対策を考えることにしています」

「それがいいかもしれないね」

「すだれ作りは、男の仕事ですけど、女の人がやった方が綺麗にできる作業もあるんです。指が細いですから」

「だから、村越《むらこし》さんでしたっけ、女の人を雇ってるんですね」

「ええ。でも、母がいないから困ってます。今が一番忙しい時期ですから」

「お父さん、昼間から飲んでるしね」

「あれはあの時だけです」

小百合が腕時計に目を落とした。「私、もう行かなきゃ」

茂一が小百合を見た。「どちらまで行かれるんですか？」

「新宿までですけど」

「僕がお送りします」

「いいですよ。電車で行きますから」

「ちょうど兄のところに行くことになってるんです。兄は新宿に住んでます」

「お姉ちゃん、送ってもらえばいいじゃない」朋香が言った。

「いいわよ」

「じゃ、門仲の駅までお送りします」

もう明らかである。茂一は小百合とふたりきりになりたいのだ。

「小百合、お言葉に甘えたら」

私は茂一の後押しをした。

ちらりと青井清吉のことが脳裏をよぎったが、茂一の人柄が良さそうだったので、つい応援したくなったのだ。

「それじゃ門仲の駅までお願いします」

小百合は茂一と共に居間を出ていった。

朋香が私を見て、にやりとした。「あの男、真面目で一途《いちず》そうだから、つい味方したくなっちゃうわね」

「お父さんもだよ」

朋香が首を傾《かし》げた。「でも、駄目だね。お姉ちゃんの反応、よくないもの」

「照れ隠しってこともあるだろう?」

「あれは違うな。まったく興味なしって感じ」

「そうかあ」

「そうよ。あの海坊主のことを考えたら、その方がいいけどね」

「まあな」

すだれ越しに風がゆるゆると居間に流れ込んできた。

私は縁側の方に目をやった。「歳を取ったせいか、前よりもクーラーの風が苦手になったよ」

「でも、クーラーを使わなきゃ熱中症になることもあるわよ」

「分かってるけど、やはり、自然な風はいい」

私はしばしぼんやりと、すだれ越しに庭を見ていた。


「三一が三、三二が六……」

舞が私の前で九九を口にしている。

私は時々、舞の勉強に付き合うことがある。

「三本の直線にかこまれている形は何といいますか？」

「三角形」

「よくできました」

「それじゃ、四本の同じ長さの直線でかこまれている形は？」

「正方形」

「正解」

美千恵がやってくる日曜日。私は、彼女が現れるまで、市販されているドリルを用いて舞の相手をしていたのである。

舞は勉強ができるという。時々、勉強に付き合うが、特に算数が得意らしい。

次の問題を何にしようかと選んでいる時、舞に訊かれた。

「パパは会社に行ってるけど、お祖父《じい》ちゃんは会社に行かなくなり、勉強してるね」

「勉強？」

「机に向かって本を読んだり、何か書いたりしてる」

講義の下準備のことを、勉強と間違えているようだ。そして、鉄雄の勤め先は大学の研究室だが、舞は会社と言っている。

違いが分かるまでにはもう少し時間がかかりそうだ。

「私は勉強するとお小遣いがもらえるけど、お祖父ちゃんもお金もらえるの？」

私は吹き出しそうになった。定年退職ということを教えるのは大変だし、そんなことを説明するのも野暮《やぼ》というものだ。舞の可愛い誤解が、私を幸せな気分にしているのだから。

或る作家が、「〃お祖父ちゃんは家にばかりいるけど働かないの？〃と孫に訊かれたよ」と幸せそうな顔をして言っていたのをふと思い出した。

その作家と同じような気分で、私は舞を見つめた。「お金、もらえるよ」

「貯金してる？」

「うん」

「私もしてる」

「知ってるよ。ペンギンさんの貯金箱に貯《た》めてるんだろう」

「お祖父ちゃん、貯金箱、持ってる？」

「持ってないな」

「お金、どこに置いてるの？」

「ある場所に隠してるんだよ」

母親の朋香は安香音を連れ、美千恵と一緒に施設に行っているし、鉄雄も小百合も不在で、家には私と舞、そしてメグとグレという猫しかいない。

なのに舞は、警戒するような目で周りを見た。「ママも、お金隠してるんだよ」

「そういうのって、へそくりって言うんだよ」

「へそくり？」

「そう。へそくり」

「変な言葉。おへそと関係あるの？」

「さあね。お祖父ちゃん、そこまでは知らないな」

「へそくり、へそくり」舞は嬉しそうに笑った。

「じゃ、次の問題だよ。あてはまる数を答えてね。折り紙を半分にすると、元の大きさの、……」

「二分の一」

それからもしばらく、私は舞の勉強に付き合った。

その日の勉強が終わろうとしていた時、朋香が美千恵を連れて戻ってきた。

「舞はよくできるよ」私が朋香に言った。

「ママ、へそくりって知ってる？」

朋香がちょっと焦った顔をした。「お父さん、変な言葉、教えないでよ」

私は首を縮め、にっと笑った。

「ママがお金を隠してること、へそくりって言うんでしょう？」

「ママはお金を隠したりなんかしてません。貯金してるのよ」

「貯金箱持ってないのに？」

「ママはね、パパに内緒でいっぱいお金、貯めてるの」美千恵が笑いながら言った。

「お姉ちゃん、何てこと言うのよ」

「ママはね、そのお金で、舞や安香音の綺麗なお洋服を買ってるの。パパに話したら、舞ちゃん、新しいお洋服、買ってもらえなくなっちゃうわよ。だから、パパには絶対に内緒」

「うん。分かった、内緒にする。でも、パパの方が、お小遣いたくさんくれるよ」

「パパもお金、隠してるの」美千恵が続けた。

「何でパパもママもお金を隠すの？」

「ふたりとも、舞ちゃんが好きだから」

舞が首を傾げた。「よく分かんないな」

朋香が私に目を向けた。「お祖母ちゃん、どんどん悪くなってるわね。全然、話が通じなかった」

「仕方がない。治せる薬はないんだから」

「私のことは忘れてるのに、美千恵姉ちゃんのことは覚えてるみたいなの」

「そんなことはないわよ。私のことだって、忘れてる」

「そうかしら。お祖母ちゃん、ピアノって言ったでしょう。お姉ちゃんが昔、弾いてたのを思い出したからよ」

「あれは、一緒に歌を歌ってたからで、私とは関係ないと思うけど」

「まあ、いいけどさ」

美千恵とふたりきりになりたかった私は、朋香に目配せをした。朋香は心得ていて、舞と安香音を連れて居間を出ていった。

「美千恵、お父さん、舞の勉強に付き合ってたから、ちょっと疲れた。喫茶店に行きたいんだけど、付き合って。ともかく、家にいることが多くなったから出かけたいんだ」

「私もコーヒーが飲みたい」

私は自分の部屋から財布を取り、美千恵と一緒に家を出た。

家からすぐのところにある喫茶店に入った。

「この喫茶店に来るのは初めてか」窓際の席についた私が美千恵に訊いた。

「うん。お父さんはよく来てるの？」

「そうでもないけど、死んだ太郎さんはリタイアしてからよく来てたみたいだよ」

美千恵はモカを、私は、太郎に昔、勧められた雲南《うんなん》省のコーヒーを頼んだ。

「小百合から、すだれ屋夫婦の話、聞いたわよ。ここ最近で、一番笑える話だった」

「小百合、その夫婦の息子のこと何か言ってたか」

「息子が親父を連れて謝りにきたって言ってたけど、それがどうかしたの？」

「その息子、小百合に気があるらしいんだよ」

「何も聞いてないな。お父さんの考えすぎじゃないの？」

「朋香も同じように思ってるんだけど、お前の言う通りかもしれんな」

美千恵の目つきが変わった。「あの子、好きな人ができたみたいよ」

「本当か。どこの誰なんだい」

「それがね、私が訊いても言わないの。まだ何も始まってないし、相手の気持ちも分からないからって笑ってた」

「なーんだ。片想いか」

「それもはっきりしないの。でも、あの子、その相手と、っていうわけじゃなくて、そろそろ結婚してもいいかなって思ってるみたい」

「そうか。それはけっこうな話だ。気持ちがそっちに向かないと始まらないからな」

私はコーヒーを啜《すす》り、窓から外を見た。「ところで、お前の方はどうだ。圭介君とうまくいってるか」

「何よ、いきなり」美千恵がちょっと不機嫌になった。

「結婚の話がでたからだよ。他意はない」

「圭介、お父さんと飲んだんだってね。あの人、お父さんに余計なこと言ったんでしょう？」

「何も言ってないよ」

「本当？　子供がほしいって言ったんじゃないの」

「その話はお父さんの方からしたんだよ」

美千恵は目を細め、私をじっと見つめた。「何でそんな話したのよ」

「子供も孫も女ばかり。だから、男の子がほしいって言ったんだ。美千恵は子供がほしくないそうだな。私が口を出すことじゃないし、どうしても作らなきゃならないってわけでもないけど、どうしてなんだい？」

「その話はいいよ」

ドアをぴしゃりと閉めるような調子で言われた。美千恵の頑なさに面食らったが、却って、その話を続けやすくなった。

「そんなに嫌なのか、子供を作るのが」

「子供は好きよ。舞も安香音も可愛いって思うしね。でも……」美千恵が口ごもった。

私は黙って美千恵の言葉を待った。

「私、女として欠陥があるのよ。産みたいって本能が壊れてるみたい。母親が産みたくないのに、生まれてしまった子供って不幸な気がする」

「そうとは限らないよ。産むのを躊躇《ためら》ってた母親が、生まれた子供を溺愛《できあい》することだってあるじゃないか」

美千恵がコーヒーをゆっくりと飲んだ。「お母さん、私を本当に産みたくて産んだのかしら」

胸に突き刺さる一言だった。

「何が言いたいんだ。お母さん、お前に何か言ったのか」

「何も。でも、お父さんと結婚して家に入らなかったら、ガーデニングの仕事をしてたと思う」

「それでも、いつかは子供を産んださ。お母さん、お前が生まれた時、心から喜んでたよ」

死んだ妻は、美千恵を産んだ後、子育てに悩んでいた時期があった。生真面目な性格が災いしたのである。美千恵がそのことを知っているはずはない。しかし、神経質になっていた母親の雰囲気を、赤子の美千恵が感じとっていた可能性はある。美千恵自身がはっきりと意識していなくても、その後の美千恵の人格形成に何らかの作用を及ぼしたのかもしれない。

「しかし、何でそんなことを思うんだい」私が続けた。

「分かんない。ともかく、私、子育てに自信がないの。ひとりの子供を育て上げるって大変なことよ。だから怖いのよ」

小百合が言っていた通りのようだ。

「競艇の方がずっと怖い気がするけどな」

「競艇も怖いわよ。でも、ボートをスタートさせたら恐怖心はなくなる。ボートは私の腕次第でどうにでもなる。でも、子育ては、そうはいかないでしょう」

「美千恵は考えすぎるとこがあるもんな。それがまたお前のいいとこなんだけど」

「私、お母さん似だと思う」

私は眉根《まゆね》をゆるめた。「お父さんは何にも考えてない人間だってこと?」

「お父さんは楽天家よ、羨《うらや》ましいくらいに。そのせいかな、お父さんといるとほっとする」

「圭介君はどうなんだ? 私の知ってる圭介君こそ楽天家だと思うけど」

「圭介はシンプルで真っ直ぐな人。だから、却って面倒な時があるのよ」

「分からないことはないけど、複雑でねじくれてる人間よりはいいよ」

「そうだけどね」

「お父さん、強要する気は全然ないけど、圭介君が子供をほしがる気持ちに応えてやってもいいんじゃないのか。その後のことは何とでもなるさ」

「お父さん、男の子がほしいんでしょう？」

「私に似た楽天家の少年がほしいな。でも、どっちだっていいよ。ここまで女にばかり囲まれてると、これが俺の人生だって気にもなるから」

美千恵はまったく子供を産む気がないわけではないらしい。そう感じ取った私は、これ以上、この話を続けるのはやめた。結果を性急に求めすぎるのはよくない。

「今夜はうちでご飯食べていけるのか」

美千恵が首を横に振った。「友だちと食事することになってるの。彼女も選手なんだけど、怪我をして今は休んでる。もう少ししたら、私、行くね」

「次の戸田《とだ》でのレースは、温子と観にいくことになってる。お父さん、賭けで彼女に負けてね」私はくすりと笑って、経緯を話した。

「私、温子さん大好き。彼女とだったら、私、大いに賛成よ。付き合ってもう三年でしょう。そろそろ、決まりをつけたら」

「私も考えてはいるよ」

美千恵が呆《あき》れた顔をした。「煮え切らないわね。さっさとしてしまえばいいじゃない。何を気にしてるの？」

「お父さん、独身が長かったろう。改めて女と住むのが照れくさいというか、戸惑いがあるんだよ」

「結婚したら、今の家で暮らす気はないってことね」

「うん。少し人数は減ったけど、うちは大所帯。彼女の仕事も家でやることが多いから、とてもあの家に住むのは無理だな」

美千恵の目尻がゆるんだ。「お父さんも、朋香や小百合と同じね」

「何が？」

「森川《もりかわ》家から出られないとこがよ」

「そんなことはないけど、お祖母ちゃんのこともあるし、今、離れるのはね」

「うちは、いい意味でも悪い意味でも、家族の関係が密よね。私にはちょっと濃すぎる。朋香はちゃっかり、鉄雄さんを家に引きずりこんだけど、小百合はそうはできないでしょう。あの子も森川家と距離をおかなきゃ結婚は無理ね」

「それよりも何よりも、相手がいなきゃ。好きな男がいるらしいっていう話だから、その男のことが気になるな」

「うまく聞き出せたら、お父さんにこっそり教えるよ」

「是非、そうしてくれ」

美千恵が腕時計に目を落とした。

「私、そろそろ行かなきゃ」

「そうか。さっきの話だけど、圭介君ともっとよく話し合って」

美千恵がくくっと笑った。

「何がおかしいんだい？」

「お父さん、大変ね。母親の役もこなさなきゃならないんだもの」

「慣れてるよ。お前ら女たちに飼い慣らされたって言った方がいいかな」

「お父さんみたいな男、なかなかいない。もっと増えると女が楽になるんだけど」

「褒《ほ》められてるって受け取っていいのかな」

「もちろんよ。じゃ、私、行くけど、お父さんはどうする？」

「もう少しここにいるよ」

美千恵が喫茶店を出ていった。

私は、ガラス窓越しに美千恵の後ろ姿を目で追った。美千恵は振り向きもせずに消えていった。

温子を誘って、小百合が声の出演をする芝居を観にいく日がやってきた。

場所は南青山の劇場。昔からそこにあるピーコックというマーケットの近くだった。南青山にはほとんど来ないから、温子との待ち合わせはピーコックの入口にした。

大通りの角にあったベルコモンズという商業施設は閉館していた。編集者時代、その一階の喫茶店を使って何度も打合せをしたのを思いだした。

温子は花束を腕にかかえていた。

私たちは劇場に入った。百名入るかどうかの小さな小屋だった。

パンフレットを手にして、中央の奥の席に座った。劇団名は『コナール』。意味は分からない。

『沖田《おきた》歌津子《かづこ》の処女作』という題名の芝居だった。

スタッフや出演者の顔がパンフレットに印刷されていた。

小百合の笑顔もあった。特別出演と書かれてある。なかなかよく撮れた写真だった。

ふと目を上げた瞬間、私は「まさか」と小声でつぶやいた。

「どうしたの？」温子が怪訝《けげん》な顔をした。

私の席の真ん前に座ろうとしているのは青井照子だった。

原色を大胆に使ったドレス姿。赤い羽根飾りと黄色いリボンのついた帽子を被っている。その夜は、いつにもまして派手だった。

「青井さん」私が声をかけた。

振り返った照子が、目と口をまん丸に開いて私を見つめている。「先生がどうしてここに」

「青井さんこそ……」

「このお芝居の脚本と演出はうちの息子がやってるんです」

私は慌ててパンフレットに目を落とした。

脚本演出は鏑木俊《かぶらぎしゅん》という男がやっていた。その男は劇団の主幹でもあった。

写真をよく見ると、確かに、照子を送った際に会った、照子の長男、義男《よしお》だった。

しかし、ちょっと角度をつけて撮られた写真は、実物よりもかなり格好良く見えた。

名前も違うのですぐには気づかなかったのだ。

小百合も、あの海坊主の長男だとは気づいていないのだろう。義男の方も、森川小百合という名前だけでは、母親が通っている文芸講座の講師の娘だと考えるはずはない。

「先生に義男がお伝えしたんでしょうか」照子は身を乗り出すようにして訊いてきた。

「いや、パンフレットに森川小百合ってフリーアナが載ってるでしょう。私の次女なんです」

「まあ、先生のお嬢さんが息子の芝居に」

私は温子に照子を紹介した。

温子と照子は挨拶を交わした。

「義男、何にも知らないんでしょうね」照子はつぶやくように言った。

「うちの娘も」

どんどん人が入ってきた。弱小劇団の芝居だが、人の集まりは悪くないようだった。

やがてブザーが鳴り、場内が暗くなった。

幕が開いた。拍手が起こった。

老いた女の作家を演じているのは、テレビでよく脇役を演じている女優だった。実際の年齢は五十代だろうが、上手に老メイクをしていた。

中央に机が、右奥に立派なベッドが置かれていた。周りは本棚だった。

主人公の作家は考えごとをしながら、舞台を動き回っていた。しかし、はたと立ち止まると、観客席の方に顔を向けた。サスペンションライトが彼女だけを浮き彫りにした。

「私、どうして、過去の作品の夢ばかり見るのかしら。処女作のヒロインを殺してしまったのは、私の間違い。あの女は生き延びるべきだったのよ。今だったらあんなお手軽な悲劇は書かない」

主人公が書棚まで移動し、一冊の本を取り出すと、机の前に腰を下ろした。そして、老眼鏡をかけ、ページを捲《めく》った。

そこで、小百合の声が聞こえてきた。

小百合が処女作のあらすじを語り、そして地の文の朗読を始めた。

我が家で話している時の小百合ではなかった。落ち着いていて、声に深みがあった。アナウンサーとしてしゃべっている時よりもずっといい。

朗読中に、上手《かみて》から白いドレスを着た女が現れた。

朗読が終わった。すると、白いドレスの女が、主人公に、自分が死んだことに納得できないと言い出した。主人公が弁明をする。

そのようにして、四十年前に書かれた作中の登場人物が次々と現れた。

深刻な芝居かと思ったが、途中でコミカルなシーンもあり、笑えた。

佐久間志乃《さくましの》を思い出させる台詞《せりふ》を主人公が口にすることもあった。

主人公が本を読み返す仕草をするたびに、小百合が朗読した。

途中で作中には出てこないという人物も登場し、混乱が起き、そこで新たな恋と騒動が持ち上がった。

そして、すべての架空の人物が姿を消すと、ひとりになった作家は、新しい作品の執筆に取りかかった。

その冒頭部分を、小百合が朗読する形で幕が閉じた。

拍手が沸《わ》き起こった。

「すごくいいお芝居だったわ」温子が言った。

「期待してなかったけど、よかったよ。こういう芝居ってひとりよがりになりがちなんだけど、きちんと距離が取れてたな。それに作家という生き物の生態もよく捉えられてた」

「小百合さんには言えないけど、彼女がトチったらどうしようって、自分のことのように心配だった」

「俺も」

私と温子は顔を見合わせ微笑《ほほえ》みあった。

私は、温子が身内感覚で、小百合の朗読を聞いていたことが嬉しかった。

照子が私の方に視線を向けた。「先生、いかがでしたか？」

私は思ったことをかいつまんで教えた。お世辞を言わずにすんだのが何よりだった。

「青井さんはどう思われました？」

「私にはちょっと難しかったです。私、亡霊みたいなものが出てくる話って苦手。でも、お嬢さんの朗読、とっても素敵でした」

「ありがとうございます」

「楽屋に行かれるでしょう」

「そのつもりです」

「じゃ、ご一緒に。きっと息子がびっくりしますわ」

私と温子は照子の後について席を離れた。一旦《いったん》、廊下に出て関係者に断り、奥のドアに向かった。

ドアは開いていた。

狭い楽屋は混み合っていて、舞台を終えた役者たちの興奮と熱気が廊下まで溢れていた。

私たちはドアの横で、人が退《ひ》けるのを待った。

義男が廊下に姿を現した。

「先生」義男はぽかんと口を開けてつぶやくように言った。

そんな義男に記者が取材を申し込んだ。記者の数は三人。記者たちの評判も良かった証《あかし》かもしれない。

私たちは邪魔にならないようにその場を離れた。楽屋から出てくる人が何人かいた。

「入りましょう」

温子に促されて私は楽屋に入った。照子はついてこなかった。

「小百合さん、おめでとう。素晴らしい朗読だったわ」温子が花束を小百合に渡した。

「嬉しい。ありがとう、温子さん」

こんなに顔が輝いている小百合を見るのは久しぶりのことだった。

小百合に近づいてくる男がいた。芝居の中で、女を冷たく振った絵描きの役をやっていた男優だった。

出演者の中では一番の美男である。

「私の父とフィアンセの温子さん」

結婚の約束をしていないので、温子をフィアンセと言うのはおかしい。しかし、小百合にとっては、温子はもう私のフィアンセなのである。しかし、なんであれ、さらりとフィアンセと言われたものだから、私は大いに照れた。還暦をすぎた男にフィアンセがいる。何だか間が抜けている気がしないでもなかった。温子はまるでそういう感覚を持っていないようで、落ち着いた調子で自己紹介し、彼の演技を褒めた。「素晴らしい」と言っただけだから、本気だったかどうかは分からない。

「あのな、小百合、びっくりすることがあるんだよ」

「何？」

「鏑木俊さんにお父さん、会ってるんだ」

「どこで会ったの？」

説明しようとした時、照子が息子を連れて騒がしく楽屋に入ってきた。帽子の赤い羽根が揺れていた。他の団員たちが照子に挨拶をした。照子は息子の芝居をよく観にきているらしい。

「義男、森川小百合さんって、先生のお嬢さんなのよ」

「先生のお嬢さん……」義男は呆然《ぼうぜん》としてつぶやいた。

「何の話なの？」小百合の目が落ち着きを失った。

小百合と照子は初対面らしい。義男が母親を小百合に紹介した。

ふたりの挨拶が終わった時、私が言った。「実はね、鏑木さんって、例の青井清吉さんの長男なんだよ」

小百合が義男をじっと見つめた。

「僕も今聞いてびっくりしてる。小百合さんの家がどこにあるのかは聞いてたけど……」

小百合が何も言わず、壁に躰を預けた。

私は改めて義男に芝居の感想を言った。「……脚本もよかった。朗読部分の文章も」

「先生にそう言われると、照れくさいです」義男が含羞《がんしゅう》漂う目をし、頭を掻《か》いた。

「小百合さん、お父さんに対する夫の無礼は、私が謝りますから、どうか芝居だけは止《や》めないでください。お願いします」

必死でそう言っている照子を、関係者が遠巻きに見ていた。

「もちろん、止めませんけど、鏑木さんが、あの人の……」

小百合の動揺は収まらなかった。義男も目を伏せたままだった。

楽屋でもう一幕、違う芝居が始まったような雰囲気である。

私が義男を見た。「お父さん、我が家のためにすだれを作ってくれましたよ」

「本当ですか？」そう言ったのは照子だった。

茂一は、照子には何も話していないらしい。「義男君、弟さんから聞いてない？」

「いいえ」

「ああ、そう」

この間、茂一は兄のところに行くと言っていたが、そんな話は出なかったようだ。

「ともかく、あの件は解決してます。小百合も義男君も気にしないで、いい芝居を続けてください」

からっとした調子でそう言ったが、小百合も義男も、顔が晴れる気配すらなかった。

「温子、行こうか」

「小百合さん、頑張ってね」

「お花、ありがとうございます」小百合が頭を下げた。

私と温子が楽屋を出た。

照子が追いかけてきて、足を運んでくれたことに対する礼を言った。

「本当にいいお芝居でしたよ」

「先生にそう言っていただけると、私、涙が出そうになってしまいます」

「ところでまだ義男君のところに？」

「当分はおいてもらうつもりです。私から頭を下げる気は全然ないですから」照子はきっぱりと言い切った。

「それじゃ、私たちはこれで」

「先生、私、小説を書き出しました」

「書き上げたら読ませてください」

私たちは劇場を後にした。

私も温子も、この辺りに知っている店はなかった。しかし、バーならいくらでもあった。表参道近くの雑居ビルに入った。

ジャズボーカルの流れる静かなバーだった。私たちはビールを頼んだ。

「いや、驚いたよ」私はふうと息を吐いてからグラスを口に運んだ。

「よほど青井家の人と縁があるのね」

「まったくだな。でも、温子に青井照子を見せることができてよかったよ。顔を知ってる方が話が盛り上がるから。あの格好、見た？　今夜の服装を見て思いだしたのは、南アメリカ大陸辺りに住んでいそうな原色の鳥だよ。赤い羽根を見てたら、共同募金を思い出しちゃった」

「崇徳《そうとく》さんも口が悪いわね」

「温子にだから言えるんだよ」

「でも、あの人には似合ってると思う。服って自信を持って着ると似合うものなのよ」

「そうかもしれないけどね」私はグラスを空け、お替わりを頼んだ。「話は違うけど、小百合、好きな男ができたらしいんだけど、さっき紹介された男優がそうじゃないかと思うんだ」

「そうかしら。男優の方から小百合ちゃんに寄ってきたのよ。だから紹介しただけって気がするけどな。自信は全然ないけど、小百合ちゃん、すごく鏑木俊を意識してると思った」

「え？」私は、後ろに倒れてしまいそうなくらいにのけぞった。「俺はまったく感じなかったけど。ふたりともほとんど口をきいてなかったよ」

「沈黙が多くを語ることってあるでしょう?」

「絶対にそれはないと思う。賭けてみる?」

「今回は賭けないわよ。自信ないって言ったでしょう」

「意外としっかりしてるね」

「そうよ。勝てる自信のない賭けはやらない」そこまで言って、温子は煙草《たばこ》に火をつけた。「でも、感じるものはあったわ。鏑木俊が、問題の親父の息子だって分かった時の小百合ちゃん、すごく動揺してたわよね」

「うん」

「あの劇団の主幹が、自分の父親と問題を起こした男の息子だからと言って、仕事の上の付き合いだけだったら、あんなにショックを受けないと思う。彼に気持ちが動いているから、口もきけなかった気がするの」

「青井義男は、演劇人としては才能がありそうだけど、小百合、ああいうタイプを選ぶかな」

「見てくれのこと言ってるの?」

「まあね。次男の茂一の方がずっといい男だよ」

「見てくれはいいにこしたことはないけど、それだけじゃ、女は男を選ばないわよ」

「分かってるけど、それにしても……」

「青井義男も、話を知った時、相当顔が暗かった。彼も小百合ちゃんが好きなんじゃないかしら」

私は呆然として、酒棚の方に目を向けた。

もしも、温子の言っていることが当たっているとすると、ひとつ間違えたら、あの海坊主と親戚関係になる可能性もある。そこまで考えるのは気が早いが、次男の茂一も小百合に気持ちがあるようだから、先回りしてしまうのだった。

「まあ、あれこれ考えても始まらない。おりをみて小百合に訊いてみるよ」

「それが一番ね」

「明日は早いの？」

「家で原稿を書いてるわ」温子の表情がかすかに曇った。

「難しい問題を抱えてるの？」

「仕事は順調よ。相変わらず、私の意見に文句を言ってくる人間はいるけど。問題は息子」

「何があったんだい？」

「会社、辞めちゃったの」

息子の陽一《よういち》は洋酒の輸入会社に勤めていた。なかなか就職が決まらず、やっと入った会社だった。

「残業がすごくて、このままいったら躰を壊すって言って、私に相談もせずに辞めちゃったの」

「その会社、いわゆるブラック企業だったのかな」

「そこまではいってないみたいだけど、人手不足で、ともかく働きすぎだったことは確かよ」

「次の就職先は決まってないんだね」

「今は探す気力もないみたい」

私と温子の関係に進展がない理由のひとつに、温子の息子のことがあった。陽一は母親の許を離れるつもりはないようだし、恋人もいなそうだというのだ。温子は離婚経験が二度もある女で、仕事もバリバリこなしている。そんな母親の息子に限って覇気がない、というのはままあることである。

母親が私と付き合っていることは知っているが、そのことに関しては一切何も言わないそうだ。行動的な母親に、息子は無関心にならざるをえないのかもしれない。

「俺の働いてるカルチャーセンターで人を募集してたな。訊いてみようか」

「お願い。ともかく、家でぶらぶらされてると、仕事にも集中できなくて」

私の携帯が鳴った。午後十一時近くである。

相手は里山新太郎《さとやましんたろう》だった。

「崇徳《そうとく》さん、起きてるかい？」

「ええ」

「今ね、青井清吉と飲んでるんだ。ちょっと顔を出さないか」里山はかなり酒が入ってるようだった。

「こんな時間ですよ」

「いいじゃねえか。清吉、あんたと飲みたいそうだ。詳しい話は聞いたよ。清吉、あんな奴だけど、いいとこもあるんだ。出てきなよ」

「どこで飲んでるんです？」

「門仲の『霧子《きりこ》』ってスナックだ」里山が場所を教えた。

「今、私は南青山にいるんですよ」

「えらく洒落《しゃれ》たとこにいるんだな。彼女と一緒か」

「ええ」

「じゃ、一緒にくればいい。崇徳さんに女がいるとは噂で聞いてる。顔を見てみたい。ちょっと待って。清吉が代われって言ってるんだ」

ややあって電話口に清吉が出た。私はすだれの礼を言った。

「この間は失礼した。新太郎が、あんたを呼べってしつこくて。でも、よかったら、ちょっとだけでも顔を出してください」

清吉は冷静だった。

私は、連れと相談してから、かけ直すと言って、一旦電話を切った。

第四章　小百合の恋

「いい機会じゃない。会ってきたら」

清吉《せいきち》から誘われたことを教えると、温子《あつこ》はあっさりとした調子でそう言った。

「いい機会ってどういう意味？」

「もしも小百合《さゆり》さんが……。ね、分かるでしょう？」

「温子も来てくれよ。青井照子《あおいてるこ》を見たついでに旦那も見ておくと面白いし」

「女が行くと嫌がるんじゃないの。男同士の方が話が弾《はず》むこともあるでしょう」

「面倒かい？」

「そんなことはないけど」

「じゃ一緒に行こう」

温子が目の端《はし》で私を見た。「来てほしい？」

「うん」

「でも先に帰るわよ。酔っ払いの男たちの相手をするのは疲れるから」

「俺もすぐに退散するよ」

私たちはバーを出た。そして、タクシーを飛ばして門仲《もんなか》を目指した。車内から里山《さとやま》に電話を入れ、そちらに向かっていることを伝えた。

道は空いていて三十分とかからずに門仲に着いた。

スナック『霧子《きりこ》』は雑居ビルの三階にあった。思っていたよりも広い店で、ママと思える年増の女の他にホステスがふたりいた。カラオケが入っている店だが、客は里山新太郎《しんたろう》と青井清吉の他にはおらず静かだった。

「おう、来た、来た」里山の呂律《ろれつ》は回っていなかった。

彼らは、ゆったりとしたL字型のソファーを占領していた。

私は温子を紹介した。

里山がじろじろと温子を見た。「綺麗な人じゃないか。崇徳《そうとく》さんにはもったいないな」

私は里山の隣に座り、温子が一番外側に腰を下ろした。

「彼女、医学ジャーナリストなんです。病院のことなんかで困ったことがあったら、私に言ってください」

「崇徳さん、私ができることなんか限られてるわよ」温子が口をはさんだ。

ママらしい女が注文を訊《き》きにきた。私も温子も水割りを頼んだ。

里山がママに私を紹介した。

ママの名前が霧子だった。おそらく源氏名《げんじな》だろうが。

「だいぶ昔のことですけど、違う店で働いてた時、お父様には大変お世話になりました」霧子が懐かしそうな顔をして私を見つめた。「鼻の感じ、お父さんにそっくり」

「そう言えばそうだな」里山がうなずいた。

「辰巳《たつみ》新道《しんどう》のところにあった店でな、材木屋がよく集まってた。そうだ。いつだったか、あんたの親父さん、とんでもないことをやっちゃってね。ママ、覚えてないか。店が水浸しになったのを」

「覚えてるわよ。徳《とく》さん、へべれけで」

「どういうことなんです？　親父、店に水を撒《ま》いたんですか？」

「違う、違う」里山が自分の顔の前で手を左右に振った。「その店のトイレ、水道管が剝《む》きだしになってる部分があってね。酔ってた親父さん、ふらついたんだな。で、水道管を握って躰《からだ》を支えた」

「そうしたら、水道管が外れちゃったんです。お父さん、何とかしようとしたらしいけど、できなくて、水が店にまで流れ出ちゃって」霧子が笑った。

私は、父がへべれけになったところを見たことはないし、そんな騒動があったことも知らなかった。

当然のことだが、父には、家では見せない顔があったはずだ。婿《むこ》養子だったから、なおさらのこと、家では気を遣っていた気がする。

清吉は話には参加せず、黙々と飲んでいた。

酒の用意をするとママは席を離れた。

私たちはグラスを合わせた。

店内には古い演歌が流れていた。おそらく有線放送だろう。一節太郎《ひとふしたろう》の『浪曲子守唄』が聞こえてきた。

『逃げた女房にゃ　未練はないが　お乳ほしがる　この子が可愛い……』

私が中学校の頃に流行《はや》っていた浪曲風の歌謡曲である。

里山が清吉に目を向けた。「こいつ、女房に逃げられたもんだから元気なくってね」

「馬鹿なこと言うんじゃないよ。わしはせいせいしてる」清吉は強い口調で、里山の言ったことを打ち消した。

「さっき奥さんに会いましたよ」

私の言葉に清吉の目つきが変わった。「どこで」

私は、長男の芝居を観に行ったことを教えた。「その芝居に偶然ですが、私の次女が声の出演をしてたんです」

「小百合ちゃん、アナウンサーを辞めて芝居をやってるのか」と里山。

「そうじゃないんです。特別に頼まれて出てるようです」

「息子の芝居に、お嬢さんがね」清吉がつぶやくように言った。

「素晴らしい舞台でした」そう言ったのは温子だった。

「息子を見てるから分かるでしょうが、芸術家って面《つら》じゃない、あれは」清吉が吐《は》き捨てるように言い、冷酒を喉《のど》に流し込んだ。そして一呼吸おいて、ちらりと私を見た。「あれからも、わしは反省した。森川《もりかわ》さんとこうやって飲めてよかった」

清吉は気持ちが悪いぐらいに低姿勢である。

「もうその話はよしましょう」

「清吉、さっきの話、崇徳さんにしたら？」

「…………」

「何かあるんですか？」

「新太郎、お前はおしゃべりだな」

「無理して、崇徳さんに来てもらったのは、その話がしたいからだろうが」そこまで言って、里山が私に顔を向けた。「崇徳さん、こいつの次男の茂一《しげかず》をどう思う？」

「どう思うって……。立派な息子さんだと思いますよ」

里山がぐいと躰を私に近づけた。「実はな……」清吉は手酌《てじゃく》で酒をグラスに注《つ》いだ。

「新太郎、お前は黙ってろ。わしが話す」清吉は手酌で酒をグラスに注いだ。

私は清吉の言葉を待った。しかし、なかなか口を開かない。

「焦《じ》れったいねえ、まったく」里山がしびれを切らした。「茂一が、お宅のお嬢さんを好きになったらしいんだよ」

「うちの娘というと小百合のことですね」

里山が大きくうなずいた。「仕事が手につかないくらいに、ぼーっとしちまってるって話だ」

温子の勘が当たっていたら、小百合は清吉の長男が好きだということになる。で、次男の茂一が小百合にぽっとなっている。

この海坊主の息子たちが小百合を巡って争うことになるのか。私は啞然《あぜん》としてすぐには口がきけなかった。

温子は顔を背け、笑いを嚙《か》み殺していた。

「小百合ちゃん、いくつになる?」里山が訊いてきた。

「今年、三十五です」

「そろそろだなあ。でも、綺麗な子だから決まった人がいるんだろうね」

「いないと思いますが、その辺のことは、私にもよく分からない」

「崇徳さん、それとなく小百合ちゃんに探りを入れてやってくれないか」里山が続けた。「茂一は若いのにしっかりしてるし、仕事も半端じゃない。それに、見たろう？　なかなか男前だしな。トンビが鷹《たか》を生んだんだよ」

「茂一さん、小百合に意思表示をしたんでしょうか？」

「奥手でね、茂一は。自分じゃ何も言えない。意気地なしなんですよ」清吉はまた酒を呷《あお》るように飲んだ。

「意気地がないのは、お前に似たからだよ」里山が小馬鹿にしたように笑った。

「何だともう一度、言ってみろ。わしが意気地なしだって！」

「何回でも言ってやるよ。お前に似たんだよ」

里山は清吉を完全に見下している。

「まあまあ」私が間に入った。

清吉も里山も七十二歳。好々爺《こうこうや》という言葉は近いうちに死語になりそうだ。

私は首を傾《かし》げた。「清吉さん、そういうことに親が口だしするのはどうかな」

「お嬢さんの気持ちを訊いてほしいんです。答えは分かってます。お嬢さんが、うちの息子なんかと付き合うはずはない。でも、こういうことは、早いうちに白黒をはっきりさせた方がいい。答えがノーだったら、わしが諦めさせますから」

「俺もきっと駄目だと思うな」里山が背もたれに躰を倒した。「問題は息子にあるんじゃない。先に悪いものを見ちゃったからね。暴れる清吉を見たら、お嫁にいく気になんて誰もならない。うまくいかなかったら、お前のせいだな」

清吉は背中を丸め、煙草《たばこ》を忙《せわ》しげに吸っている。

小百合は茂一には何の興味もないようだ。しかし、この場で、それを口にするのは憚《はばか》られた。

ふと或《あ》る考えが浮かんだ。

「分かりました。清吉さん、小百合に私から訊いてみましょう」

清吉の背筋が伸びた。「本当ですか？」

「代わりに私の願いも聞いてほしい」

「女房のことならお断りです」

私は困った顔を新太郎に向けた。

「清吉、崇徳さんのお慈悲で、お前はシャバにいられるんだぜ。下手《へた》をしたら、今頃、ブタ箱だったんだぞ」

「そうですよ」私は大きく相づちを打った。「私の頼みが聞けないっていうのは、仁義に反する」

「…………」

「すだれ屋のかき入れ時だろうが。カミさんがいないから仕事が遅れて困ってるのは知ってる。歌舞伎座も料亭も待っちゃくれないよ」

「歌舞伎座のお仕事もなさってるんですか？」温子が訊いた。

「うちは芝居で使うすだれも作ってます」

「芝居に使うすだれは細かい作業が必要らしいんだ。照子さん、手が器用でね」里山が言った。「カミさんとこに俺が行って、頭を下げてやろうか」

「余計なお世話だ」

温子が私の肩を軽く叩いた。そして、耳打ちした。「あなたが、奥さんのところまで付いていってあげたら。そしたら、奥さんの態度も軟化すると思うけど」

思いもよらない提案に、私は面食らった。しかし、温子の言っていることには一理ある。こういうことには第三者が入るのが一番だし、成り行きからすると、照子の先生である自分が適任者であることは間違いない。

私は躰を起こし、里山の向こうにいる清吉に視線を向けた。「奥さんのところに私がお伴しましょう。私の講座に奥さんが出ることに文句を言わないのであれば」

里山が大きくうなずいた。「行ってくれるかい？」

「ええ」

「清吉、それでいいな」

「そんな迷惑はかけられない」清吉が力なく言った。

「今更、殊勝なことを言えた義理か。崇徳さんに、躰を預けろ」

清吉は長い溜息《ためいき》をついて、こくりとうなずいた。

「善は急げだ。悪いが、崇徳さん、今からこいつを、長男とこに連れていってくれ」

「こんな時間に？」

「奥さん、あなただったら嫌な顔はしないわよ」温子がさらりと言ってのけた。

「こいつの気持ちが変わらんうちがいい。温子さんでしたっけ」

「はい」

「あんた、竹を割ったような性格だね。いいね。崇徳さんは優柔不断だから、あんたみたいな女の人がついてないと駄目だ。すみませんが、お言葉に甘えて、崇徳さんを、清吉のためにお借りします」

「どうぞ。私はそろそろ失礼しますから」

里山が温子の住まいを訊いた。

「俺がお送りします。いいな、崇徳さん」

「分かりました」

「清吉、しゃんとしろ」里山がぽんと清吉の肩を叩いた。

清吉は仏頂面《ぶっちょうづら》のまま黙っている。

いきなり訪ねるわけにもいかない。しかし、私は青井義男《よしお》の家の電話番号を知らない。清吉に訊いた。清吉は不承不承《ふしょうぶしょう》、番号を口にした。

午前零時を少し回っていた。

勢いで承知してしまったが、照子は寝てしまっている可能性がある。

電話は意外と早く繋がった。受話器を取ったのは照子自身だった。

「森川です。こんな時間に電話をして申しわけありません。もうお休みでしたか？」

「いいえ。今、ちょうど小説を書いていたところです。息子の芝居に刺激されたみたいで、今夜はとても捗《はかど》ってます」

照子の声は浮き浮きしていた。嫌な声を出されるよりはましだが、照子のテンションの高さに気持ちが引き気味になった。

私はおずおずと事情を説明した。照子は黙って聞いていた。

「……ご主人は、奥さんに戻ってきてほしいと言ってます」

「そんなこと言っとらん！」清吉が口をはさんだ。

「主人の声が聞こえましたけど」照子が冷たい口調で言った。「先生のご親切は分かりますけど……」

「ご主人、照れてるだけです」私は軽い調子で言い、清吉を睨《にら》んで、首を激しく横に振った。

清吉は腕を組み、顔を顰《しか》めて、真っ直ぐ前を向いていた。

「ともかく、今からご主人が、あなたを迎えに行きます」

「先生は？」

「同行しますから」

「…………」

「義男さんはお帰りですか？」

「まだです」

「ともかく、ご主人と一緒にお伺いしますので」

「お待ちしています」照子は神妙な声で答え、電話を切った。

私は温子に、明日連絡する、と言い残して、清吉と共に店を後にした。

表通りでタクシーを拾った。

タクシーは内堀通りから外堀通りに出、新宿に向かった。

新宿の大ガードをくぐり、青梅《おうめ》街道に入った。

真《ま》っ直《す》ぐ進んでも、中央分離帯に邪魔されてサンマルクカフェの角を右折することはできない。新宿署のところを左に曲がり、ぐるりと回って、再び青梅街道に戻った。

清吉はシートに躰を預け顎《あご》を上げ、目を閉じていた。

私は見るともなしに窓の外を見ていた。歩道を歩いているカップルが目に入った。

あの後ろ姿は……。私は躰を起こした。

小百合に違いなかった。隣にいる男と手を繋いでいる。男は青井義男のようだ。

タクシーが彼らを追い抜いた。私は振り返ってふたりの様子を見た。

愉《たの》しそうに話をしている。これからどこに行くのだろうか。義男の住まいに向かっているとは思えない。母親の照子がいるのだから。

しかし、何であれ、温子の勘はどんぴしゃりだった。賭《か》けをしていたら、また十万円、温子に持っていかれるところだった。

タクシーがサンマルクカフェの角を左折した。

小百合に探りを入れる必要はもうなくなった。茂一にはまったく目がない。それどころか、彼の兄が小百合を射止めた。茂一が立ち直るのにはかなりの時間がかかりそうだ。

西新宿中学を越えた。

「清吉さん、寝てるんですか」

「起きとるよ」

「そろそろ着きますよ」

「うん」

私は、目撃したことを清吉や照子に話す気はなかった。今夜の目的は、清吉と照子の和解の手助けをすることなのだから。

椰子《やし》の木をすぎたところで、私たちはタクシーを下りた。支払いは清吉に任せた。

義男の住まいは古い建物だった。清吉の足取りが鈍くなった。額に汗がにじんでいる。

二階の奥の部屋のインターホンを鳴らした。ドアが開いた。

照子は、赤地に大きな花柄がプリントされたロングスカートに、襟《えり》と袖口《そでぐち》に刺繍が施されたブラウスを着ていた。

私が一緒だから、慌てて化粧をし直し、余所《よそ》行きに着替えたようだ。

「どうぞ、お入りください」

狭い居間に大きなソファーが置かれ、壁には芝居のポスターが貼ってあった。もう一部屋あるらしいが、照子はどこで寝ているのだろう、とふと考えてしまった。義男もいい加減、居候している母親にうんざりしているのではなかろうか。

清吉を先立て、私たちはソファーに腰を下ろした。

「先生、何かお飲みになります?」

「いえ。結構です。私はすぐに失礼しますから。あなたがいないから仕事も遅れているそうです。そろそろ帰ってあげてください」

照子は床にゆっくりと腰を下ろした。口は開かない。

「清吉さん」私が彼をつついた。

「お前、何でこんな夜中に派手な格好してるんだ」

「お客様をお迎えするのに普段着では失礼でしょう」

「今日も素敵な格好ですね」

時として、心にもないことを口にする必要に迫られる場面があるものだ。

「清吉さん、何か言ったらどうです?」

清吉の息が荒くなった。

「私がいなくて困ってるんでしょう」照子が勝ち誇ったような調子で言った。

「そんなことあるもんか。お前がいなくても何とでもなる」

「じゃ、何しにここにきたの？」

「照子さん」私は渋面《じゅうめん》を作って、首を横に振った。

「あなた、私に他に言うことないんですか？」

清吉は、歯医者に連れてこられたが、テコでも口を開かない少年のような顔をしていた。

「照子さんは、堂々と講座にこられます。清吉さん、そうですね」

「…………」

「清吉さん」

「先生に多大なる迷惑をかけたわしが悪かった。だから、わしは先生の言う通りにすることにした」

「私にも謝ってほしいわ」

清吉はまた口を固く閉じてしまった。

「奥さんにも謝ってください」

「すまなかった」清吉が顔を歪め、投げやりな調子で言った。

「私に帰ってほしいの？」

「うん。お前の手が、仕事に必要だ」

「それだけ？」

「他に何がある。明日には戻ってこい」

照子が黙ってしまった。静まり返った部屋に、鍵を開ける音が響いた。義男が帰ってきたのだった。義男は廊下に立ち尽くし、口をあんぐりと開けて、私を見ていた。

「お帰りなさい。お邪魔してます」

義男は心ここにあらずといった体《てい》で、小さく頭を下げた。

「あんた、遅かったわね」

「近くのファミレスで飯を食ってきたんだ」

おそらく、青梅街道沿いのファミレスで、小百合と食事をしていたのだろう。そして、タクシーに乗る小百合を見送ってから、戻ってきたに違いない。

私は、ここにいる経緯を簡単に義男に説明し、こう続けた。「お父さんがお母さんに謝りにきたんですよ」

義男の表情がぱっと明るくなった。

「よかった。お父さん、よくその気になってくれたね」

清吉がそっぽを向いた。

私は薄く微笑《ほほえ》みうなずいた。「これで、私の役目は終わりました。そろそろ退散します」

立ち上がった私を清吉が見上げた。「例のことよろしくお願いします」

「例のことって」照子が怪訝《けげん》な顔をした。

「いいんだ。お前には関係ない」

「明日、私から連絡を入れます」

「夜は空いてますから、その時に……」

私は黙ってうなずいた。

照子と義男が玄関まで見送りにきた。

私は義男を見て言った。「小百合が、少しは役に立っていて安心しました」

「彼女は朗読が上手なだけじゃなくて、勘がいいんですね、きっかけを掴むのもうまいです。彼女にお願いしてよかったと思ってます」義男の表情は硬かった。

「先生、小説の視点のことですけど……」照子が言った。

何もこんな時にそんな話をしなくてもいいではないか。そう思ったが、むろん、顔には出さなかった。

「そのことについては、昨日の講座でお話ししましたが」

「私、すぐに視点がブレてしまうんです。いろんな人の気持ちが書きたくなって。三島由紀夫の小説には視点が混じっているものがありますよね」

「確かにあります。でも、それは忘れて、ともかくあなたは主人公から見た世界のみを書くのがいいと思います」

「そうですよね。自分の小説を三島由紀夫の作品と比べるなんて偉そうすぎますわね」

「そんなことはないですが、ともかく、昨日、話した通りにやってみてください」そう言いながら、私は目を居間に向けた。

清吉は背中を丸め、顎を突き出し、じっとしている。

照子が苦笑しながら、何度もうなずいた。これ以上、夫を放っておいたら、また大変なことになると気づいたのだ。

私は清吉にも声をかけて、義男の部屋を出た。

午前二時を回っていた。

青梅街道に出てもすぐにはタクシーを拾わず、大ガードの方にぶらぶらと歩いた。

何とはなしに高層ビル群に目を向けた。

バリバリ働いていた頃は午前様は当たり前だった。しかし、一線を退《ひ》いてからは、誘いがないから、そんなことをする機会はまったくなくなった。どうでもいいことだが、ちょっと置いてきぼりにされているような寂しい思いがした。

大ガードをくぐったところでタクシーを拾った。

清吉と照子のトラブルのことなどもうどうでもよかった。

小百合と義男が気になる。

売れていないかもしれないが、芝居を観た限りでは、義男はなかなか才能のある男に思えた。しかし、小百合が、あの風采《ふうさい》の上がらない男に恋をするとは。

小百合は子供の頃、『チェッカーズ』のフミヤとか『BOØWY』の氷室京介《ひむろきょうすけ》のファンだった。そんなスターたちを、現実の恋愛の相手と比べるなんてすこぶる馬鹿げているが、ふと思い出してしまった。

家に戻ったのはきっかり二時四十分だった。

いろいろあったものだから、気持ちが高ぶっているのだろう。すぐにベッドに入る気にはならず、居間で麦茶を飲んだ。

襖《ふすま》をそろそろと開ける音がした。襖の隙間から猫たちがこちらを見ていた。ツメを引っかけて開けたのはメグらしい。グレはメグの後ろに座っている。猫でも姉妹で性格がまるで違う。メグの方が活発なのだ。

私になつかないくせに、エサがほしい時だけ、愛らしい目で私を見る。

私は腰を上げ、台所に入った。エサ入れのボウルは空だった。固形のエサを少しだけ入れてやった。

二階から下りてくる足音がした。小百合だった。

「まだ寝てなかったのか」

「うん。お父さん、遅かったね。ずっと温子さんと一緒だったの」

「いや」

私が居間に戻ると、小百合がついてきた。

猫たちがエサを嚙む、カリカリッという音がかすかに聞こえてきた。

「お前、お父さんがどこに行ってたか知ってるんだろう？」

小百合が目を大きく見開いた。「どうして分かるの？」

「義男君からメールがきた。違うか？」

「そうよ。連絡事項があってメールがきたの。そこにお父さんが家に来て、何をしたか書いてあった。でも、びっくりよ。鏑木俊《かぶらぎしゅん》の親父が、あの人だったなんて」

私は麦茶を少し口に含んだ。「困ったねえ」

「え？」

「お父さん、見ちゃったんだ。義男君とお前が手を繋いで青梅街道を歩いてるのを」

「お父さんが何で」小百合が目を瞬《しばたた》かせた。

「声が大きい」私が注意した。「ともかく見てしまった」

小百合が目を伏せた。「でも、まだ何にもないのよ。それにさ……」小百合が口ごもった。「あの男の息子だって分かったら、暗い気持ちになっちゃった」

「お父さんだって、あの男と親戚付き合いをするかもしれないと思うと気が重い」

「私、義男さんと結婚するなんて言ってないわよ」

「する気がないんだったら、別に、彼の親父のことなんか気にしなくていいじゃないか」

「そうなんだけどさ」小百合の頬がぷうっと膨《ふく》れた。

「義男君のどこが気に入ったんだい？」

小百合が私を睨みつけた。「その言い方って、あんな男を、って意味ね」

「違うよ。素朴な質問だよ」

小百合の表情が和《やわ》らぎ、遠くを見つめるような目をした。「幼かった頃、お父さん、私に大きな熊の縫《ぬ》いぐるみを買ってくれた。覚えてる？」

「ああ。お前、いつもあの熊、抱いてたよな。あれ、どうした？」

「押入に仕舞《しま》いっ放しになってた」

「それが義男君と関係があるのか」

小百合が照れくさそうな顔をした。「あの人に会った時、あの熊を思い出したの。彼といると、あの熊ちゃんといるような気持ちになる」

驚いたというよりもまるで実感が湧かず、言葉が出てこなかった。ころころしているところは似ているが、他に共通点があるようには思えなかった。しかし、小百合にはそう見えるらしい。恋の魔法。他の人間が口を挟む余地はない。

「お父さん、笑っていいよ。自分でも馬鹿げてるって思ってるんだから」

いまだ何の関係もないと言っているが、恋の病はかなり進行しているらしい。

少し間をおいて私が訊いた。「まだ寝なくてもいいのか」

「大丈夫」

「明日の夜、いや、もう今夜だな。ともかく、お父さん、また、お前の熊ちゃんの親父に会うことになりそうだ」

「どうして？」

「義男君の弟のことで話をする。実は、茂一君、お前に一目惚《ひとめぼ》れして、仕事も手につかないらしい」

「ちょっと待ってよ。私、茂一さんには何の興味もないわよ」

「そのことを、あの男に伝えるのが、お父さんの役目なんだ」

「どうしてそんなことになっちゃったの」

私は掻《か》い摘《つま》んで経緯を話した。

「めんどいね」

「まったくだよ。で、お前に聞いておきたいことがある。義男君とのこと話すとまずいか」

小百合は少し考えてから大きく首を振った。「全然」

「義男君に訊かなくてもいいのか」

「隠すようなことじゃないし、相手は弟だから、義男さん、自分からは言いにくいでしょう」

「まあな」

小百合がくくっと笑った。「お父さん、あっちでもこっちでも、間に立たされて大変ね」

こうなったのは、青井照子の〝七変化〟を目撃したところが始まりだったような気がした。

「さて、寝るか。でも、お前が起きててくれてよかったよ。いつ話そうかと思ってたから」

「私も聞いてよかった。よろしくね、お父さん」

また猫が襖を開けた。

「メグちゃん、グレちゃん」

小百合が呼びかけると、メグが「ニャン」と鳴いて、小百合にすり寄った。グレもそれに続いた。

しかし、私が立ち上がるとさっささっと居間から逃げ出した。誰からさっきエサをもらったか忘れたのか。私はちょっとむかついたが、相手は猫である。何も言わずに、洗面所に向かった。

翌日は朝から雨だった。気温は二十度を下回っていたので、蒸し暑さは感じなかった。

家を出る前に清吉に電話を入れた。その夜、また会うことになった。

午後の講義のために新宿に向かった。電車を降りた時、小百合から連絡が入った。義男にすべてを話したという。

「お父さん、六時半に、彼の親父に会うよ」

「義男さん、自分でも弟に話すって言ってた」

「じゃ、余計なことは言わない方がいいか」

「話してもかまわないって」

「分かった。じゃそうする」

土曜日の講義内容は木曜日のものと変わりはない。同じことを繰り返し話すことで、次第に講義の進め方が上手になっていくことを感じた。

講義を終えるとまっすぐに家に戻った。そして、温子に電話をした。

温子は、昨日の顚末《てんまつ》を聞く前に話したいことがあると言った。

「何かあったの？」

「あれから里山さんに付き合って、少し一緒に飲んだの。いろいろあなたとのことを訊かれたわ。その流れで息子のことを話したら、就職先を紹介できると言ってくれたのよ」

その会社は、業務用の冷凍庫や冷蔵庫などを製造販売しているそうだ。経営者は里山の妻の兄だという。本社は墨田《すみだ》区本所にあり、営業事務に欠員があるらしい。

「で、陽一《よういち》君は、どう言ってるんだ」

「煮え切らないんだけど、何とか面接を受けることは承知させた」

「里山さんの紹介だから大丈夫だと思うけど、しっかりした会社なのかい」

「ネットで調べたら、かなり仕事のきつい会社みたい。でも営業事務だったら、それほどでもないでしょう。私としては、何でもいいから、仕事に就いてほしいの。家でゴロゴロされてては堪《たま》ったもんじゃないから」

温子は独立心の強い女だから、息子に対しても、同じような生き方をしてもらいたいようである。

「で、そっちはどうだったの、あれから」

私は詳しく事の次第を話した。小百合と義男の関係を聞いた時の温子の驚きようといったらなかった。

私は、温子にも、今夜、清吉に会うことを伝えた。

「ご苦労様なことね」

「他人事みたいに言うなよ。そうしろってけしかけたくせに」

「そうだったっけ」温子がからからと笑った。

「ところで、来週の金曜日、空いてる？　美千恵《みちえ》が戸田《とだ》でのレースに出場するんだけど」

「空いてるわよ」温子が声を低め、舌なめずりするかのような調子で言った。

待ち合わせの場所を決め、電話を切った。

鉄筋コンクリートの二階家が数十軒、清澄《きよすみ》通りに面して並んでいる。真裏は清澄公園である。

その建物群は、昭和の初めに、店舗兼住宅として建てられたもので〝長屋〟と呼ばれている。戦災を免れ、生き残ったこの〝長屋〟は、それぞれの建物の意匠が違い、モダニズムの香りを漂わせていて、なかなか風情がある。大半は今も現役で、塗料屋、表具屋、薬局などが入っている。

清吉に誘われた鮨屋《すしや》は、その〝長屋〟にあった。

雨は降り続いていた。鬱陶《うっとう》しい雨だが、梅雨入りしているからしかたがない。

清吉はすでに来ていて、カウンターの真ん中辺りにどんと座っていた。他には客が二組入っていた。

巨漢の清吉だから、二人分の席が必要な感じがした。

「わざわざどうも」清吉は神妙な顔をして、私に頭を下げた。

清吉の隣に腰を下ろした。

「ビールでいいですか？」

「ええ」

清吉はキリンの瓶ビールを頼んだ。お通しはツブ貝だった。酒の肴《さかな》は、お任せにした。

ビールを注ぎ合い、グラスを合わせた。

「奥さん、戻られました？」

「先ほど。先生にはご迷惑のかけっぱなしで申し訳なく思っとります」

心の中ではほっとしているに決まっているが、清吉は喜びを顔には絶対に表さない。

刺身の盛り合わせが出てきた。

清吉は寡黙だった。刺身をつまみ、ビールから冷酒に切り替えた。私も付き合うことにした。

「このカレイうまいな」清吉が主人に言った。

「イシガレイで、今が旬です」

「うん、うん」清吉はうなずきながら、味を吟味しているかのようにゆっくりと食べた。

私はカツオを口にした後、本題に入った。

「お願いされた件ですが、結論から先に言いますと、茂一君には残念な結果となりました」

「まったく脈がないってことですか？」

「はっきり言って、百パーセント無理でしょう。実は小百合には好き合っている男がいるんです」

「やっぱりね。あれだけ綺麗なお嬢さんだから、いて当たり前ですな。さぞや、相手も格好のいい男なんでしょうね」

私はグラスを空けた。清吉が注いでくれた。

「後は手酌で」

清吉はそれにには答えず、赤身を箸《はし》でつまんだ。

「青井さん」

「先生、清吉と呼んでください」

「じゃ、私のことはむねのり、いやそうと、いにしてください」

清吉が小さくうなずき、深い溜息をついた。「茂一には話せないな。わしがこうやって先生、いや、崇徳《そうとく》さんに会ってることも知らないんだから」

「清吉さん、話した方がいいですね」

清吉が私の方に顔を向けた。「どうしてです？」

「驚かないでくださいよ。小百合の恋人は、実は、あなたの長男の義男さんなんですよ」

「そんな馬鹿な。お嬢さんと義男が」清吉の声が店に響き渡った。「それは何かの間違いでしょう」

「いいえ」

私は、青梅街道を手を繋いで歩いているふたりをタクシーの中から目撃したことを話した。

「何であの時、教えてくれなかったんです」清吉は怒ったように言った。いや、本当に怒っているのだった。

「清吉さん、落ち着いてください。あの時は義男さんのところに行く目的が違ってましたから、話が紛れないようにしたんです。で、家に帰ってから、小百合に訊きました。義男君に、うちの娘、首ったけのようです」

「何であんなのがいいのか、わしには分からん」

つい私も相づちを打ちたくなってしまったが、むろん、おくびにもださなかった。

「清吉さんは、義男君をよく思ってないんですか」

「四十にもなって、食えもしない芝居をやってる。うちの奴が、わしに内緒で生活費を渡してたこともあった。いや、今でもそうしてるかもしれん。稼ぎもなく、いい歳をして夢を追ってる男ですよ、義男は。わしの息子には違いないが、お嬢さんに、早く夢から覚めるように忠告した方がいい」

「清吉さんから見て、問題のある息子かも知れませんが、そこまで言うことはないでしょう」

「崇徳さん、穀潰《ごくつぶ》しの嫁になんかなったら、お嬢さんが苦労する。親としてそうなっては困るでしょうが」

「それはそうですが。まだ結婚とかいう話はまったく出てないんですよ」

「悪い芽は早く摘むべきです」

清吉は肴にはもう手をつけず、手酌で酒を飲んでいる。冷酒の入った小瓶はあっという間に空になった。

私も清吉のピッチに引きずられて、飲むスピードが速くなってしまった。

「しかし、あんた、変わってるね」清吉の口調がぞんざいになった。「普通、父親ってのは、娘が嫁にいくだけでもいい顔しないのに、あんたは、娘が、食えてるか食えてないか分からん男を好きになったと聞いても平気なんだから。それが民主的な父親の姿なのかもしれんが、わしにはよう分からん。わしだったら絶対に許さんね」

清吉の反応は、いい意味でも悪い意味でも、正統な男のものだと言える。

私だって、一緒になった男のせいで小百合が不幸になってもらいたくない。しかし、清吉のように頭ごなしに反対する気にはなれないのだった。

義男は役者としても脚本家としても、無名である。しかし、この間の芝居はとてもよかったし、見てくれは別にして、感じはよさそうだ。まだ結婚するとかしないという段階ではないのだから、鷹揚《おうよう》にかまえていればいい、と私は思っている。

「茂一が駄目で、義男がいいか。理解に苦しむな」

清吉は跡継ぎの茂一のことばかり考えているらしい。

「世の中では不条理なことがよく起こるものです」

「何だ、その〝フジョウリ〟ってのは」

「理に適っていない馬鹿げたことという意味です」

「あんたは学があるから、そんな小難しい言葉を使って、評論家みたいなことを言ってるが、事はあんたの娘の行く末に関わることだよ。本当のところはどうなんだい。半端な役者なんかに、娘を嫁にやりたくないんだろうが」

私はくすりと笑った。

「何がおかしい」

「先回りして熱くなってもしかたのないことですよ」

「すぐに熱くなるのは、わしの性分だ。これで七十二年間生きてきた。宗旨替えはできん」

「しかし、何であれ、我々、父親同士で話していてもどうにもならないことじゃないですか」

「あんたはいい人だと思うけど、何かその……物わかりがよすぎて、わしにはついていけん」

客がどんどん入ってきて、清吉の隣の席も埋まった。隣に座った客は可哀想《かわいそう》に肩を縮めて落ち着きなさそうにしていた。

私は刺身を食べ、清吉に勧められるままに酒を飲んだ。そして、しばらくしてから握ってもらうことにした。

清吉は飲み続けている。

「茂一さんには本当のことを教えてあげてください」

「嫌な役回りだな」

「奥さんに協力してもらった方がいいですね」

「…………」

「奥さん、義男君と娘のことを知ったらどんな反応をしますかね」

「あれも反対するな」

「どうしてそう思うんです」

「うちの息子には、もったいない相手だって言うだろう。何せ、あいつの先生のお嬢さんだからね」

深川《ふかがわ》には昔気質《かたぎ》が今も色濃く残っているが、私は少し離れたところで生きてきた。ど真ん中にいられる性格だったら、おそらく、材木屋を継いでいたはずだ。

私はシャコの握りを口に放り込んだ。シャコも今頃が旬である。

「清吉さんは食べないんですか？」

「もう少し飲んでから。この躰だろう。ダイエットしてるんだ」

「躰の方はどうなんです？」

「訊くな。血圧もコレステロール値も高い。だけど、気にしてない」

やがて清吉も握りを頼んだ。中トロにウニ。わざと躰に悪そうなものを注文したとしか思えなかった。

私は、森川家が女系だということを教えた。

「周りは女ばかりか。そりゃ大変だな。だけど、女がひとりいるだけで、女系みたいなもんだよ」

「なかなかいいこと言いますね」私は本気で感心した。

「そうかあ。わしは普通のことを言ったつもりだが」清吉がぐいとグラスを空けた。

一通り食べてから、私はアガリを頼んだ。

清吉が腕時計に目を落とした。「まだ八時半か。崇徳さん、もう一軒、行こう」

「飲みすぎると躰に障りますよ」

「いいから、付き合え。お互い、家は近所なんだから」

「じゃ、もう一軒だけ」

「親父、またくるよ。ごちそうさん」

ツケがきく店のようだ。清吉は支払いをせずに店を出た。私はご馳走《ちそう》になった礼を言った。

清澄通りに出ると、道を渡ったところで、清吉はタクシーに手を上げた。

雨は降り止まない。

行き先は門前仲町《もんぜんなかちょう》の交差点近くだった。車で行くほどの距離ではないが、歩くとそれなりに時間がかかる。

昔はこの通りにも都電が走っていた。確か23系統だったはずだ。深川警察署もこの通り沿いにあった。海辺橋《うみべばし》を渡り、深川一丁目に向かっている。この辺にも製材所や木材会社がいくつもあった。しかし、その面影はまるで残っていない。

しかし、清吉といると、何だか都電が走っている頃にタイムスリップしたような気分になった。

赤札堂を越えた辺りで、清吉はタクシーを停めさせた。

小さな店が軒を連ねている細い道に入った。辰巳新道に馴染《なじ》みの店があるらしい。

飛び込んだのはカウンターだけの狭い店だった。カウンターの中で、老眼鏡をかけた女が丸椅子に座ってスポーツ紙を読んでいた。清吉と同じ世代の女だった。客はひとりもいなかった。

「清ちゃん、珍しいじゃない」女が立ち上がった。

壁が赤く塗《ぬ》られていて、スツールの座る部分のビニールが破れているところもあった。いかにも場末という感じの飲み屋である。

「ウイスキー、何でもいいや」

「水割り？」

「ロック」

私は水割りにした。

清吉が私をママに紹介した。名前は民子《たみこ》と言った。

「徳之助《とくのすけ》さんの息子さんなの」

ここでも父は有名人だった。私は自己紹介をし、前職と今やっていることを教えた。

「お父さん、あなたのこと話してたわよ」

「どんなこと言ってました？」

「今だから言えるけど、跡継ぎには向かない子だって」

「その通りです」

「俺はこいつの親父に会ってないんだな」清吉が口をはさんだ。

「会ってるかもしれないけど、清ちゃんと違って、大人しい人だったから、覚えてないだけよ」

「こいつが深川っ子にしちゃ、スマートすぎるのは親父の影響か」

ママが私に目を向けた。「どこで拾ってきたんです、こんな酔っ払い」

「余計なこと訊くな」

酒が用意された。

「民子も飲め」

「いただきます」

私たちは民子を交えてまた乾杯をした。

「江東区《こうとう》にはすだれ屋って多いんですか」私が清吉に訊いた。

「そんなにはない。元々うちは八丁堀《はっちょうぼり》にあったんだ。江戸時代、あっちはお侍《さむらい》が多かったから刀の鞘《さや》を作るところもいっぱいあったらしい。鞘作りと竹を割る技術が似てるそうだ。だから、明治に入って刀が作れなくなったことで、鞘の代わりにすだれを作る店が増えたって誰かが言ってた」

「清吉さんは、若い頃から先代について修業してたんですか？」

「いや、兄貴が継ぐ予定だったが、事故死してね。しかたなく家に戻った」

「昔はヤンチャでね。こんなデブじゃなかったし。髪をリーゼントにしちゃって、一緒に日劇にロカビリーを聴きにいったりしてたのよ」

「清吉さんがロカビリーですか」私は本気で笑った。

「悪いか。わしにだって青春ってものがあった」

「山下敬二郎《やましたけいじろう》みたいになりたかったんだもんね」

「あれは麻疹《はしか》にかかったようなもんだった。来る店を間違えたな」

民子が私を見た。「本当にどういう知り合い？」

私が照子のことを話した。

「愛の渇きだとか、よろめきだとかを、こいつは真面目ぶって教えとるんだ。それに、女房がはまった」

「もう許したんでしょう？」

「許しちゃおらん。お前が、まあまあちゃんとしてる奴だと分かったから見て見ぬ振りをすることにしただけだ」清吉がグラスを空け、お替わりを頼んだ。「崇徳《そうとく》、お前もぐっといけ」

「ゆっくりやりますよ」

「いいから飲め」

一軒目で帰ればよかったと後悔した。

しかし、清吉のことは嫌いにはなれなかった。昔、私の周りにいた男たちは大概、こんな感じだった。口は悪いし、酒癖も悪いが、情に厚く、案外小心な男たち。面倒だが、懐かしい気分が勝って、清吉の無理強いを受け、グラスを空けた。

「で、いつ茂一さんに話すんです」

「帰ったらすぐに話す」

「素面《しらふ》の時にした方がいい」

「お前の好きな女をかっさらったのは兄貴だなんて、飲まなきゃ言えんだろうが」

「茂一さんに頼まれて、私に相談したわけじゃないんだから、義男君と小百合が付き合ってることだけを、それとなく伝えればいいと思いますがね」

清吉が舌打ちした。「義男がねえ」

「茂一君の肩を持ちすぎじゃないですか」

「義男は、跡も継がず、勝手に家を出てった奴だ。わしは、あいつを勘当したんだ」

「一体、何の話なのよ」ママが口をはさんだ。

しかし、興味津々という感じではない。清吉の興奮振りに呆《あき》れて、つい訊きたくなったらしい。

「身内の話だ、口を出すな」

「実はね」

「崇徳。余計なことを言うな。お前も新太郎と同じようにおしゃべりだな」

「おしゃべりの方が、怒鳴《どな》ってばかりいる人よりもずっといいわよ」ママが大口を開けて笑った。

「女の言いなりになって態度をはっきりさせん奴が増えたから、世の中が変になったんだ」

暴論である。しかし、ちょっと耳が痛かった。

清吉は典型的な頑固《がんこ》親父。昔のテレビには、そういうキャラの父親がよく出てきた。進藤英太郎《しんどうえいたろう》が主役を演じた『おやじ太鼓』、それから超人気ドラマだった『寺内《てらうち》貫太郎《かんたろう》一家』などを私は思いだした。勘当という言葉が死語になるのに合わせるように、頑固親父も姿を消していった気がする。

清吉が酔眼を私に向けた。

「崇徳は家で怒鳴ったことないんだろう」

「私の姉に会いましたよね。うちで怒鳴るというか、すぐ興奮していろいろ口を出してくるのは彼女なんです」

「けっ、情けない。お前は家長だろうが」

「うちはそれでうまくいってる。放っておいてください」

「義男さんって俳優をやってるのよね」ママが言った。

「よくご存じですね」

ママが清吉を盗み見た。「勘当したって、ここでぶつくさ言ってたことがあったの」

「弟さんのことも知ってるんですか？」

「清ちゃんがここに連れてきたことあるわよ」

「義男で本当にいいのか、お前の娘の婿が……」清吉が蒸し返した。

「清吉さん、そろそろ行きましょう」

「何言ってんだ。まだ宵の口じゃねえか」

「ね、訊いていい？　清ちゃんの息子さんが、森川さんの娘さんと結婚するの？」

「そんな話、全然出てません。清吉さんの早合点です」

「でも、お付き合いはあるのね」

私は黙ってうなずいた。

「森川さん、そうなってもいいんですか？」ママが清吉を目の端で見た。

「ママも、問題がどこにあるか分かってますね」

「何、言ってやがんだい」清吉の呂律が回らなくなってきた。「わしのどこが悪いってんだ。しかし、不愉快な店だな」

「初めて、この人にそう言われたのはいつだったかしら。五十年は経ってるわね」

「清吉さん、あなたも若い頃は、ロカビリーに憧れてたんでしょう。義男君のこと、少しは理解してあげないと」

「あれは麻疹だったたって言ってるだろうが。義男は違う。諦めが悪い男なんだ。わしはな、あんたの娘のことを心配して言ってるんだ」

「森川さんは、もしも結婚ということになっても反対じゃないのね」ママに訊かれた。

「好きなものは止められないでしょう」

「話の分かるお父さんなんですね、森川さんって」

褒められた感じはしなかった。食えているかどうかもはっきりしない男の上に、その男の父親が、この酔っ払い。それでも反対しない私に違和感を持ったようである。

しかし、事が進んでもいないのにどうのこうの言っても始まらないではないか。

私は物事をさっと決められるタイプではないのだ。どこかで物事を先送りしようとしているのは否めない。

家で女たちが、ああでもないこうでもないと言い争っている時は馬耳東風《ばじとうふう》でやりすごし、冷静になったところで意見を言う。そうやって生きてきた私は、ここでも同じ態度で臨んでいるのだった。

「でもね、森川さん、この人、飲まなきゃいい人なのよ。竹を割ったような性格だしね」ママがしみじみとした口調で言った。

「当たり前だろうが。竹を割って飯食ってんだから」

ママが私に視線を向けた。「ところで、森川さんはお祭りで神輿担《みこしかつ》ぐの?」

「若い頃は担ぎましたけど、随分、長い間、担いでませんね」

「冬木《ふゆき》の神輿はヤンチャだから、私、大好き」

「冬木は他の町内に迷惑ばかりかけてんだよな」

清吉の言った通りである。ルールを守らず、勢いがいいものだから、他の町内から文句は出るし、終わった後に役員が警察に詫びにいくことが毎度だと聞いている。

「清吉さんは担ぐんですか?」私が訊いた。

「わしは役員だから担がない」

「嘘ばっかり。前のお祭りん時は、先頭で担いでるのを見たわよ」

「時々、血が騒いでな。そう言えば、里山が言ってた。今年は、崇徳に担がせたいって」

「私は、孫の子供神輿についていくだけでいいですよ」

「何を言ってんだ。女もいるんだからいいとこ見せろ」

ママが私を流し目で見た。「隅におけないわね。森川さん、愛人がいるの」

「違いますよ。女房をだいぶ前に亡くして、私はヤモメです」

「何で所帯を持たないんだよ」清吉が低くうめくような声で言った。

「清吉さん、もうお開きにしましょう」

清吉はそれには答えず、そっくり返ってグラスを空けようとした。

それはあっと言う間の出来事だった。

ママが短い悲鳴を上げた。

清吉はバランスを崩し、真後ろに倒れてしまったのだ。後ろが壁だったから、頭から転倒することはなかったが、床に転がった。座っていたスツールが弾《はじ》き飛ばされた。

私はスツールを下り、清吉を覗《のぞ》き込んだ。「大丈夫ですか?」

清吉は黙ってよろよろと起き上がり、壁に躰を預けた。

「お勘定してください。私が送っていきますから」

「お金はいいわよ。請求書でやってるから」

「ボロい椅子だな、まったく」

私は倒れたスツールを起こし、清吉を押し出すようにして店を後にした。

清吉の足許がふらついていた。抱えてはやらなかった。そんなことをしたら共倒れになりかねない。

「頭を打ってましたよ、大丈夫ですか？」

「全然」

スツールと壁の間は、人がひとり通れるスペースもなかった。だから、問題はないだろう。

「崇徳、お前は頭が柔らかくていいな」

「嫌味ですか」

「半分はな。だけど、半分は……ちょっと羨《うらや》ましい気がする」

「私を上げたり下げたり、大変ですね」

「送らんでいいよ。ひとりで帰れる」

「いいですよ。お宅を回ってもうちはすぐですから」

通りを渡り、タクシーを拾った。

「まだ十時すぎか」

「これ以上は付き合いませんよ」

資料館通りに入った。

「ちょっと寄って、茶でも飲んでいかんか」

私は鼻で笑った。「茂一君にひとりで伝えるのが嫌なんでしょう」

「そんなことはない」清吉が威厳のある声で答えた。

「この件は青井家で片をつけてください」

清吉は首を前に突きだし、ちらりと私を見た。相手にしたくない私は視線を外してしまった。

その後、小百合を巡る問題がどうなったのかは分からなかった。少しは気になった
が、清吉に電話して聞くようなことでもないので放っておいた。

どうせ木曜日に照子が講座に出てきた時、何か私に言ってくるだろう。

小百合とはあまり顔を合わせる機会がなく週が明けた。

何かと理由をつけ、我が家にやってくる昌子《まさこ》がここのところ顔を出さない。連絡が
ないならないで、気になるものである。

そんなことを考えていた時、麗子《れいこ》から電話があった。昌子は風邪を引いて寝込んで
いたという。

「で、よくなったのか」

「すっかり。娘ふたりが交代で面倒を見にきてたし、私もご飯を作ったりした。でも、姉さん、心細そうだった」

「やっぱり、ひとり暮らしはきついんだな」

「姉さんに、本当のところはどうなのって訊いたの。郁《いく》ちゃんか妙《たえ》ちゃんと同居したいんじゃないかって思って」

「姉さん、何て言ったんだい？」

「妙ちゃんはすでに嫁いでるから、彼女の旦那に気を遣うのが嫌だって言ってた」

「郁美《いくみ》ちゃんは独身だろう？　一緒に住もうと思えば住めるんじゃないのか」

「それがね」麗子の声色が変わった。「郁ちゃん、前々から付き合ってた人と、ついに一緒になる気になったんだって。遠距離恋愛で、彼の方は名古屋の大学病院に勤めてるから、結婚したら向こうに住むらしい」

「姉さんが名古屋に住めるわけないな」

「姉さん、この深川を離れたくないのよ」

私は黙ってうなずいた。

「私も、こっちに戻ってほっとしてる。そう言えば、兄さん、弁護士の件、どうなってるのよ」

「ごめん。まだ連絡してない。でも、お前、本当に離婚したいのか」

「したくなかったら、弁護士を紹介してなんて言わないわよ」麗子が口早に言った。

揺るぎない気持ちの表れには思えなかった。自分に言い聞かせているような調子だった。

「最後は、姉さんとふたりで生きてくことになるかもね」麗子がつぶやくように言った。

「今からそんなこと考えてるのか」

「ちょっと思っただけ」そう言って麗子は電話を切った。

麗子の離婚の件は、もう少し放っておくことにした。しつこく言ってきたら動けばいいだろう。

私はベッドに寝転がり、天井をぼんやりと見つめた。

老後という言葉が脳裏に浮かんだ。男でも、今の平均寿命は八十ぐらいである。八十まであと十七年。まだまだ遠い先のことのようにも思えるが、二十年を切っていると考えると、あっという間にやってくる気がしないでもない。

生まれた土地でずっと生活をし、いつも周りに誰かいる環境で生きてきた。こういう暮らしをしていると、老いてひとりになるかもしれないということは考えない。

常にぬるま湯に浸《つ》かっているようなもので、その湯は冷めないと根拠もなく思っているのだ。

昌子は突然、伴侶を失い、ひとりになった。ひとり暮らしには、一般的にいうと、女の方が強い。新しい花を飾ったり、食器やテーブルクロスを替えるだけで、その一日を潤《うるお》いのあるものにできる。大半の男は、そういう小さな愉しみを見つける術《すべ》をもたずに老いていく。特にサラリーマンを長くやっているとそうなる傾向が強い。退職してからいきなり趣味を持とうとしても、熱中できるものを見つけるのは至難の業である。そうなってしまうのは、運悪く自分の好きなことに出合わないだけが理由ではない。もっと大きな原因は、社会と繋がっていないという寂しさ、社会が自分をもう必要としていないという空虚な気持ちから抜け出せないというところにあるのだ。

文芸講座の講師の仕事は、張りになっている。自分の生徒の中から、後輩の編集者に推薦できるような作品を書く人間が出てくることを期待しつつ教えているのだ。たとえ出なくても、そう思って教壇に立つことに意味がある。そういう機会に恵まれて、私は運がよかったと言えるだろう。

男が社会を意識するのは、男社会で男として育てられた結果だから、言わば幻想のようなものである。だから、女は、たとえバリバリ働いていても、そういう意識が薄い分だけ、仕事を離れても、のびやかに生きられる。

　とは言っても、昌子のように、急に伴侶を失いひとりになると、やはり、ぽっかり空いた心の穴を埋めるのは大変な気がする。

　私はよく昌子に呼びつけられる。高いところに取り付けられた電球が切れた。DVDがうまく作動しない。パソコンがロックされてしまった……。大体、そんな用である。業者を呼ぶほどのことはない小さなトラブル。太郎が生きていた頃は彼がやっていたことを、私が引き継いでいるのだ。

　昌子は、男手が必要になった時、太郎がいないことをひしひしと感じている気がした。

　それでも、ひとり暮らしがいいと言っているという。それができるのも、私や麗子などの家族が近くに住んでいるからだろう。

　木曜日の講義のための準備をしていると携帯が鳴った。小百合からだった。

「お父さん、今夜、家にいる？」

「出かける予定はないよ」

「義男さんに会ってほしいの」

「いいけど、何か話があるのか？」

「まあね」小百合の声が緊張していた。

小百合の出た芝居は、たった三日間だけの公演で、昨日、終わっていた。

午後八時頃に、義男を連れてくるという。

「朋香《ともか》たちがいてもいいのか」

「いいわよ」

電話を切った私は部屋を出た。朋香は台所で夕食の準備をしていた。

「今夜は何だい？」

「チキンの照り焼きよ。それにさやいんげんのごま和《あ》え。お父さんの好きなたい焼き買ってあるよ」

「それはいいね。朋香、小百合から何か話聞いてるか」

「何かって、何の話よ」

「好きな男の話さ」

ししとうがらしの軸を切り落としていた朋香の手が止まった。「全然。最近、お姉ちゃん、出かけてばっかりいるから、あまり話してない」

「小百合が出てた芝居の主幹が、あのすだれ屋の長男だって話をしたろう。その長男がだな……」

「お姉ちゃん、その人と」

「今夜、彼をここに連れてくるそうだ」

「うちに連れてくるってことは、決まりってことじゃない」

「そうとは限らん。お前に話してなかったけど……」

私は、清吉と会って飲んだことを、そうなった経緯も含めて簡単に教えた。

「へーえ」朋香が素《す》っ頓狂《とんきよう》な声を出した。「じゃ、何。お姉ちゃんを兄弟で取り合うことになって、あの茂一さんが負けたってこと」

「取り合いにはなってないけど、負けたことは確かだな」

「面白いことになったね」朋香の目が輝いた。

その日は鉄雄《てつお》が早く帰ってきて、朋香の家族と一緒に夕食を食べた。その際も話題は、小百合のことで持ちきりだった。

「小百合おばちゃん、結婚するの？」舞《まい》が訊いてきた。

「さあねえ」軽く受け流したのは鉄雄だった。

「相手はいい男？」舞が続けた。

「舞、黙って食べなさい」そう注意した朋香だったが、同じ質問を私にぶつけてきた。

「見れば分かる」私はにっと笑って話を誤魔化《ごまか》した。

食事を終え、小百合が戻ってくるのを待った。

何となく落ち着かなかった。小百合の人生を変えるような話が出たらどうしようか。そうなったら訊くこともいろいろ出てくる。

午後八時少し前、小百合が戻ってきた。朋香が迎えに出た。居間の襖が開き、小百合たちが入ってきた。

義男はダークスーツにネクタイ姿だった。袖が短すぎる気がした。かなり前の服を今夜のために引っ張り出してきたようだ。

私は座るように勧めた。朋香が茶を淹れた。

義男は正座している。「この間は芝居を見にきてくださり、ありがとうございました」

「無事に終わりましたか？」

「とても盛況だったし、評判もよかった」小百合が言った。「九月に再上演されることに決まったのよ」

お茶が運ばれてきた。

「この間の土曜日、お父さんと飲みましたよ」私が言った。

「聞いています」

「弟さんとは？」

「父と母が、僕と小百合さんのことを話した後、僕も茂一に電話をしました。弟からは〝よかったね〟と言われました」

「問題なかったのは何よりですね」私はゆっくりと茶を啜《すす》った。

「ご迷惑をおかけしました」

　座が静まり返った。

「今日はその報告にいらっしゃったんですね」

「それもありますが」義男が目を伏せた。

　膝の上の手がもじもじしている。

「お父さん、もう分かるでしょう」小百合が落ち着きのない調子で口を出した。

　義男が姿勢を正した。「僕は小百合さんとの結婚を考えています。そのことをお伝えしたくてお邪魔しました」

「それはまた急な話だね」

「弟の件がきっかけになりました。僕と小百合さんの関係をはっきりさせることが、弟のためでもあると思いまして」

「君のご両親には話した?」

「まだ話してません。まず、小百合さんのお父さんにお話をしてからと思いまして」

「君の芝居は素晴らしかったけれど、芝居で食っていくのは大変なんじゃないですか?」

「ええ。かなりきついです」

「そこが問題だな。小百合もフリーだから収入は安定してないし」

「だからふたりで力を合わせて、やっていくのよ」小百合がきっぱりと言い切った。

「言うはやすしだよ」

「失礼ですけど、年収はどれぐらいあるんです?」朋香があっけらかんとした調子で訊いた。

「朋香、何てこと訊くの!!」小百合が頭のてっぺんから声を出して怒った。

「でも、お姉ちゃん、それって大事なことよ」

「義男、答えなくていいからね」

「僕ひとりが何とか食っていける程度の収入しかありません。でも、小百合さんと一緒になったら、これまで断ってきた仕事もやるつもりです」

「彼が去年、書いた戯曲、B出版社の戯曲大賞にノミネートされているの。取れたらだけど、劇団にもっと人が呼べると思う」

「その賞なら知ってるよ」私が言った。「主だった新聞社の演劇担当記者が選ぶ賞だよね。文学賞とも一緒になっているから何度もパーティーに出てるよ。そう、それはすごいね」

「賞金はいくらなんです」朋香がまた金のことを口にした。

「百万です」

「たった百万じゃ……」

「朋香、いい加減にしなさい」鉄雄が朋香を叱《しか》った。

「ここで言うのも何だけど、朋香、鉄雄さんの稼ぎが悪いって、いつもこぼしてるじゃない。だからこの家から出ていかないんでしょう。そんなあんたにお金の話なんかされたくないよ」小百合はムキになっている。

「ふたりとも止めないか。みっともない」私がふたりを睨みつけた。

居間に重い沈黙が流れた。

私は義男の顔を見ずにこう言った。「お父さんに聞いたけど、お母さんに援助を受けてるっていうのは本当ですか？」

「それは昔の話です。これまでは劇団の芝居のために、映画の話も断ってきましたけど、さっきも言いましたが、これからは何でもやります」

「何で映画の仕事を断るんです？」鉄雄が訊いた。

「拘束時間が長いわりにはさしてお金にならないからです。僕に回ってくる役は端役《はやく》ですから」

「私、義男につまらない仕事はしてもらいたくないの。だから、私もアナウンサーに拘《こだわ》らず、仕事を探すつもり」

小説家を夢見ている男のために苦労していた女がいたのを思い出した。それはだいぶ昔のことである。小百合が、そんな古風な面を持っていたことにびっくりした。

「私、お父さんに祝福してもらいたいけど、そうならなくても、私の気持ちは変わらないから」

清吉の顔が脳裏にちらついた。あの男が私の立場だったら、どうしていただろう。

おそらく、激怒して暴れるか、部屋を出ていったに違いない。

しかし、私にはできない。いや、できないのではなくて、こういうカップルを応援したくなってしまうのだった。

自分が甘ちゃんだなと思った瞬間、私は取り繕うように腕を組んでみせた。

第五章　美千恵の決断

小百合《さゆり》が義男《よしお》を連れてやってきて、結婚を前提に付き合っていくと宣言した。

しかし、その夜は、当然と言えば当然だが、結論めいた言葉で締めくくられたわけではなかった。とりとめもない話が、あっちにいったりこっちにきたりしながら時が流れていった。

その間も、私は義男を観察していた。義男は芝居の話になると止まらなかった。これで生活力があれば申し分ないと思いつつ私は話を合わせていた。

義男が帰った後、私は小百合を部屋に呼んだ。朋香《ともか》が興味津々の顔をしていたが無視した。

「突然で驚いたよ」

「私もよ」ベッドの端に浅く腰を下ろした小百合が照れくさそうに笑った。「義男があんなに積極的になるとは思ってもいなかった」

「〝熊ちゃん〟にほだされたってことかな」

「違うよ。ほんわかした気分になったのは、昔、持ってた熊の縫《ぬ》いぐるみを思い出したからだけど、それだけじゃないよ。芝居の話をしている時に感じるものがあったの。だから、私からお茶に誘ったりしたのよ。しゃべってるうちに彼も私に気があるって分かった」

私は小百合から視線を外した。「熊本でいろいろあったことが関係してはいまいね」

「朋香っておしゃべりね」小百合が低くうめくような声でつぶやいた。

「はっきり訊《き》くけど、今回の件に熊本の人が影響してるということはないのか」

「どういう意味よ」

「傷を癒《い》やすために、違う人に身を委《ゆだ》ねるってことは、それほど珍しいことじゃない。話があまりにも急だから、いろいろ考えてしまうんだ」

「そんな安手のドラマみたいなこと、考えもしなかったよ」小百合が反駁《はんばく》した。しかし、声に勢いはなかった。

安手のドラマには一抹の真実があるものだ。今でも小百合の胸の底に、熊本の人が巣くっているのかもしれない。

「お父さん、義男との付き合いに反対なのね」

「お前の気持ちがすっきりしていれば、進みたい方向に突き進むしかないだろう」

「お父さんっていつもずるい答えしかしない。イエス、ノーで答えてほしい」

私は小百合をじっと見つめ、微笑《ほほえ》んだ。「お父さんの答えなんか必要ないだろう。仮にノーと答えても、付き合いをやめる気はないんだろう?」

「焦《じ》れったいわね。反対なら反対って言ってよ」

「熊本の人を忘れられるかな」

「もう忘れてるよ」小百合が声を荒らげた。「ともかく、私、義男と結婚するつもりで付き合っていく」

「そう興奮するな」

「明日の夜、向こうの両親に会う。その時に、お父さんがどう言ったか教えなきゃならないでしょう。だから、ちゃんとした返事がほしいの。賛成だって言っていい?」

「お父さんは、いつでもお前の味方だよ」

「ありがとう」

小百合が目を伏せたが、ややあって顔を上げると、訴えかけるような表情で私を見た。

「どうした?」

「何でもない」小百合は弾《はじ》かれたように立ち上がり、お休みと言って、部屋を出ていった。

熊本で付き合っていた妻子ありの男のことを話したのは余計なことだった気がしないでもなかった。

小百合はとっくに気持ちのケリをつけているのかもしれない。こういうことは女の方が割り切りをつけるのが上手なものだ。

ややあってトイレに立った。二階から言い争っているような声が聞こえてきた。朋香と小百合がやり合っているらしい。義男に対する朋香の態度に小百合が腹を立て、鉄雄《てつお》の稼ぎに触れた小百合に、朋香が文句を言っている。

言い争いの内容がはっきりと聞き取れたわけではないが、大方の想像はついた。

翌日、小百合が出かけた後、居間で新聞を読んでいた私のところに朋香がやってきた。安香音《あかね》と一緒だった。

「お父さん、小百合とあの男のこと、どう思ってるの」

昨日は小百合に詰め寄られ、今日は朋香か。

私は老眼鏡を鼻眼鏡《はなめがね》にして朋香を上目遣いに見た。「お前は反対か」

「心配してるだけ。収入の不安定な男と一緒になると苦労させられるに決まってるから。熱い想いのある今は、何があっても幸せだろうけど、結婚したら、そんな気持ち消えてしまうよ」

「消えてからが、夫婦としての始まりだよ」私は視線を新聞に戻した。

「お父さん、超クールね」

「だって成るようにしか成らないじゃないか」

「まあそうだけどさ。そうあっさり言われるとね。きっとお姉ちゃん、お金に困ったらお父さんに頼みにくると思う」

「今、そこまで考えることはないだろうが。お前、最近、お金のことばかり気にしてるみたいだな」

「そうよ。子供がふたりもいるのよ。小百合姉ちゃんは、もっと現実的な人間だと思ってたけど、違ってたからびっくりよ」

安香音は、興奮気味に話している母親を大きな目で見つめていた。

「まあ、いくら姉妹でも、とやかく言えることじゃないけど、あの海坊主と親戚になるのははっきり言って嫌だな」

私はまた新聞から目を離した。「お前、怒鳴《どな》りこんできた時、あの男のことをちょっと素敵って言ってたじゃないか」

「ああいう態度を好きな男に取られたら嬉しいって思っただけ。親戚に、ああいう男がいると面倒よ」

「ともかく、そういうことを考えるのは早すぎる」

私の携帯が鳴った。昌子《まさこ》からだった。

手伝ってほしいことがあるという。私は昌子の家に出かけていくことにした。

昌子が電話をかけてきたのは電球を取り替えてほしいからだった。

天井に嵌《は》め込まれているライトが二個、同時に切れたのだ。脚立《きゃたつ》に上らないと作業はできない。

昌子の家に行った私は、さっそく納戸から脚立を取りだし、まず切れた電球を外した。かなりきつく嵌め込まれていたので外すのに苦労した。電球がゆるむと、小虫の死骸が落ちてきた。

大した高さがなくても、脚立に乗っての作業は危険である。うちに出入りしていたことのあった電気屋の主人は、一メートル五十センチほどの高さから落下して、首の骨を折って死んだ。脚立に上る度に、そのことを思い出す。死んだ時、私は、電気屋の主人を爺《じい》さんだと思っていたが、よく考えてみると、今の私の歳とさして違わなかった。

作業を終え、脚立を仕舞《しま》っている間に、昌子が茶を淹《い》れてくれた。お茶菓子はどら焼きだった。

「姉さん、風邪《かぜ》を引いてたんだってね」

「珍しく熱が出ちゃって。でももう大丈夫。麗子《れいこ》が近くにいてくれて助かったわ」

小百合の話をすれば、姉がどんな反応をするかは想像がついた。しかし、いずれは耳に入ること。私は小百合が青井《あおい》義男を連れてきた話をした。

昌子がまじまじと私を見つめた。「で、あんた、ふたりを許したの」

「はっきりしたことは何も言ってない」

「容認、黙認はあんたの得意芸だもんね」

「恋路の邪魔は誰にもできないよ」

「収入の不安定な四十男なんて最低よ。それに、父親があれでしょう?」昌子が顔を歪めた。「私が口出しすることじゃないのは分かってますよ。でも、よりによって、そんな男を選ばなくてもいいのに。小百合ちゃん、可愛《かわい》いから、もっといい男が出てくるわよ」

「義男君に会ってもいないのに、そう悪く言うことはないだろう」

「いい男?」

「気持ちは」

「顔は？」

「普通だよ」

本当のことを言う必要はないので、そう答えておいた。

「あんた、それでいいの？」昌子が不満そうな表情で、私の顔を覗《のぞ》き込んだ。

私は口をもぐもぐさせていた。「このどら焼きうまいな。最近、妙に甘い物が好きになってね。歳のせいかな」

「私の話、ちゃんと聞いてるの」

「好き合ってるって言ってるんだから止めようがないだろう」私は茶をすすった。

「向こうの親は知ってるの？」

「今夜、話すと言ってた」

「きっと向こうさんは、諸手を挙げて歓迎する気がする。だって、売れ残りの四十男を引き取ってくれる女が現れたんですもの」

「ともかく、姉さんは口出ししないでくれよ」

「するわけないでしょう。私の娘じゃないんだから」

私は茶を飲み干すと腰を上げた。

「もう帰るの？」

「他に用がある？」

「ないけど」

昌子はちょっと寂しそうな目をした。

ひとり暮らしをしていると、やはり人恋しくなるのだろう。私はちょっとせつない気分になった。

その夜、小百合は家に戻ってくると、そのまま私の部屋にやってきた。飲んできたらしい。ふうと息を吐《つ》き、私のベッドに寝転がった。

「どうした？　向こうの両親に会ってきたんだろう？」

「うん」小百合の表情は暗かった。

清吉《せいきち》に反対されたそうだ。私は驚きはしなかった。鮨屋《すしや》で清吉はそう言っていたのだから。

「反対された理由は？」

「義男には結婚なんかする資格がないって、あの海坊主が言い出したの」

「母親の方は？」

「私のことを息子にはもったいない人だって言ってた。でも、母親も賛成してくれなかったよ。後で問題になって、先生であるお父さんとの関係にわだかまりができることを気にしてた」

私はくすりと笑った。「よほど、義男君、家で信用がないんだね」

小百合が躰《からだ》を起こした。「海坊主、ひどいのよ。義男さんの前で、茂一《しげかず》とだったら祝福したって言ったの」

「あの男、飲んでたか」

「うん」

「気にするな。祝福されなくても付き合うって、私の前で言ってたろう？」

「そうなんだけど、嫌な雰囲気だった」小百合は肩を落とし、深い溜息《ためいき》をついた。「話してる最中に、茂一さんが顔を出して、私たちの味方をしてくれた」

「なかなかできた男だな、彼は」

「みんな茂一さんの応援団なのね」

「お父さんは違うよ。小百合が興味ない男の応援なんかしない。で、義男君はどうなの？　迷いが生じたとか……」

「それはない。私たち、誰に反対されても気持ちが変わることはないから」

きっぱりとそう言われた私は、薄く微笑みうなずいた。

小百合のバッグの中で音楽が鳴り出した。スマホを取り出した小百合が画面を見入った。眉根《まゆね》が険しくなった。メールを開きもせずに立ち上がった。

「話、聞いてくれてありがとう」

小百合はそう言い残して私の部屋を出ていった。

メールの着信画面を見ただけで、小百合に動揺が感じられた。ちょっと気になったが放っておくしかなかった。

翌日は、雲間から陽が射し覗いている日で、私は母の様子を見に施設に出かけた。母の様子に変わりはなく、三十分ほどで施設を出た。まっすぐに家に帰る気にはならず、運動のつもりで木場《きば》公園に入った。

少し歩いて吊り橋を渡った。真後ろにスカイツリーが威風堂々と建っている。ドッグランのある広場まで辿《たど》りついた。金網越しに、はしゃぎ回っている犬たちを見るともなしに見た。

長年、同じ屋根の下で暮らしているのに、自分に懐《なつ》かない猫たちのことが脳裏をよぎった。仔犬でも飼って、散歩の相手をさせようか。ふとそんな気になった。しかし、それはやめた方がいいだろう。その犬が十年でお陀仏《だぶつ》になるとしても、自分が最後まで面倒をみてやれるかどうかは分からない。犬に看取《みと》られて自分が先に逝《い》くことだってあり得るではないか。

父が六十の声を聞いて間もなく、あっけなく他界したことを考えると、自分もそうなるかもしれないと思うのだった。

ドッグランを離れ、広場の真ん中を歩き、帰路につこうとした。

太極拳をやっている高齢の男の姿が目に入った。

私は立ち止まり、目を細めて太極拳をやっている老人の背後を見やった。

ベンチに座っている女は小百合だった。隣に男が腰掛けていた。義男でないことは躰つきから明らかである。

私は小百合の方に歩を進めた。小百合は俯《うつむ》いていた。しゃべっているのは男の方ばかりだった。

彼らの座っているベンチに近づいても、ふたりは私に気づかなかった。

男は薄茶色のスーツに白いシャツ姿だった。歳は四十五、六というところだろうか。屈強そうな躰つきをしていて、黒縁の眼鏡をかけていた。

「小百合」

声をかけるとふたりが同時に私に視線を向けた。

「お父さん」小百合は呆然《ぼうぜん》としてつぶやいた。

男の方は口を半開きにし、目を瞬《しばたた》かせた。

「お祖母《ばあ》ちゃんの様子を見にいった帰りなんだよ」

「こちらはね……」小百合が口ごもった。

男が立ち上がり、名前を告げ、上着のポケットから名刺を取りだした。

本多勲《ほんだいさお》。職業は熊本のテレビ局の編成部長だった。

まさか、お前……。喉《のど》まで出かかった言葉を呑み込み、うちの娘がお世話になった方ですね、と本多から目を離さずに言った。

「こちらこそ、お世話になりました」本多は心ここにあらずといった体《てい》で、私から視線を逸らした。

「向こうで小百合とお付き合いがあった方ですね」私は真っ直ぐに切り込んだ。

「ええ、まあ、その……」本多はしどろもどろである。

「お父さん、後で話すから」

私はそれに応えず、小百合をじっと見つめた。

「じゃ、僕はこれで」沈んだ声でそう言うと本多と名乗った男は肩を落として去っていった。

小百合は本多の方には目を向けなかった。私は彼女の隣に腰を下ろした。「どういうことなんだ」

「………」

本多の姿がどんどん小さくなっていく。

「やっぱり、あの男のことが忘れられずにいるんだね」

「違う」小百合が言下に否定した。

陽が翳《かげ》った。老人は太極拳を続けている。

私は雲に覆《おお》われた空を見上げた。

「昨日、メールがきたの。東京に来てるから会ってほしいって書いてあったから……」

「断る気はなかったのか」

「うん。もう一度会って自分の気持ちを確かめたかった」

「それで？」

「彼、奥さんと別れ話をしたから、熊本に戻ってほしいと言いにきたの。結婚してほしいって懇願《こんがん》された。自分で言うのも何だけど、女って冷たいわね。彼が低姿勢になればなるほど、みっともない男に思えてきた。この間、お父さんに熊本の人の話をされた時は、まだもやもやしたものが心に残ってた。でも、今日、彼に会って、自分の気持ちがよく分かった。本多さんにはもう何の想いもない。彼が私に会いにきてくれてよかったって思ってる」

私はほっとしたが、小百合の態度があまりにもはっきりしているのでちょっと面食らった。

「義男君には、彼のこと話してあるのか」

「いいえ。私は話してもいいんだけど、男って付き合ってる女の昔のことを聞きたくないんじゃないの」

「そういう面はあるな。でも、お父さんだったら知っておきたいね。相手の過去の恋愛をまったく見ないというのは、その人の歴史の大事な部分を知らずにいることと同じじゃないか。一緒にやっていこうとする人のことはできるだけ知っておきたい。お父さんはそう思う」

「お母さんの過去、お父さん、聞いたの」

「改まって聞いたわけじゃないけど、知ってたよ。短大時代から知ってた五つ上の男と付き合ってたそうだ。お父さんがお母さんと知り合った時は、別れてだいぶ経ってたみたい。お父さんの登場するタイミングがよかったからゴールインできた気がする」

「相手の人、既婚者だった?」小百合がおずおずと訊いてきた。

「いや。小百合、お父さんとお母さんのことなんかどうでもいいだろう。問題は義男君だ。ああいう芝居を書く男なら、話した方がよりふたりの理解が深まると思うがな」

「分かった。お父さんの言う通りにしてみる」

私は小百合を目の端で見て、にやりとした。「義男君が焼《や》き餅《もち》をやいても、お父さんを責めるなよ」

「そうはならない気がする。義男は心が広いから」

私と小百合は一緒に家に戻ることにした。

「美千恵《みちえ》にも、義男君のこと話したのか」

「電話でね」

「何て言ってた？」

「美千恵姉ちゃんの反応、想像がつくでしょう。好きにしたらってあっさりしたもんよ。私、今のプロダクションを辞めて、義男が紹介してくれるところに移ることにした。そっちの方が仕事が回ってきそうだから」

小百合は、義男とのことで頭が一杯らしい。ここまでくるともう誰も止められないと思った。

木曜日がやってきた。講義が終わった後、私の方から照子《てるこ》に話があると声をかけた。

「先生、お願いがあります。うちにちょっと寄っていただけませんか。主人からもお話ししたいことがあるそうなんです」

「寄るのはかまいませんが、ご主人、お酒が入ってると……」

「その点は心配いりません。私がきつく言っておきましたから」

私たちは一緒に電車に乗った。車中、照子は照れくさそうな顔をして、持っていたトートバッグを開けた。

「先生、小説、書き上げました。読んでいただけますよね」

「もちろん」

茶封筒に入った原稿を渡された。

私は中身を出してみた。

「先生、恥ずかしいですから、私のいないところで読んでください」

私は黙ってうなずいた。タイトルは、以前話していた通りの『甘美なる果実』だった。

封筒に原稿を戻した。

照子の話は小説に終始した。義男と小百合のことは、清吉のいる前でしたいようだった。

清澄白河《きよすみしらかわ》で電車を降りた。小雨が降っていた。

清吉が迎えに出てきて、奥の座敷に通された。照子は台所に消えた。

床の間には枯山水《かれさんすい》の掛け軸がかかっていて、純白の花が活けられていた。クチナシのようである。

縁側の引き戸にはすだれがはまっていた。雨の音が心地よかった。

清吉は飲んでいなかった。照子がお茶の用意をしてやってきた。

「茂一さんは？」私が訊いた。

「自分の部屋にいます」照子が答えた。

「小百合から話は聞きました」

「わしは、あんたのお嬢さんのことを思って反対した。何を間違えたのか、あんたの娘は義男にのぼせ上がってる。しかし、恋なんていうものはすぐに冷める」

「どうぞ」照子がお茶を私の前においた。

「悪いことは言いません。父親であるあんたがお嬢さんを窘《たしな》めてください」

私は照子に目を向けた。「あなたも反対なさってるそうですね。義男君の応援団だと思ってたんですが」

「小百合さんは上品だし、とても素敵なお嬢さんです。ですから、却《かえ》って心配なんです。不釣り合いに思えまして。後で義男も辛《つら》い思いをすることになるかもしれないでしょう」

「小百合さんはおぼこいんだよ。良家のお嬢さんが、芝居をやってるような男に入れあげるってのは、昔からよくあることです。ですが、絶対にうまくいくわけがない」

「先生は賛成なんですね」照子に訊かれた。

「応援したいと思ってます」私ははっきりと答えた。

「はあ」清吉が丸い口をさらに丸くした。「これは小説や芝居の中での話じゃないんだよ」

「うちが良家とおっしゃってましたが、元々は材木屋です。すだれ屋も材木屋もさして違いはないじゃないですか」

「この間も言ったが、あんたの気がしれない。甲斐性《かいしょう》のない男に愛娘《まなむすめ》を嫁にやっても平気なのか。その日の食事の心配をするような暮らしが、あんたの娘にできっこない」

「もしも小百合が義男君と所帯を持つことになった時の問題は、金よりも義理の父親にありそうな気がして、それが一番心配の種ですよ」

「問題はわしか」清吉が肩をゆすって笑った。「上等だ。わしを悪者にして、付き合うのに反対しろ」

「父親と同居しないこと。それが結婚を許す条件だと、義男君に会ったら言っておきます」

清吉がじろりと私を見た。「あんた、意地張ってるね」

「そんなことはないですよ。惚《ほ》れ合ってるんだからしかたないでしょうが。それにですね、うちの女たちを見ていると、この深川《ふかがわ》から離れたくないようです。つまり深川のニオイがしないと落ち着かないらしい。義男君は新宿に住んでいても、深川育ち。深川住まいがどこであろうが、小百合は深川の男を選んだ。言葉にはできないところで通じ合ってる気がします」

「だったら茂一の方がいい」

「あなた、声が大きいわよ」照子が小声で注意した。

「無茶苦茶なこと言わないでください。茂一君には悪いが、うちの娘は義男君がいいと言ってるんですよ」

「先生も小さな声でお願いします」

「すみません。ともかく、相思相愛のようですから、おふたりも先回りせずに静観していてください」

いきなり襖《ふすま》が大きく開いた。茂一が肩をそびやかして立っていた。

「親父もお袋もいい加減にしろよ！」茂一の口から唾《つば》が飛んだ。「兄さんのしたいようにさせてやればいいじゃないか」

「お前、盗み聞きしてたのか」清吉が声を荒らげた。

「そうだよ。何が悪い」

「お前も情けない奴だな。振られたのに悔しくないのか」清吉が続けた。

茂一の両手がぎゅっと握られた。「親父、俺はちゃんと気持ちの処理をつけた。余計なことを言うんだったら俺も家を出る」

「ほう。出ていきたかったら出てけ」

「清吉さん」私が口をはさんだ。「かっかくるのもいい加減にしてください」

茂一が足早に立ち去った。玄関に向かっているようである。ほどなくガラス戸が乱暴に開け閉めされる音がした。

「あの馬鹿」清吉が吐き捨てるように言った。

「清吉さん、あなたは茂一君のことを傷つけてるだけですよ」

「仔犬は叩けば強くなる」

私は呆《あき》れ返って天井を見上げた。その時、私の携帯が鳴った。

圭介《けいすけ》からだった。

「先生、お出になったら」

私は携帯を耳に当てた。電車の音がし、ホームのアナウンスがうるさかった。

「お義父《とう》さん、ガム……」

「よく聞こえない。ガムがどうかしたのか」

「ガムじゃありません。ゴムですよ」

「ゴム？」

「ゴムなしでできました」

「ああ、その件か」

「命中した気がしてます」

「今、それどころじゃないんだ。後で電話する」

私は携帯を切った。

照子が心配そうな表情で私を見た。「先生、お家《うち》で何かあったんですか。水道のパッキンでも壊れて……」

「パッキン？」私の声がひっくり返った。

「ゴムがどうのこうのおっしゃってたから」

「壊れてもいいパッキンの話なんですよ」私は力なく笑った。

照子は怪訝《けげん》な顔をして首を傾げた。清吉は難しい顔をしたまま黙っている。

「そろそろ失礼させていただきますが、清吉さんも照子さんもよく聞いてください。娘の父親である私が賛成してるんですから、快く受け入れてやったらどうですか？」

照子が目を伏せた。

「わざわざ呼び出してすまなかった」清吉は硬い表情を崩さずにそう言っただけである。

「また機会があったら飲みましょう」

「うん」清吉がうなずいた。

玄関まで照子が送りにきた。

「照子さん、小説を書く人間には、或《あ》る程度自由な発想が必要ですよ。常識に囚《とら》われないで、義男君と小百合のことを見てやってください」

「頭では分かってるんですけど……」

「取り越し苦労をしても始まらないじゃないですか？　それでは、私はこれで」

「先生、私の小説、よろしくお願いします」

「はい、はい」

私は預かった原稿のことなどとっくに忘れていた。

雨の中を歩いて帰路についた。

家に戻ると圭介に電話をした。彼は出なかった。

私は薄い水割りを作り、ベッドにひっくり返った。

小百合が義男と所帯をもったら、家に残るのは私と朋香の家族だけとなる。そして、いずれは朋香たちも、新しい住まいに移るだろう。

そうなったら、温子《あつこ》とのことをきちんとしなければならない。しかし、この家でふたりで暮らすということには躊躇《ためら》いがあった。森川《もりかわ》家のニオイ。これは朋香たちがここを出ていっても消えるものではない。そのニオイの中に温子をおいてみる。しっくりこない。心機一転、自分がここを出て、真《ま》っ新《さら》なところで暮らすのがいいかもしれない。

圭介から電話がかかってきた。

「電車の中だったものですから、出られずすみませんでした」圭介は酔っているようだった。

「美千恵はいないんだろう?」

「ええ」

今日から戸田《とだ》競艇場でのレースに出ている。競艇選手はレース開催中は、外部との連絡が一切禁じられている。

「何もあんなことで駅からかけてこなくてもいいのに」

「何となく電話したくなりまして」

「やっと思いが叶《かな》いそうだね」

「何とかゴムを使わずにすむようになりました。きっと、お義父さんが美千恵と話してくれたおかげだと思ってます」

「私は大したことは言ってないよ」

「命中する時期をこっそり調べまして、事に及んだので、一回でうまくいくかもしれません」

「それは神様が決めることだよ」

「男の子を願いつつ頑張りました」

「君も器用だね。そんなことを考えていたら気が散りそうだけど。しかし、ともかく、美千恵がその気になってくれたようだから、おめでとうと言っておくよ」

「小百合さんの結婚、美千恵のおめでた、と祝い事が続くかもしれませんね」

「君も気が早いな」

「いいことを考えてると気分がいいじゃないですか」

「明日、私は温子と戸田に行くよ」

「お義父さんひとりだと、美千恵の成績はよくないけど、温子さんが一緒だとまた違ってきますね。一年前も、温子さんが行った時、優勝してますから。美千恵の躰に変化があったら知らせますね」

「うん」

電話を切った私は苦笑した。圭介は本当に楽天家である。

難しい顔をした人が増えた現代では、希少価値があると改めて思った。

私と温子は電車に揺られて、戸田のボートレース場を目指した。

その日も朝から雨が降っていた。

車内は空《す》いていて、スマホの画面を見入っている人間が目立つ。昔は、本か新聞を読んでいる者が大半だったのだが。本、特に小説を読んでいる人を目にすると親近感を感じ、〝どうですか？　その本、面白いですか〟と訊きたくなってしまう。むろん、話しかけはしないが。そういう心境になるのも、それだけ小説本が読まれていないということだ。寂しい限りである。

車中、ここ数日で起こったことを掻《か》い摘《つま》んで温子に教えた。

「あなたって、不思議な人ね」温子がしみじみとした調子で言った。

「どこが？」

「常識に囚われない、アナーキーなところがあるのよね。一見、そうは見えないんだけど」

「俺は決まり事はきちんと守る常識人だよ。でも、恋愛のような社会の規範では計れないことに対しては、自分の判断を優先することにしてるんだ。じゃないと小説も読めないからね。多くのことは努力すれば、なにがしかの結果が得られるものだけど、恋愛だけはそうはいかないだろう。そういう恋愛を常識で判断しても始まらない。義男君の稼ぎが少ないことは気になるし、彼と一緒になることで小百合が不幸を背負い込むようなことにはなってもらいたくない。だけど、安定した生活を送ってる男を選んだとしても、幸せになれる確証はないからね」

「今の子は、何事においても確証をほしがるようよ。二十代の傷害保険の加入率が高くなったそうだから。そういうご時世だと、保証のない恋愛に、腰が引けてしまう若者が増える一方みたい」

「俺の若い頃は、保険のことなんか考えもしなかったけどな。でもそういう若い人間を批判する気にはなれないな。不安だらけに思える世の中だから、嘘でもいいから安心がほしいんだろうよ」

「でも、小百合ちゃんは、今の例に当てはまらないわね」

「あいつは、絶対に堅実な道を選ぶと思ってたけど違った。人って分からんもんだな」

「そうだ」温子の声色が変わった。「あなたに伝えておくことがあったわ。陽一《よういち》、里山《さとやま》さんに紹介された会社で働くことになった。来週の月曜から出社するって」

「それはおめでとう」

温子が薄く微笑んだ。「今度は長続きしてほしいと願うばかりよ。私、これを機に、あの子にひとり暮らしをしてもらいたいと思ってる。いつまでも家賃も光熱費もかからないところで暮らしてると、仕事を辞めても何とかなるって甘えてしまうから」

「いつまでも母親べったりはよくないな。あの家を出たことのない俺に、そんなことを言う資格はないけど」

「あなたの場合は違うわ。あの家を支えてきたのはあなたですもの。ともかく、陽一には独立してもらいたい」

もしも陽一が家を出たら、温子はひとり暮らしをすることになる。そうなると、私との付き合いの形も微妙に変化しそうだ。今のところ、私たちには寛《くつろ》げる場所がない。必然的に私が彼女の家に行く頻度が増すだろう。

温子が、私との関係を考慮して、陽一に独立を促そうとしているとは思わないが、私との関係が頭に浮かばないはずはない。

小百合の結婚問題、陽一の再就職……。どれを取り上げても、私の周りで起こっている動きは小さなことである。

しかし、その小さな動きの連鎖が、私の人生を変えていきそうだ。

戸田公園駅に着いた私たちは、いつものように無料バスで競艇場に向かった。

雨のせいかもしれないが、観客の数はそれほどでもなかった。

雨に当たらない場所を選んで腰を下ろした。私は懐《ふところ》から十万円の入った封筒を取りだし、温子の前に差し出した。

「遠慮なくいただいておくわね」

「大穴、当ててくれよ」

第九レースに間に合った。舟券は私が買いにいった。

美千恵が出場するのは次の第十レースである。

雨は降りつづいていて、レース場は靄《もや》っていた。風もあり、水面は不安定だった。

レースが始まると、温子の目の色が変わった。二号艇と四号艇が第一ターンマークのところで接触し、二号艇が落水した。どよめきが起こった。二号艇が本命だったのだ。

「二号艇、落水失格、四号艇、妨害失格」

結局、注目度の低かった六号艇が第九レースを制した。

残念ながら私も温子も六号艇は押さえていなかった。私は一万円、温子は三万円を失った。

「六号艇のこと、ちょっと考えたんだけどな」温子が悔しそうにつぶやいた。

いよいよ次が美千恵が出場するレースである。落水した選手を見たものだから不安が脳裏をよぎった。三年前のレースで、美千恵は私の目の前で落水し、足を骨折した。あの時は圭介と一緒だった。温子に紹介された病院で、美千恵は治療とリハビリを受けることになった。

その病院は、この間、私が怪我の治療に訪れたところである。

家から通えるところにある病院に美千恵が入院してくれたことで、私は美千恵との深い溝を埋めることができたのだ。

美千恵は子供を作ることを承知したらしい。圭介の予感通りだったら、美千恵の体内で、子供が生まれる準備がすでに始まっているかもしれない。

何であれ、私は美千恵が事故に遭わないことだけを強く願っていた。

第十レースに出場するボートが姿を現した。スタートや周回の具合を観客に見せるための展示航走が始まった。美千恵は五号艇。ボートの色は黄色である。美千恵が怪我をした時も同じ色のボートに乗っていた。

最近、調子がいい美千恵は二番人気だった。

「アタマはやっぱり美千恵ちゃんね」温子が言った。

「俺は美千恵を外すかな」

「本当に？」

「冗談だよ。でも、温子とは違う組み合わせにしよう」

「当然ね」

私たちは相談して舟券を買った。温子は七万円を使った。これで私が彼女に渡した金はなくなる。私の方は二万円。ふたりとも三連単で勝負することにした。

ファンファーレが雨の競艇場に鳴り響いた。と同時に六艇がピットアウト。

レースがスタートした。

ボートが爆音を立てて走り出した。三号艇がいいスタートを切り、第一ターンマークでインを取った。美千恵は一号艇を抜き、二位に上がり、三号艇を猛追した。

「捲《まく》って！」温子が舟券を握りしめた腕を振りながら叫んだ。

しかし、距離は縮まらない。結局、美千恵は三号艇を抜けず、二位でフィニッシュした。

「惜しかったなあ。もうちょっとだったのに」温子が肩を落として、座り込んだ。

「しかし、いいレースだった」

「そうね。美千恵ちゃん、本当に調子よさそう」

第十一レースをやったら帰ろうと決めた。

温子のスマホが鳴った。

「朋香ちゃんからよ」温子は怪訝な顔をしてスマホを耳に当てた。「はい……そうよ……。え？　お祖母ちゃんが……。そう。お父さんに代わるね」

私は温子のスマホを受け取った。

「お祖母ちゃんがどうした？」

「誤嚥《ごえん》性肺炎を起こして入院したの。お父さんの携帯、何度も鳴らしたのに出ないから」

「美千恵のレースに夢中で聞こえなかったらしい。で、どこの病院に？」

美千恵が骨折して入院した病院と同じだった。母の認知機能検査をしたのもその病院である。

「昌子伯母《おば》さんが行ってる」

「今すぐに行く」

「私も行きたいけど、子供のことが」

「お前はいい」

電話を切ると、温子と共に急いで競艇場を出た。バスを待つのはじれったい。タクシーで病院に向かうことにした。

タクシーは新大宮《しんおおみや》バイパスを走り、戸田南で首都高五号線に乗った。

「歳が歳だから、正直に言って危ないかもしれないな」私が、車窓に垂れてくる雨を見ながらつぶやいた。

「女は男よりもずっと生命力があるのよ。それはどの医者も言ってること。だからどうなるかは分からない」

「お袋は生命力はあると思う。でも……」

「でも何？」

「重度の認知症だから」

「私もそれを心配してる。だけど手の施しようがないってことじゃないから」

竹橋《たけばし》から首都高都心環状線に入り、首都高九号線の木場で高速を下りた。

病院には一時間かからずに到着した。

母は個室に入っていた。昌子がそうしたのだろう。

病室には昌子の他に施設のケアマネージャー、田辺《たなべ》さんがいた。

母は管《くだ》に繋がれ、目を閉じ、ベッドに横たわっていた。

管に繋がれている母を見るのは忍びなかった。

田辺さんが、どんな状態で病院に運び込まれたかを話してくれた。高熱が出たという。体力が保《も》つか不安だった。

昌子がすでに看護師と話し、担当医から説明を受けることになっているという。

ほどなく看護師がやってきて、担当医の部屋まで案内された。温子を廊下に待たせ、私と昌子は担当医の部屋に入った。

五十になるかならないかぐらいの男の医者だった。表情は豊かではなく、淡々と病状を説明し、抗生物質を投与したと言った。

「回復の見込みは？」私が訊いた。

「経過を診《み》ないと何とも言えませんが、今すぐ何かあるとは思えません」

「どのぐらいの入院になるのでしょうか？」と昌子。

「はっきりは申し上げられませんが、最低でも二、三週間は退院できませんね。それ以上になるかもしれません」

「認知症だから点滴の管を勝手に抜いたりしてしまうんじゃないですか」昌子が続けた。

「それを避けるためにミトンを嵌めてもらいます」

「ミトンを嵌めると手が自由にならないわね」昌子がつぶやくように言った。

「二十四時間、患者さんを看《み》ることができる人がいれば、ミトンは使わずにすみますが」

「ミトンなんか嵌めさせたくないわ」

昌子の口調は、医者の表情が変わるほどきつかった。

「姉さん、その話は後で」私が窘めた。

担当医の部屋を出た私たちに温子が合流した。私が医者から聞いた話を温子に教えた。

「ミトンをつけたら、痒《かゆ》いところがあっても掻けないのよ。それってすごい苦痛よ。人権蹂躙《じゅうりん》よ」昌子が興奮していた。

「姉さん、ロビーでこれからのことを話そう」

一階に降りた時、麗子がやってきた。仕事を早引けしたという。

「お母さん、どうなの？」

「今のところは経過を見るしかなさそうだ」

「私、病室に行ってくる」

「その前にあんたに聞いてもらいたいことがあるの」昌子が麗子を引き留めた。

私たちはロビーの長椅子に座った。昌子は、ミトンについて話した。

「でもミトンをつけないと危険よ。私の知り合いのお母さん、深夜に管を外して、出血多量で亡くなった」麗子が言った。

「でも、ミトンをつけてると何もできない。それが可哀想《かわいそう》で。私たちが交代で、病室にいて様子を見ましょうよ」

麗子の顔が曇った。「私、仕事、休めないよ」

「あんたは休みの日に来てくれればいいのよ。ウイークデーは崇徳《むねのり》と私で見る。いいでしょう、崇徳」

「いいよ。でも、二十四時間というのは無理がある」

「私、付き添いのサービスをやっている会社の人を知ってます。夜だけ人を入れるという手もありますよ」温子が口をはさんだ。

「それはいいな。で、温子の知ってるところって江東区《こうとう》にも事務所があるのかな」

「江東区に事務所があるかどうかは訊いてみないと分からないけど、都内ならどこでもサービスが受けられるようになってるはず」

「赤の他人に任せるのは不安ね」昌子が心細そうな声で言った。

温子が昌子に目を向けた。「その点は心配いらないと思います。きちんとしたスタッフをおいているところですから」

「でも、信用できる人がくるかどうか分からないでしょう」昌子が続けた。

「そう言われてしまうと」

「やっぱり、私たちが交代で見るのが安心ね」

「姉さん、昼間は俺たちで見て、夜はそういう会社のスタッフに頼もうよ」

「そうするのがいいと思う」麗子が口をはさんだ。「私たちの躰のことだってあるから、徹夜は無理よ」

昌子は黙ってしまった。

「姉さん、試しに頼んでみようよ」

温子が私を見た。「ただし費用がかなりかかると思って」

「それはしかたがないだろう。温子、その会社に連絡を取ってみて」

温子が黙ってうなずき席を立った。

「私、お母さんの様子を見てくる」そう言って麗子も腰を上げた。

「あんた、温子さんの言いなりね」昌子が不機嫌そうに言った。

「そういう言い方はやめてほしいな。俺たちの体力には限界がある。お互い若くはないんだから。これで俺たちの誰かが倒れたりしたら余計に面倒なことになる。姉さん、金は俺が払うから」

「私だって出しますよ」

昌子が何に苛々《いらいら》しているのか見当はついていた。母が肺炎にかかったことそのものを受け入れがたいのだ。母のことが心配なあまり、気持ちが高ぶり、いろいろなことに不満を抱いてしまうのである。

温子が戻ってきた。「今夜は無理だけど、明日からなら大丈夫そうよ。電話番号を教えるから、あなたからすぐに電話をして。この地区のマネージャーは工藤《くどう》さんという人よ」

温子から電話番号を教えられた私は、病院の外に出た。工藤というマネージャーは女性だった。一時間後に、家にきてもらうことにした。

病院内に戻った私は、話の内容を昌子に伝えた。

「私も行くわ」

「姉さんにはお願いがある。今夜は姉さんが母さんに付き添ってくれないか。俺は明日講義があるから、徹夜はできない」

「そのつもりだったわよ。でも、工藤さんという人には私も会っておきたい」

「そっちは俺に任せて。姉さんは一度家に帰って、病院に泊まる準備をしてくれ」

「でも……」

「俺がどういうものかよく聞いておくから」

昌子は不服そうな顔をしたが、それ以上何も言わなかった。

麗子が戻ってきた。しかし、一言も口を開かなかった。意気消沈しているようだった。

「麗子、あんた明日、仕事休みよね。明日の昼間、あんたがお母さんに付き添って」

昌子が言った。

「分かった」

「日曜日の昼は俺がくる」

話がまとまったところで、私たちは病院を出た。

「私も後でまた病院に行くわ」麗子が言った。「深夜からは姉さんに任せるけど」

「そうしてくれると心強いわ」

昌子と麗子はそれぞれの家に戻り、私は温子を連れて自宅に向かった。

「おかげで助かったよ」私は温子に礼を言った。

「お姉さんとちょっとぶつかっちゃったわね」

「気にするな。姉は全部自分でやりたがる性格だから」

「さっきも言ったけど、かなりお金がかかるわよ」

「いくらぐらいするのかな」

「二時間単位で、六千円ぐらいだと思う」

結構な金額である。もしも入院が長引いたら、かなりの出費だ。しかし、痒いのに自分の躰を掻けないような日々を母に送ってほしくはない。

家に戻ると、朋香が玄関まで飛んで出てきた。小百合も帰っていた。

私は母の状態を朋香たちに教え、付き添いの話もした。

「私も付き添おうか」小百合が言った。

「お前たちはいい。たまに顔を出してやってほしいけど」

「さっき、お姉ちゃんと相談したんだけど、明日見舞いにいくことにした」朋香が言った。「子供たちは鉄雄に任せられるから」

レース期間だから、美千恵には知らせられない。私は圭介に電話をし、美千恵が戻ったら教えてほしいと伝えておいた。圭介が見舞いに行きたいと言ったが、落ち着いてからでいいと断った。

チャイムが鳴った。私が玄関に向かった。

マネージャーの工藤という女性がやってきた。居間に通した。五十代に思える痩《や》せた女は、てきぱきと説明を始めた。

登録している人間が何人かいるという。

「彼女たちは資格は持ってるんですか？」私が訊いた。

「いいえ。普通の家庭の主婦だと思っていただければいいと思います。ですから、医療行為はできません。明日から付き添える方は、森川さんのところのようなケースに慣れているので、安心して任せられると思います」

付き添う時間は午後七時から午前七時までの十二時間にした。朝になれば看護師に任せられると工藤さんに教えられたのだ。こちらは午前十時頃から病院に出向けばいいという。

明日、病院で待ち合わせをし、付添人を紹介してもらうことにした。話が決まると、工藤さんは帰っていった。

その夜の食事の担当は小百合だった。

「温子さんも一緒に食べるでしょう？」朋香が訊いた。

「じゃ、私もお手伝いするわ」

「いいわよ」

小百合の言葉を無視して、温子が台所に向かった。朋香は二階に消えた。

襖が開いていて、エプロンをつけた温子の姿がちらちらと見えた。

これまでも、温子がここで食事をしたことはあったし、台所に立つ姿も見ている。しかし、その夜は、いつもよりも温子のことが気になった。

もしも温子を籍に入れたら、彼女が先頭に立って、母の面倒を見なくてはならなくなるだろう。私は、そうはさせたくなかった。籍に入れない限り、温子は森川家の人間ではない。今の立場でいる方が、彼女は自由に自分の仕事ができる。

森川家に嫁《とつ》いだ美枝《みえ》の苦労を見てきただけに、温子に同じことはさせたくないのだった。

母にはせめて九十の声を聞いてもらいたい。しかし、そうなるまでには後二年ある。

これまでは母の死を、いつかはくるものだと漠然《ばくぜん》と思っていたにすぎなかった。しかし、今日で考えが変わった。あの状態で二年生きることは難しいという気になったのだ。いくら女がしぶとく生きる生き物だとしても、否定的な思いしか浮かばない。

母の死を待っているわけでは決してないが、そうなった時、私は温子との暮らしに踏み切ろうと決めている……。

翌日、講義を終えると、そのまま病院に向かった。

病室に入ると、麗子がいた。母は目を開けていた。小百合と朋香が先ほどまでいたという。

「少し元気になったみたいだね」

話しかけても母が反応してこないのは分かっていたが、しゃべりかけ続けた。

痰《たん》を吸引するために看護師がやってきた。

私と麗子は時間を見て、病室を出て一階のロビーに向かった。

工藤さんが付き添いをやってくれる女性を連れてくることになっている。ほどなく昌子が現れた。昨夜のうちに昌子には、付き添いの人がくる時間を教えてあったのだ。

昌子は窶《やつ》れていた。

「姉さん、ちゃんと眠れた？」

「睡眠導入剤を使ったから何とか。明け方、お母さん、やっぱり暴れて、管を抜こうとしたわ。誰もいない時にそうなってたらって思ったらぞっとした」

「人を雇ってよかったよ」麗子が言った。

「でも、ヘルパーの資格もない、普通の主婦なんでしょう。そんな人に任せられるかしら」

「大丈夫だよ。こういうことに慣れてる人だそうだから」

工藤さんの姿が見えた。彼女は小柄な女性と一緒だった。

付き添いをしてくれる人は村田《むらた》さんといった。私は工藤さんたちに昌子と麗子を紹介した。

昌子が村田さんに質問を浴びせた。

村田さんは五十三歳。トラック運転手をやっている夫とふたりで大島《おおじま》に住んでいるという。ふたりの子供はすでに独立しているそうだ。入院した認知症の人の付き添いは、十回以上やっているらしい。

「付き添ってる間、何をしてるんですか？」私が訊いた。

「編み物をしたり、スマホでテレビを視《み》たり音楽を聴いたりしています」

「途中で眠くなりません？」と昌子。

「ご心配はいりません」答えたのは工藤さんだった。「村田さんは、とても責任感の強い人ですから、眠ったりは絶対にしません」

私たち三人の連絡先を村田さんに教え、何かあったらすぐに知らせるようにと頼んで一緒に病室に向かった。

「お母さん、夜、付き添ってくれる村田さんだよ。安心して休んで」

昌子の声にも、母は相変わらず無反応だった。

午後七時すぎ、後は村田さんに任せ、私たちは病室を後にした。

帰り道でも、昌子は他人に任せることに対する不安と不満を口にしていた。

私は何も言わなかった。愚痴《ぐち》は聞き流すに限る。麗子もそう思っているらしく、私と同じように黙っていた。

翌日の昼間は、私が母に付き添った。その間に照子の小説を読んだ。

舞台は江東区だった。花屋の女房がフランス文学の先生に恋をする話だった。ふたりは深い関係にはならず、別れていくという淡い恋物語。丁寧に書かれていたが、華のないありきたりの小説だった。しかし、貶《けな》す気にはならなかった。素人《しろうと》が愉《たの》しみで書いている小説にしてはよくできていたのだ。

その夜、私は青井家に電話をした。出たのは清吉だった。

「この間は失礼した」清吉が威厳のある声で言った。「で、今日は……」

私は用件を告げた。

「照子の小説ですか？」清吉は不機嫌そうだった。

「ともかく、奥さんに代わってください」

照子が電話口に出た。私は、渡された原稿がよく書けていると褒めた。

「嬉しいわ。どう言われるか心配で。でも欠点もたくさんあったでしょう？　遠慮せずに言ってください」

「大して欠点はないですよ。物語がちょっと無難すぎる気はしましたけど」

「それって大きな欠点ですよね」

「照子さん、プロになりたいわけじゃないんでしょう？」

「そんな大それたことは考えてませんけど」

「けどなんです」

「長野県の或る街でやってる文学賞に応募してみようかと思ってます。大丈夫でしょうか？」

「受賞できるかどうかなんて私にも何とも言えません」

「応募しても恥ずかしくないかどうか訊いてるんです」

「それは問題ないでしょう」

「ああ、よかった」

「ところで、義男君と小百合の件ですが、あれからご主人と話しました？」

「ええ、まあ」照子の声が沈んだ。「私、認めましょうって言ったんですけど、主人からいい返事はもらえませんでした」

「茂一君はどうしてます」

「家は飛び出さずに仕事をしています」

「それはよかった」

電話を切った私は風呂に入り、早めに休んだ。付き添いというのは、やることがない分だけ、時間が経つのが遅く、すこぶる疲れることを実感した。

美千恵が見舞いにきたのは、戸田でのレースが終わった翌日で、ちょうど私が付き添いをする日だった。

その日、母は、嚥下《えんげ》のリハビリを受けた。失語症や聴覚障害のリハビリをやる言語聴覚士、通称STが嚥下障害の訓練にも携わっていることを、私はその時、初めて知った。

人は口から食べなければ弱っていく。だから、早い段階で訓練をやるのである。

美千恵がやってきたのはリハビリが終わった直後だった。

「お祖母ちゃん」美千恵が母に話しかけた。

母は目を見開き、美千恵を見つめていた。私は折り畳みの椅子を美千恵のために用意した。美千恵が椅子に座った。

「それでお祖母ちゃん、よくなってるの？」

「経過はいいらしい。けど、いつ施設に戻れるかは未定だよ」

「このままってこともあるのかな」美千恵がつぶやくように言った。

「歳が歳だし、覚悟をしておかなければならないだろうな。金曜日のレース、おしかったな」

「観にきてたの？」

「温子とね」

「ありがとう」

「今夜はうちで飯を食っていけるのか」

「小百合に会うことになってるの。彼を紹介したいんだって。この分だと、ゴールインが近づいてるみたいよ」

「そんな感じだな。ところでお前の方はどうなんだ？」

「何の話？」美千恵が視線を外した。

「いろいろだよ」

「圭介が余計なことをお父さんに言ったのね」

「彼にはお祖母ちゃんのことで電話をしたけど、他の話はしてないよ」私は真っ赤な嘘をついた。

「例のことだったら、私、圭介に根負けしそう」

「お不動《ふどう》さんと八幡《はちまん》様に願掛けにいくことになるかな」私は飄々《ひょうひょう》とした調子で言った。

「嫌な、お父さん」

私は天井を見上げ、にっと笑った。

「うるさい」

声を発したのは母だった。

私と美千恵は目を合わせた。私が頰《ほお》をゆるませると、美千恵の表情も和《やわ》らいだ。

第六章　延命治療

私は講義に出ることと、母の病院通いに明け暮れていた。

青井照子《あおいてるこ》は欠かさず講義に出てきた。しかし、講義が終わった後に私を待っているようなことはなくなった。

母の様態《ようだい》はどんどん悪くなっていった。心臓の具合もよくなく、血圧も下がり気味で、とても施設に戻せる状態ではないという。

認知症も進んだようで、母はもう私のことも分かっていない感じがした。

入院して二週間ほどで、口から物が食べられなくなり、点滴に頼るしかなくなった。

母は意識が朦朧《もうろう》としているのか、ぼんやりと目を開けてはいるが、ほとんど口をきかなくなった。

私は、今後のことについて医者に訊《き》いた。

予断を許さない状態だし、回復の見込みはないとはっきりと言われた。

血管がボロボロになり、点滴の針を刺す場所がどんどん限られてきて、左腕が駄目になったら、右腕にと変えていかなければならないという。

「針を刺す場所がなくなったらどうするんですか？」

「鎖骨《さこつ》の近くに穴を開けて、栄養を送り込む管《くだ》を通す方法があります」

それを中心静脈栄養というらしい。

「それをやるとどれぐらい保《も》つんでしょうか？」

「それは分かりません。一ヵ月で亡くなる方もいれば、一年以上生きている場合もあります。中心静脈栄養は延命治療です。ですから、ご家族で、それをやるかどうか話し合って決めていただくことになります」

その話を聞いてから、何をやっていても何となく落ち着かなかった。いつ何時《なんどき》、病院から連絡が入るかもしれないのだ。普段は忘れていても、そのことが頭の隅に引っかかっていた。

七月の半ば、札幌で開かれたティーチインから戻ってきた温子《あつこ》と、門仲《もんなか》の居酒屋で夕食を摂《と》った。

酒をちびりちびりやりながら、私は母のことを話題にした。

「……いつ様態が急変してもおかしくないけど、医者としてはやりようがないみたい」

温子が小さくうなずいた。「正直に言って、そこまでくるとお母さんの寿命の問題だわね」

「今のまま長く生きた場合は、病院の問題が出てくるな」

「お母さんが今の病院に入院したのは六月の半ばだったわね。だとするとこのまま居られるのは最長で九月の半ばまでね」

治療しても回復する見込みのない患者が同じ病院に入院していられるのは、例外はあるにせよ九十日と決まっている。

「施設は引き取ってはくれないね」私は沈んだ声でつぶやいた。

「うん。時期が来る前に、引き受けてくれる次の病院を探す必要が出てくるわね」

私は長い溜息《ためいき》をついた。

「今はまだ普通に点滴をやってられる状態なのね」温子が野菜の天ぷらを口に運びながら訊いてきた。

「まあね。でも、左の腕には針を刺せる場所がなくなり、今は右腕に変わった。医者から中心静脈栄養のことは聞いたよ」

「中心静脈栄養は、かなりお金がかかるから、それをやらずに静かに死なせるという選択をする人もいるわ」温子は淡々とした調子で言った。

「お金を惜《お》しむ気はないけど、そういう延命治療って苦しくないのかな」

温子が箸《はし》を止め、私に目を向けた。「お母さん、元気な頃に、あなたや昌子《まさこ》さんに延命治療をどうしたいか言ってなかった？」

私は首を横に振った。「少なくとも俺は何も聞いてない」

「お母さんが認知症でなければ、彼女の気持ちが聞けるけど、それは無理だから、早い段階で、どうするか家族で決めておく必要があるわね」

「当然、長く生きてもらいたいに決まってるけど、ただただ生かしてて、いいものかどうか考えちゃうな」

「知り合いのお医者さんがガンに罹《かか》った時、点滴すら拒否した。そして、そのまま静かに死んでいった。点滴って衰弱した患者にとって苦しいことをその医者は知ってたんだと思う」

「じゃやめた方がいいかな」

「お母さんの意思が分からない限り、やめられないと思う。家族の意思で、お母さんの死期を早めることになるのよ。そんなことできる？」

「でも、苦しませることになるって分かってるんだったら、心を鬼にして延命治療をやめることも考える必要がある気がするけど」

温子の頬《ほお》がかすかにゆるんだ。「お姉さんの性格がそれを許すと思う？　だって、さっき私のあげた医者の例だって、確実な証拠があるわけじゃないんだから」

どちらを選択してもすっきりとした気分にはなれないだろう。

自分が同じ立場に立たされたらどうするだろう、とふと思った。

「温子、俺は回復の見込みがないと分かったら、延命治療は拒否するよ」

「私も同じ。余計なことはしないで、静かに死んでいきたいわ。最近、医者も変わってきて、何でもかんでも延命させようという考えに異議を唱《とな》える人も増えてきたのよ」

私は苦笑した。

「何がおかしいの？」

「こんな話をするようになるなんて、ちょっと前までは考えもしなかったと思ってさ」

「こういうことって、そうなってみないと頭にも浮かばないものよ。でも、避けては通れないことだからね」

「温子の両親はすでに他界してるけど、こういう問題は起こらなかったの？」

「まったくなかった。ふたりともあっけなく逝《い》ってしまったから」

私はビールグラスを空《あ》けたが、お替わりは頼まず、お茶を所望した。そして、話題を変えた。

「今度のお祭り、久しぶりに神輿《みこし》を担ごうかと思ってる」

「どういう風の吹き回し？　前は担ぎたくないって言ってたのに」

「湿った話が多いから、景気づけに。温子もどうだい？　一緒に担ぐか」

「私はいいわよ。あなたが担いでるのを見てるだけにする」

お祭りまで母が保ってくれるかな、と不安になったが口には出さなかった。

温子と会った数日後の夜、私は昌子と麗子《れいこ》を家に呼んだ。小百合《さゆり》は不在だった。朋《とも》香《か》にはどんな話をするかあらかじめ教え、顔を出すなと言っておいた。

ふたりは午後八時すぎに一緒に現れた。

「電話で話しにくいことって何なの？」居間に入ってきて腰を下ろすなり、麗子が訊いてきた。

「母さんのことで、今のうちに相談しておきたいことがあるんだ」

昌子も麗子も目を伏《ふ》せ、黙ってしまった。

「ふたりとも分かってると思うけど、母さんの状態はかなり悪い。だから、そろそろ延命治療をどうするか、話し合って決めておきたい」

「そんなこと話し合う必要なんかないでしょう」昌子が口早に言った。「できることはすべてやるのが普通でしょう?」

「母さんが苦しくなければ、それでもいいんだけど、そうじゃなかったら、余計なことはしない方がいい気もするんだ」

「じゃ、危なくなっても、何にもしないで放置するっていうの」昌子が興奮してきた。

「放置するっていうんじゃないよ。いかに安《やす》らかに最期《さいご》を迎えられるかを俺は考えてるんだ。麗子はどう思う?」

「何にもしないなんてことはできないよ。お母さんが、そうしてほしいって言ったんだったら話は別だけど」

「それが聞けないから困ってるんじゃないか。ふたりが、延命治療をしたいというんだったら反対はしないけど」

「崇徳《むねのり》、あんたは延命治療するのが嫌なのね」

「迷ってる。さっきも言ったけど、管につながれて苦しい思いをして、命を繋《つな》ぐことが、母さんのためになるのかって真剣に考えてるんだよ」

昌子が目の端《はし》で私を睨《にら》んだ。「あんた、温子さんに入れ知恵されたのね」

「そんなことはないよ。いろいろ話は聞いたけど」

「温子さん、何て言ったの？」麗子が訊いてきた。

「延命治療をやめるなんてことはできないでしょうって言ってた」

「その言い方って、延命治療に消極的だって言ってるように聞こえるけど」と昌子。

「温子は関係ないよ」私は苛々《いらいら》してきた。「俺たちの気持ちを納得させるために、延命治療はあるだけじゃないか。母さんの立場に立ってはいないってことだよ。そこが俺が悩むところなんだ」

「延命治療が患者を苦しませるってはっきり分かってるわけじゃないでしょう」昌子が続けた。

「まあそうだけど」

「兄さんの言ってることにも一理はあるわよ」麗子がつぶやくように言った。「私たちが納得するためにだけ、高額の治療費を払って生かしておくことになるんだもの」

昌子がきっとした目で麗子を見た。「あんた、私に賛成してたじゃない」

「その気持ちに変わりはないよ。何もしないなんてできないもの。でも、兄さんが真剣に考えてることは理解してあげないと」

「それは分かってますよ」昌子がそっぽを向いた。

麗子が背筋を伸ばし、目を大きく見開いた。「そうだ。お母さん、ずっと日記をつけてたわよね。その中に、お母さんの気持ちが読み取れることが書いてあるかもしれない。兄さん、お母さんの日記がどこにおいてあるか知ってる？」

「母さんの部屋にあると思うけど、それ以上のことは分からない」

麗子が昌子に目を向けた。「姉さん、私たちで調べてみない？」

「え？」昌子の眉根《まゆね》が険《けわ》しくなった。「いくらなんでも、お母さんに断りなく日記を読むなんてできないわよ」

「兄さんもそう思う？」

「生きてるうちは、見られないよ。それに、そんなこと書いてあるとは思えないし」

麗子が遠くを見つめるような目をした。「お母さん、一度、急性膵炎《すいえん》で入院したことがあったわよね」

母は数年前に、肉を食べた後に具合がおかしくなり、入院したことがあった。

「私が仙台から出てきて見舞いにいった時、お母さん、死に仕度《じたく》をしておかなきゃね、って言ってた。私、まだまだ長生きしてもらわないとって笑って答えておいたんだけど。兄さん、聞いてない？」

「いや。長患《ながわずら》いは嫌だとは言ってたけど」

「私には何も言ってなかったわ」昌子が口をはさんだ。

「お母さん、結構、真剣な顔でつぶやいてた。だから、あの後の日記に何か書いてあるかもしれない。ここまできたら、私たちが、お母さんをいい意味でしっかりと管理すべきよ。だから、日記を読んで、お母さんの気持ちを知るのも、私たちの務めだと思う。私だって、そんなことするのは本当は嫌なのよ」

麗子の言っていることは理解できるが、躊躇《ためら》いを拭《ぬぐ》い去《さ》ることはできなかった。

「ふたりが嫌だったら、私、ひとりでやってもいいわよ」

「どうしたのよ、麗子。そこまでやることないでしょう？」

「泉一《せんいち》のお母さんの話したことあるよね。末期ガンが見つかった時、抗ガン剤治療も放射線治療も一切、拒否して、普通に働き、普通に旅行に出かけたりしてた」

「それは聞いてたけど、お母さんのこととどう関係があるの」

「最期は食べられなくなって、静かに息を引き取った。どうせもう駄目《だめ》なんだったら、泉一のお母さんみたいに安らかに旅立ってもらいたいの。向こうの場合は、本人の意思が家族に伝えられてたから、そうできたけど、お母さんの場合はそれができない。だから、日記を調べてみる必要があると私は思うの」

昌子は苦虫《にがむし》をかみつぶしたような顔をして黙ってしまった。

「よし。探してみるか」私は、自分に言い聞かせるような口調で言った。

麗子の頬がかすかにゆるんだ。しかし、昌子は仏頂面《ぶっちょうづら》のままだった。

「姉さん、これは三人でやるべきことだよ。賛成してくれないかな」

「…………」

昌子が麗子に視線を向けた。「延命治療にはお金がかかる。あんた、それを気にしてるんじゃないでしょうね」

麗子が目を伏せた。「気にしてるよ。私、治療費も入院費も払えないんだもの。でも、日記を探そうと言ったこととは関係ない。お母さんが本当にどうしたいかを知りたいだけ」

「姉さん、麗子の言うことに従ってみようよ」

「分かった。じゃ、さっそく取りかかりましょう」昌子はそう言って、先に立ち上がった。

私たちは母の部屋に入り、電気を点《とも》した。

母が施設に移ってから、私は窓を開けにくる以外に入ったことはなかった。掃除は主に朋香がやっていた。

裁縫箱、日用品がごちゃごちゃ詰まった籐《とう》の小さなバスケットが炬燵に載っていた。父の遺影が私たちをじっと見つめていた。

簞笥《たんす》はすべて私が子供の頃から家にあったものだ。

言い出しっぺの麗子の顔にも緊張が走っていた。私も、簞笥の引き出しを開けることすら躊躇われた。

「長いこと日記をつけてたから、すごい量だろうな」私が言った。

「置いてあるとしたら押入の中でしょうね」と昌子。

「いや、天袋か地袋の中かもしれない」

私はまず地袋の戸を引いた。そこには使われなくなったバッグがぎしぎしに押し込まれていた。次に部屋の隅にあった丸椅子に上り、天袋の中を調べた。飾られなくなった人形や絵が入っていた。

昌子と麗子が簞笥の中身を調べた。簞笥には衣類や貴金属が仕舞《しま》われているだけだった。

私がそろりそろりと押入の戸を引いた。何だか泥棒になったような気分だった。

上部には布団がぎっしりと詰まっていた。下部には段ボール箱が整然と並んでいる。

私は手前の段ボール箱をまず部屋に出した。麗子と昌子が中身を調べた。私は次から次へと段ボール箱を押入から取りだした。重いものもあれば軽いものもあった。

「懐かしい」麗子が言った。「兄さん、見て」

私は四つん這いになったまま、肩越しに麗子を見た。

「ほら、これ」

「ああ」私の頬もゆるんだ。

それは〝ダッコちゃん〟だった。〝ダッコちゃん〟は私が十歳ぐらいの時に、女の子の間で人気が大爆発した人形である。麗子が手にしている〝ダッコちゃん〟は空気が抜けてしまっていた。

「これ、お姉ちゃんが持ってたものじゃない？」麗子が訊いた。

「多分」

「お母さん、大事に保管してたんだ」

昌子が〝ダッコちゃん〟を抱いていたことがあるのを私はおぼろげながらに思いだした。

母の部屋の襖《ふすま》を開ける者がいた。猫たちだった。猫というのは異変に敏感で、興味を持つのである。襖を少し開けたものの、猫たちは中に入ってこない。そのまま放っておいたら、いつの間にか姿を消していた。

父が一時使っていたパイプ、昭和二十八年の宝くじ、洋裁の本、『戦争と平和』の文庫本、東京オリンピックの記念メダル……。

ほとんどの段ボール箱の中身は取るに足らないものだった。しかし、すべて母にとっては思い出の品なのだろう。

アルバムの詰まった段ボール箱もいくつかあった。私は手を休め、アルバムを取りだし、ぱらぱらと捲《めく》ってみた。

家族で江の島に出かけた時のものが目に留まった。小学一年ぐらいの自分が写っていた。笑顔である。脚を大きく開き、腕も開き気味で、手は拳《こぶし》を作っていた。

当時、私は栃錦《とちにしき》という横綱の大ファンだった。だから、相撲《すもう》取りのつもりで、そんな格好をしていたのだ。他にもたくさん自分の写真が出てきた。

また、私たちが知らない色褪《あ》せた古い写真も見つかった。

「ここに写ってるお下げの少女、お母さんじゃない？」麗子が言った。

「そうよ。お母さんよ」

ふたりは古い写真から目を離さない。

そんなことをしていたら作業が捗《はかど》らない。私は一番奥に入っている段ボール箱を引きだした。

最後の二箱に日記が入っていた。

私たちは顔を集め、中身を覗《のぞ》いた。

先に日記を段ボール箱から引っ張り出したのは昌子だった。「昭和三十年から、お母さん、日記をつけだしたみたいね」

五十九年前の日記帳の表紙は赤だったが、かなり色褪せていた。

初めの頃の日記を読んでも、母の意思が確かめられる記述があろうはずはない。

私はふたつ目の箱の中身を取りだした。

こういうことをするのをすこぶる嫌がっていた昌子だったが、手にした日記を真剣に読んでいた。麗子も違うものに目を落としている。

「書いてあるのは、私たちのことばかり」昌子が涙声になっていた。「私が麻疹《はしか》になった時のこと詳しく書かれてる」

「こっちには兄さんのことが」

「見せて」

私は作業をやめ、麗子に近づいた。

手にした日記は昭和三十七年のものだった。

〝今夜は、崇徳と一緒に『ベン・ケーシー』を見た。なかなか面白かった。あの子は将来、医者になりたいのかしら。家業を継《つ》いでもらいたいけど、あの子には向いていない気がする。ちょっと気が弱いところがあるから、医者になっても外科医は無理かもしれない〟

『ベン・ケーシー』は医者を主人公にしたヒューマンドラマで、当時、すごい視聴率を誇《ほこ》っていた。

私は苦笑した。医学ドラマを視《み》てはいたが、自分が医者になろうという気はまったくなかった。後に知ったことだが、最高視聴率五〇・六パーセントを記録した回があったそうだ。

俺は気が弱いか……。

そうでもないと思うのだが、猛者《もさ》が多い材木屋の世界で生きてきた母からみたら、私はひ弱すぎたのかもしれない。

私は日記を麗子に戻した。そして、母が急性膵炎になった正確な年を思い出そうとした。季節は春だった。リーマンショックが起こる前の年だったはずだ。それが正しかったら、平成十九年の日記を調べるのが一番だ。

ふたつの段ボール箱に入っている日記の年を調べた。平成二十年の日記はなかった。母は平成十九年を最後に、日記をつけるのをやめてしまったらしい。平成十九年の日記帳の表紙は深い緑色のビニール製のものだった。開いてみた。以前とは違って、毎日日記をつけてはおらず、空白部分の方がはるかに多かった。

退院後の部分を探した。

〝一昨日、退院した。家に戻れて本当によかった。長い間、家を離れたわけではないのに、家のニオイを嗅《か》ぐのが久しぶりのように思えた〟

その数日後の日記にはこう書かれていた。

〝今度の病気で、私は夫のところにいくのだと思った。〟そう思うと気持ちが楽になった。

しかし、今回はお迎えがこなかったようだ。入院したことで死について初めて真面目に考えた。家系的には、私はガンで死ぬ可能性が高い気がする。父や母もガンで命を失ったのだから。ガンになったら、どうするのがいいのだろう。一昨年、麗子の姑《しゅうとめ》は、一切の治療を断ったと聞いている。治せるものなら治すけれど、駄目な場合は、私もそのようにしたいと思う。余命を愉《たの》しく生きたい。でも旅行は嫌ね。家にいて、思い出に浸りながら笑って死んでゆくのが一番〟

その十日ほど後の日記にはこうしたためられていた。

〝今日は夫の命日だった。うっかり忘れそうになっていた。私もボケが始まったのかもしれない。あの人の好きだったどら焼きを供《そな》えた〟

それを最後に日記はつけられなくなっていた。

私は日記から目を離した。目頭が熱くなってきた。

「兄さん、どうしたの？」

麗子の声で我に返った。

「麗子、お前が正しかった。母さん、死ぬ時の心の準備をちゃんと書いてたよ」

私は日記帳を麗子に渡した。昌子も加わって読み始めた。

読み終えたふたりは、口を開かなかった。畳《たたみ》にべったりと座り、ぼんやりとしていた。重苦しい雰囲気が流れている。

「さあ、もういいだろう。片付けだ」

私は麗子の手から日記を取り上げた。

私たちは黙って、出したものを段ボール箱に戻した。

押入に仕舞い終わった時は、すでに十時を回っていた。私たちは居間に戻った。鉄《てつ》雄《お》が帰ってきて、居間に顔を出した。

「皆さん、お揃《そろ》いでしたか」鉄雄は興味津々の目つきで私たちを見ていた。

「ちょっと相談事があってね」

「ごゆっくり」鉄雄は小さく頭を下げ、去っていった。

母の意思がはっきりしたら、割り切れるかと思ったがまったくそうではなかった。余計に気分が沈んでしまった。

「読まなきゃよかった」昌子が腹立たしげにつぶやいた。

麗子が何か言うかと思ったが、俯《うつむ》いたまま口を開かなかった。

「私、やっぱり、できるだけのことはしたい」昌子が続けた。

「お袋の気持ちを無視する気？」私が訊いた。

「平成十九年って七年前よ。かなり時間が経《た》ってる。その間に、お母さんの気持ちが変わったかもしれない」

遺書を前にして、財産問題でもめているきょうだいのような雰囲気である。

「でも、知ってしまった以上は……」私が言った。

「退院した直後に書いたのよ。気が弱くなってたのよ」昌子が決めつけるように言った。

「麗子、何か言うことないのか」

「兄さんは何もしないことにしたの？」

「俺はお前に訊いてるんだよ」

麗子は黙ってしまった。

「あんただって、お母さんの意思を知ったからって、〝はい、そうですか、じゃ、そのままにしておきます〟って言えないでしょう？」

「姉さん、そうポンポン言うなよ。今日、結論を出す必要はないよ。じっくり考えてみよう。もう一度医者にも聞いてみたいし」

「あんたは、すぐにそうやって曖昧《あいまい》なことばかり言うんだから。相談しようって言いだしたのは、あんたよ」

「いいじゃない、姉さん。また集まって話せばいいわよ。私、そろそろ帰るけど、姉さんは残る？」

「私も帰りますよ」

姉はまだ言いたいことがありそうな顔をしていたが、腰を上げた。妹の方は疲れ切った表情で居間を後にした。

彼女達が帰ると、私は缶ビールを用意し、自分の部屋に引っ込んだ。

母の意思は分かった。たとえそれが七年前のものであったとしても。しかし、昌子の言う通り、それですっきり結論を出せるものではない。

困ったものだ、と私は頭を抱えた。

翌日は私が母の病室に行く日だった。

午後遅く、娘三人が一緒に病室に現れた。

朝のうちに、彼女たちがくることは聞いていた。私は大いに喜んだ。彼女たちが来てくれると気がまぎれる。

点滴の管につながれている母は、ほとんどの時間、目を閉じているが、床《とこ》ずれがするし、躰《からだ》を動かさないと弱ってしまうので理学療法士が、時々、彼女を起こしたり、車椅子に乗せたりしていた。

娘たちがきた時、母は目を開けていた。

「お祖母《ばあ》ちゃん、美千恵《みちえ》よ」

母は反応しない。

次に小百合、最後に朋香が声をかけた。

彼女たちの姦《かしま》しさが病室を明るくした。

母がどれだけ認識しているかは分からないが、周りが華やぐことは、決して悪いことではないだろう。

看護師に頼んで椅子を借り、全員が座れるようにした。

「朋香から、お祖母ちゃんの具合を聞いたわ」美千恵が言った。

「どういう措置を取るのが一番いいか、頭を悩ませてる」私は母の方をちらりとみて口を開いた。

美千恵が突然、涙ぐみ、黙ってしまった。これには私だけではなく、小百合も朋香も驚いてしまった。

「ごめんなさい。私、どうかしてるね」美千恵は必死で笑顔を作った。

「美千恵、今夜は時間があるか」

「美千恵姉ちゃんも夕飯、うちで食べていくって。今夜はカレーよ」朋香が口をはさんだ。

「話は家に帰ってから詳しくするよ」そう言って小百合に目を向けた。「お前は出かけるのか」

「ご飯は一緒に食べるよ」

マナーモードにしてあった私の携帯が光った。温子からだった。一緒に食事をしないかという誘いだった。

「今夜は家で食べるんだけど、温子もこないか。いろいろ話もあるから、ちょうどいい」

「いいけど、急だから用意が大変なんじゃないの」

「カレーだから、気にすることないよ。七時半には家に戻ってる」

「じゃ、そうするわ」

三十分ほどで、娘たちは病室を出ていき、私は、夜、母を見ていてくれる村田《むらた》さんが来るのを待った。

家に戻ったのは七時半すぎだった。温子はすでに到着していた。

家にはカレーのいい匂いが漂《ただよ》っていた。

鉄雄はその日も遅いという。女四人、いや、舞《まい》と安香音《あかね》を加えると六人の女に囲まれての食事となった。

美千恵の調子がいいことが話題になった。

「でも、二位が多いの。だから今ひとつよ」そうは言ったが、美千恵は満更でもない顔をしていた。

「私、競艇大好きになったわ。お父さんと知り合わなかったら、一生、縁がなかったでしょうけどね」温子が言った。

「今日は圭介《けいすけ》君、どうしてるんだい」

「このところ残業が多くて、帰りが遅いの」

子供の件はどうなったのか、とちらりと思ったが、口にはださなかった。

「小百合、本当にいい人見つけたね」美千恵がしみじみとした口調で言った。

「そう言ってもらえると嬉しい」

「今夜も彼と会うの？」朋香が言った。

「うん」

「いいなあ、羨《うらや》ましい」朋香が続けた。

「何が？」小百合が訊いた。

「恋の気分なんて、私もう忘れちゃったから」

「これからだってできるよ」小百合があっさりとした調子で言った。

「ちょっとお姉ちゃん」朋香は眉を顰《ひそ》め、目の端で舞に視線を向けた。

「あ、そうか。ごめん、ごめん」

「恋の気分ってどんなの？」舞が淡々とした調子で訊いてきた。

温子が舞に微笑《ほほえ》みかけた。「舞ちゃん、好きな男の子いないの?」

「いない」舞は怒ったように答え、温子から視線を外した。

賑《にぎ》やかな食事が終わり、女たちが食器や何かを台所に運んだ。

「美千恵伯母さんがボートに乗ってるの、スマホで見たよ」舞が言った。「私も乗ってみたい。どうやって運転するの? 車みたい?」

「ちょっと違うな」

「ギアとかあるの?」小百合が訊いた。

「そんなものないよ。ハンドルとレバーだけ」

「ブレーキは?」と温子。

「レバーをゆるめるだけです。ハンドルは片手でしか回さないんですよ。左手は常にレバーを握ってますから」

私も初めて知った。

ターンの時は、躰を内側に乗り出し、右手でハンドルを切り、左手でスピードを調整するということらしい。

美千恵はやはりボートの話になると、顔が輝いていた。

温子が先に居間に戻り、朋香が用意したお茶とスイカを小百合が運んできた。子供たちを連れて一旦《いったん》二階に消えた朋香もすぐに合流した。

「それで、お父さん、お祖母ちゃんのことだけど、正直に言って危ないの？」美千恵がややあって訊いてきた。

「今年いっぱい保つかどうか分からんな。父さんはもう覚悟してる」

「昨日の夜、昌子伯母さんと麗子叔母さんと話し合ってたみたいだけど、何が問題なの」朋香が言った。

私は娘たちに、今後の措置について話し、日記にも触れた。

「日記、参考になった？」温子が訊いた。

「何もしないで静かに笑って死にたいって書いてあったよ」

「しかし、よく見つかったわね」

「それほど時間はかからなかったよ。だけど、嫌な気分になった。人の日記を盗み読みしたんだから」

「中心静脈栄養ってよく分からないから、もっと詳しく教えて」そう言ったのは美千恵だった。

私は得た知識をすべて教えた。「……それをやってまで命を繋げていいものかどうか迷ってるんだ。点滴は患者に苦しいものらしい」

私は日記に書かれていたことをもう一度、口にした。

「孫娘として、みんなどう思う？」

「見殺しにはできないでしょう」朋香が言った。「命を保つ手段があるのに、それをやらないというのはよくないよ」

座が静まり返った。

「美千恵はどう思う？」

「あんなお祖母ちゃんを見るのは辛い」

「辛いから、何もしないでいいっていうの？」と朋香。

「そうは言ってないけど、お祖母ちゃん、日記に延命治療は受けたくないって書いてるんだよ」

「何もしないで見てることが見殺しにしたことにはならないと思うけど、私は耐えられないな」小百合が口をはさんだ。「どう思います、温子さん」

「この問題ってすごくデリケートよ」

「温子さんの親だったらどうします？」美千恵が訊いた。

「難しいけど、何もしないことを選択するわね」

「でも、温子さん、私は放っておけないと思う」と小百合。

「だったらやればいいのよ。私、別に反対してるわけじゃないのよ。こういう時の私の基準は、自分がその立場になったら、何を選択するかってこと。私は、延命治療はしないつもり。自分がしないって決めたことを、相手にさせることはない」

「でも、本当にそういうことになったら、気持ちが変わることもあるんじゃないんですか」朋香が言った。

温子が大きくうなずいた。「朋香ちゃんの言う通りかもしれない。でも、相手の意思が分かった以上は、それに従うしかないと思うけど、どっちだっていいのよ。正解なんてないんだから」

「それでも答えをださなきゃならない」私がぽつりと言った。

自分だったらか……。当然、延命治療は拒否するだろう。温子の言う通り、自分が嫌だと思っていることを、相手にさせるのはおかしい。

茶をすすった時、玄関が勢いよく開く音がした。あの開け方は……。

私が居間を出た。予想した通り、昌子だった。麗子も一緒である。

「お客様なの」昌子が靴に目を落として言った。

私は誰が来ているかを教えた。

昌子と麗子が居間に入ってくると、娘たちが席をつめ、私の横にふたりを座らせた。

朋香が立ち上がり、台所に向かった。

「今ね、お袋の今後について、娘たちの意見を聞いてたとこだ」

「私たちもそのことでやってきたの」昌子が言った。「やっぱり、延命治療はやりましょう。麗子も同じ意見。崇徳、あんたも賛成するわね」

気持ちがやらない方に傾きかけてきた矢先に、ぴしゃりとそう言われたものだから、私は黙ってしまった。

「崇徳は不服なの？」

「姉さんが母さんの立場だったら、延命治療を選ぶ？」

昌子の目が泳いだ。「私、そんなこと一度も考えたことないから答えられないわよ」

「今、考えてよ」

「………」

「麗子はどう？」

「私は嫌よ」

「でも、母さんにはやらせる」

「崇徳、あんただって、もっとお母さんが弱ってきたら放っておけなくなるわよ」昌子が強い口調で言った。

「姉さんの答え、聞いてないよ」

「私はやりますよ。命がある限り、どんな治療だって受ける」

昌子はいきり立っていた。本音を言っているとは思えなかった。

温子が私に目を向けた。「そろそろ、私、失礼するわ」

「まだいいじゃないか」

「温子さん、あなたはどういう考えなんですか？」

昌子はすでに喧嘩腰だった。温子が私に入れ知恵していると決めてかかっているようだ。

「これはご家族の問題です。ですから、私は……」

「医学ジャーナリストなんだから、意見はお持ちでしょう？」

「姉さん、俺たちで決めればいいじゃないか」

「思ってることをおっしゃって」昌子は私を無視してそう言った。

「私だったら、中心静脈栄養はやらせないと思います」

「どうして？」

「自分がその立場になったら、何もしないと決めてるからです」

「そのことを崇徳に言いましたか？」

「さっきみんなの前で」

「家族のことには口を出さないとおっしゃってたのに意見を言ってるじゃないですか？」

温子の目つきが変わった。「上のお嬢さんお医者様でしたよね。お嬢さんに訊いてみました？」

「あの子は眼科医です。だから、訊いても当てにはなりません」

昌子と温子の間に険悪なムードが流れている。

「姉さん、温子に当たるのはやめてくれよ」私は強い口調で言った。

「私は当たってなんかいやしませんよ」

「俺は延命治療には反対だよ。理由は温子と同じだ」

女たちが煮詰まったら黙って聞き流すのが、私のやり方だが、今回はそうはいかない。温子は家族ではないのだから。

温子がゆっくりと腰を上げた。「本当に私、これで失礼します。カレー、ご馳走《ちそう》様でした」

私は温子を追いかけた。温子は靴を履《は》こうとしていた。

「後で連絡するよ」

「そうして」温子は笑っていたが、顔が引きつっていた。

居間に戻った。全員が暗い表情をしている。

私は茶をすすった。ぬるくてまずかった。

「姉さん、言いすぎよ。温子さん、意見を訊かれたから、正直に答えただけじゃない」麗子が言った。

「私、どうしてもできることは全部、やりたいのよ」昌子の言葉には力がなかった。

本人も言いすぎたと思っているようだ。

小百合が腕時計に目を落とした。「あ、もう私、行かなきゃ」

小百合は出かける仕度をするのだろう、二階に上がって行った。

「私たちも帰りましょう」昌子が麗子に言った。

麗子が黙ってうなずき立ち上がった。

居間を出る時、昌子が私に目を向けた。「私の気持ちは変わらないですからね」

「言われなくても顔にそう書いてあるよ」私は眉をゆるめてそう応えた。

居間には美千恵と私だけになった。

「私もそろそろ」

「まだいいじゃないか。用はないんだろう？」

「またくるよ」

「じゃ、駅まで一緒にいこう。小百合と三人で」

美千恵が小さくうなずいた。

私も出かける用意をし、朋香に家を任せ、三人で外に出た。

「大丈夫なの、お父さん」美千恵が言った。

「何が？」

「昌子伯母さんが、温子さんに当たったことよ」

「温子は打たれ強いから平気だよ」

「お父さん、早く温子さんと結婚したら？」

小百合に真っ直《ま》ぐ《す》に切りこまれた私はすぐには言葉が出てこなかった。

「私もそう思う」と美千恵。「お父さん、付き合って三年よ」

「お祖母ちゃんがあんな状態じゃね」

「それは分かるけど、でも、意思表示はしておくべきよ」小百合が言った。

「うん」

「お父さんってのらりくらりしてるんだから。そんなことしてたら、温子さんに逃げられちゃうわよ」小百合が畳《たた》みかけてきた。

「そうはならないよ」

「お父さんすごい。自信あるんだね」小百合は本気で感心したようだった。

「ところで、お前の方はどうなってるんだ」

「お父さん、すぐ話、変えちゃうんだから」

「そういうつもりはないよ。向こうの親に反対されても、一緒になるんだろう？」

「そうだけど」小百合が口ごもった。

「小百合、まだ言ってなかったのね」美千恵が口をはさんだ。

「何だい？」

「私、家を出ることにした」

「義男《よしお》君のところで暮らすのか」

「そう。お祖母ちゃんがあんな状態じゃ、式を挙げるなんてできないし」

「同棲《どうせい》かあ」

「いずれはきちんとするよ。いいでしょう、お父さん。どうせ結婚するんだから」

「で、いつ出てくんだ」

「来週には荷物を出そうと思ってる」

「急だな」

「彼と話し合って決めたの」

「青井清吉《せいきち》がまた何か言いそうだな」私は短く笑った。

「何を言われても気にしない」

話しているうちに、あっと言う間に門仲の交差点に着いた。

「お父さん、これから温子さんに会うんでしょう？」美千恵に訊かれた。

「そのつもりだよ」

「態度、はっきりした方がいいよ」小百合が言った。

私は小さくうなずいた。

「じゃ行くね。お父さん、頑張って」美千恵が冗談口調で言った。

私は笑って受け流した。

美千恵と小百合は肩を並べて、地下鉄の駅に消えていった。

私は温子の携帯を鳴らした。不機嫌になってやしまいかと心配したが、電話に出た温子の声は普段通りだった。

「ちょっと会いたいんだけど」

「いいけど、出かけるのは面倒。うちに来ない？　陽一《よういち》は会社の人間と飲み会だっていうから遅くなるみたい」

「じゃ今すぐにいく」

私はタクシーで温子のマンションに向かった。

いささか緊張していた。温子に言うべきことがあるのだ。そういう気持ちになったのは、昌子と温子の対立を目の当《ま》たりにしたからである。

温子は東陽《とうよう》五丁目に住んでいる。古い煉瓦《れんが》色のマンションである。広さの割りには家賃はそれほどでもないそうだ。

室内に通された私は、居間のソファーに腰を下ろした。

間取りは３ＤＫ。振り分けになっていて、左奥の部屋を息子が使い、真ん中の部屋が温子の書斎兼寝室だった。

居間はいつきても小奇麗だが、使われている家具は安物だし、かなりくたびれているものも多い。かすかに煙草《たばこ》のニオイがした。

「或《あ》るお医者さんにコニャックをもらったの。飲む？」

「コニャックなんて久しぶりだな。ソーダあるかな」

「あるよ」

温子が酒の用意をした。コニャックの銘柄はオタールだった。

「今日はすまなかった」私は謝ってからグラスを手に取った。

「私もちょっとかっとなっちゃった。ごめんね」

「あれは姉が悪い。君が謝ることなんかないよ」

「で、結論は出たの」

「姉さんは一歩も引かない構えなんだ」

「私が余計なこと言ったせいね」

「そんなことはないさ。でも、もうこの話はよそう」

「そうね」温子がふうと息を吐き、薄く微笑んだ。

しばし沈黙が流れた。温子はオーディオのスイッチを入れた。

女の歌声が聞こえてきた。曲は『ティー・フォー・トゥ』という有名なスタンダードナンバーだった。

「こういうまったりした曲がいいね」

「ほっとするわね」

また沈黙が流れた。

私は、小百合が家を出て、義男と暮らす話をした。

「あなたは賛成したの」

「反対する理由がない。いずれは結婚するつもりらしいしね。今は、お袋のことがあるから式は挙げないそうだ」

「そうかあ、なるほどね」

私は咳《せき》払いをひとつしてから、まっすぐに温子を見つめた。「温子、俺もあの家を出て、部屋を借りようかと思ってる」

「いきなりどうしたのよ」

「前々から考えてはいたんだよ」

温子はグラスを手にしたまま正面を向いた。「私と一緒に住みたいっていうこと？」

「陽一君のことがあるから、今すぐってわけにはいかないだろうけど、君と住めるようなマンションを借りるつもりだ」

温子はグラスをゆっくりと左右に動かしているだけで口を開かない。

「そんな気になれないか」

「嫌じゃないけど、不安よ」

「自由が保てないって思ってるの？」

「それもあるけど……」温子が背もたれに躰を倒した。

「言いたいことは何でも言って」

「崇徳《そうとく》さん、無理してない？」

「どういう意味？」

「本当は私に今住んでる家に入ってほしいんじゃないの」

私は声にして笑った。「それは考えたことない。朋香夫婦と同居させるなんて、想像しただけで、この俺が嫌になる」

「でもね、正直に言って、崇徳さんの家族ってすごく密だから、他人は入っていけない」

「だから、俺はあそこを出ようと思ってるんじゃないか」

「部屋を借りるってどこに借りるつもり？」

私は肩を落とし、グラスを口に運んだ。

「家の近所に借りるんでしょう？」

私は酒を飲み干し、グラスをおいた。「深川《ふかがわ》を離れてもかまわないよ」

温子が私の手を軽く握った。「私、あなたと別れる気は全然ない。でも、今しばらくは、このままの形が私にとっては最高よ」

首筋にじわりと汗を掻《か》いていた。振られたわけではないのに、温子と距離ができたように思えたのだ。

「誤解しないで、本当にあなたとは別れるつもりはないんだから」

「分かってるよ。でも、俺は、温子と一緒になりたい」

「私もよ。だけど、急ぐことはないって思うの」

「長すぎた春になりはしないかな」

温子が笑いだした。「崇徳さんは若い気でいるのね。私たちの歳を考えて。長すぎた春なんて、私たちにはないわよ。温暖な気候がずっと続いてきたし、これからも続くのよ」

「そうか、そんなもんか」

「そうよ。私たちの関係はそういうもんよ」

部屋には『雨に濡れても』という曲が流れていた。

私は自分でグラスに酒を注《つ》いだ。

「陽一が、ここを出て独立したら、あなたはいつでも泊まりにきていいわよ」

「陽一君を独立させたいのは知ってるけど、相手の気持ちもあるからうまくいかないんじゃないの」

「実は手付けを打ってあるワンルームがあるの」

「え？」

「美沙子《みさこ》さんの知り合いが、東向島《ひがしむこうじま》にワンルームを持ってるんだけど、ずっと借り手がついてないんですって。東向島なら、会社に通うのも便利だから、陽一にそこに移るように強く言ったの。敷金や何かは私が用意するんだけどね」

「で、陽一君は？」

「うんと言ったわ。今月の終わりには引っ越しになると思う。だから、あなたが部屋を借りる必要はないの。陽一がいなくなれば、ここでゆっくりすごせるんだから」

彼女は、私とこのままの関係を続け、ひとりでこの部屋で暮らしたいのだろう。どんなに好きな人間が相手でも、ひとつ屋根の下で暮らすと、抑圧が生まれるものだ。

私は納得した。

鍵が開けられる音がした。陽一が帰ってきたらしい。私はグラスをテーブルにおき、腰を上げた。

「お邪魔してます」

「いいえ」

私は温子に目を向けた。「じゃ、俺はこれで」

「下まで送るわ」

私は、陽一に「お休み」と声をかけ、温子と一緒に部屋を出た。

マンションの前で、温子が言った。「私の気持ち分かってくれた？」

「うん」

「陽一が引っ越したら、うちでご飯を食べましょう」

「愉しみにしてるよ」

私は軽く手を上げ、温子から遠ざかった。温子は私が角を曲がるまで見送っていた。

決断して温子を訪ねたが空振りに終わった。彼女がこのままの形を望んでいるのであれば、それはそれでいい。しかし、寂しい思いがしないといったら嘘になる。

私は大きく息を吐いて、帰路についた。

第七章　崇徳の不安

「その机、持っていかないの？」朋香《ともか》の声が二階から聞こえてきた。

「置いてく。使いたかったら使っていいよ」小百合《さゆり》が答えた。

「持ってってくれると助かるんだけど、場所塞《ふさ》ぎになってるから」

「彼のマンション狭いの。家具はほとんど全部置いてく」

「処分しちゃっていい？」

小百合が黙った。

「ここにはもう戻ってくることはないでしょう？」

「そうだけど、そうはっきり言わなくてもいいじゃん」小百合の声が尖《とが》った。

小百合が家を出ていく。熊本《くまもと》に仕事で行っていた時も彼女はここにはいなかった。しかし、あの時とは事情が違っている。今の段階では同棲という形を取っているが、このままでいくと近い将来、小百合は森川《もりかわ》家の人間ではなくなるのだ。

感じ入るものがないといったら嘘になる。

その夜、日付が変わろうとしていた時、私の部屋をノックする者がいた。ベッドに寝転がり、本を読んでいた私は躰《からだ》を起こした。

小百合だった。

「準備は終わったのか」

「うん」

小百合は戸口に立ったままである。神妙な顔をしている。

「明日、お父さん、お祖母《ばあ》ちゃんのところに行くから、引っ越しの時は会えないな」

「お父さん……」小百合の目がみるみるうちに潤《うる》んできた。「長い間、お世話になりました」

「いい人が見つかってよかったな」私は微笑《ほほえ》みかけたが、もらい泣きしそうだった。

「ビールでも飲むか」

小百合がうなずいた。

私は部屋を出て缶ビールとグラスを用意した。

改まって父親に挨拶をする。そんな古風なところが小百合にあったとは。朋香は結婚しても家にいるし、美千恵《みちえ》は随分前に家を飛び出し、そのまま圭介《けいすけ》とゴールインしたものだから、彼女たちとはこういう会話は交わさなかった。だから余計にほろりとさせられた。

私は顔を作って部屋に戻った。小百合は机の前の肘掛け椅子に腰かけていた。

私がグラスにビールを注《そそ》いだ。

「おめでとう」私はグラスを小百合に向けた。

「ありがとう」

「明日は義男《よしお》君、手伝いにくるんだろう」

「仕事で来られないの。彼、今はどんな仕事でもやってるから忙しいのよ。新しい芝《しば》居《い》の準備もしてるし。でも大丈夫。今の運送屋って何でもやってくれるから」

私はじっと小百合を見つめた。

「どうしたのよ」

「別に」

小百合が俯《うつむ》いた。「私、引っ越しの準備をしてたら急に寂しくなってきて」

「いつでも遊びにこられるじゃないか」

「いずれは深川《ふかがわ》に引っ越そうって義男と決めてるの」

「そうなったら、お前、昌子《まさこ》伯母さんみたいにしょっちゅうこの家に来て、いろいろ口出しをして、朋香とやり合うことになるかもな」

「伯母さんみたいにはならないよ。私、そこまでお節介じゃないもの」

「ならないか」

「お祖母ちゃんのことで、式を挙げないようにしてるって言ってたけど、籍はどうするんだ。籍ならいつ入れてもいいんじゃないのか」

「そうなんだけど、義男が意地張ってるの」

「意地を張る？」

「うん。例の海坊主……。もう、そう言っちゃいけないわね。向こうのお義父《とう》さんが同棲は認めないって言ってるから、今、籍を入れると屈服したみたいな気がするっていうの」

「そんなことで意地張っても意味がないじゃないか」

「そうなんだけど、式を挙げる時に籍を入れるのが自然でしょう？」

「まあね」

「私も義男も籍なんかに拘《こだわ》ってないんだけど、やるんだったら正式にやりたい」

「ウェディングドレスが着たいのか」

「式はね、八幡《はちまん》様で挙げるつもり」

「神前結婚式か。意外だな」

「ふたりとも深川の出だから、それが一番だって意見が一致したのよ」

「お前の白無垢《しろむく》姿が見られるね」

「うん」

「それだったら、あの青井清吉《あおいせいきち》も納得するだろうな」

「どうだかね。あの人、頑固だから」

「心の中で認めてても、認めないって言うかもな」

「そうなの。同棲のこともそうだけど、義男の生き方そのものを認めてないから。でも、私たちは好きにやる」

「それでいいんだよ」

「私、恵まれてるね」小百合がつぶやくように言った。

「何が？」

「お父さんは、どんな時でも私たち娘に優しかった。だから、みんなのびのびと暮らせた」

「右を見ても左を見ても女ばかりで、戸惑《とまど》ってしまって、強いことが言えなかっただけさ。特にお母さんが死んでからは、女の子をどう扱ったらいいのか分からなかった。息子がいたら、息子に対しては違った態度を取ってた気がする」

小百合が遠くを見るような目をした。「うちは完全に女系だから、お父さん、大変だったよね」

「常に中立、馬耳東風《ばじとうふう》をモットーとしてないと、火に油を注ぐようなことになりかねないからな。でも、お前がここを出ていくと、朋香の家族とお父さんだけになる。そうなると家の雰囲気はかなり変わるだろうね」

小百合はそれには答えず、目を伏せた。

「祭りの日はどうするんだ」私が訊《き》いた。

「義男と一緒に見物にくる」

「お父さん、今年は担《かつ》ぐよ」

「それまでに足腰を鍛えておいた方がいいし、健康診断も受けなきゃ」

「健康診断までやる必要はないだろう」

「会社にいた時とは違うんだから、躰も自分で管理しなきゃ」

「はい、はい」私は小百合を見てにっと笑った。

グラスを空けた小百合が姿勢を正した。「お父さん、いろいろありがとう」

私は小百合を見つめ直し、大きくうなずいた。

翌日、病院から戻った私は二階に上がった。そして、小百合の使っていた部屋を覗《のぞ》いた。家具はそれほど持ち出されていなかったが、チェストは消えていた。すでに朋香が利用し始めているらしく、子供の玩具《おもちゃ》が運び込まれていた。ページが捲《めく》られた感じがした。温子《あつこ》との関係が脳裏をよぎった。こちらの方は現状のままである。

思いきった発言をした後、温子とは一度会っている。八幡様の縁日をひやかした後、食事をした。温子の様子にはまるで変化はなかった。よく飲み、よく食べ、よくしゃべっていた。息子が家を出ていってくれることを、彼女はとても喜んでいるようで、空いた部屋をどう使おうか考えていると愉《たの》しそうに話していた。本祭りには温子も参加することになった。神輿《みこし》は担がないが行列に加わるという。半天《はんてん》や何かは私が用意することにした。

母の延命治療についての結論が出ないまま時はすぎていった。その間に点滴の針が刺せる場所がどんどんなくなっていった。血管が浮き出てこず、母の腕は見るも無惨に赤黒い色に変色していた。

青井照子《てるこ》は欠かさず講義に出てきた。小百合が家を出てすぐの講義の後、私が照子に声をかけ、一緒に帰ることにした。

「何だか変な気持ちがしてます」照子が照れくさそうに言った。「このままいけば、先生と親戚関係になるんですからね」

「改まって考えたことはないですけど、あなたの言う通りですね。生徒が親戚になることなんて滅多にないでしょうから。でも、ご主人がぐずぐず言ってるそうじゃないですか？」

「同棲なんてまともな人間のやることじゃないって怒ってます」

「いずれ結婚するんだからいいじゃないですか」

「私もそう言ってるんですけどね」照子が溜息《ためいき》をもらした。

「また一度、旦那と飲むかな」

照子が立ち止まり、私を見た。「是非、そうしてください。主人も先生に会いたがってるみたいで、よく先生の話をしてます」

「どうせ悪口でしょう？」

「そんなことはありません」

そう言った照子の目が泳いだのを私は見逃さなかった。

マナーモードにしてあった私の携帯が震えているのに気づいた。

小百合からだった。

「今ね、義男君のお母さんと一緒に帰るところなんだよ」

「あのね」小百合の声が弾《はず》んでいた。「義男、賞を取ったのよ」

「賞？」

「いやだ、前に話したでしょう。彼の書いた戯曲が賞の候補に挙がってるって」

「そうかあ。受賞したか。それはおめでとう」

「義男、お義母《かあ》さんにも連絡してたけど、出なかったの」

「ちょっと待って」

私は携帯を耳から離し、小百合の言ったことを照子に教えた。

照子は自分の携帯をバッグから取りだした。「義男からも連絡がきてました」

私は再び携帯を耳に当てた。「しかし、大したもんだな」

「賞金、百万よ。すごいでしょう」

「今、義男君と一緒なのか」

「うん。家にいるよ。お父さん、いまどこ？」

「新宿だよ」

「うちに寄ってお祝いしてあげて」

「手ぶらじゃまずいな」

「そんなこと気にしないでよ。シャンパン、飲んでたとこ。義男のお母さんも連れてきて」

「ちょっと訊いてみるね」

私は、小百合に家に誘われていることを教えた。照子は戸惑っていた。

「ちょっと寄りましょうか」

私がそう言うと、照子は小さくうなずいた。

私たちは青梅《おうめ》街道を渡り、義男のマンションに向かった。

「義男が賞を取るなんて」照子にはまるで実感がないようだった。

「その賞のこと、知ってますが、戯曲の世界では大きな賞のひとつですよ」

「あの子の生活、これで少しは楽になるかしら」

「さあ、それは何とも。芝居の世界で食うのは大変ですから。でも、追い風にはなると思います」

そんなことを話しているうちに義男のマンションに着いた。

ドアを開けたのは小百合だった。頬が桜色に染まっていた。義男は立ち上がって、私たちを迎えた。

私が「おめでとう」と微笑みかけると義男は笑みを返し、礼を言った。

「あんたが、そんな賞を取れるとはねえ」照子は、宇宙人でも見るような目で息子を見た。

「義男君はもう立派な戯曲家ですよ。誇りに思ってください」

「大したツマミはないけど、まあ飲みましょう」小百合が浮き浮きした調子で言い、あらかじめ用意されていた新しいグラスにシャンパンを注いだ。

私たちは乾杯をした。

「授賞式はいつ？」私が訊いた。

「九月に入ってからです。招待状を出しますから是非、来てください」

「講義に重ならなきゃ必ず行くよ」

小百合が照子に視線を向けた。「お義母さんもいらっしゃるでしょう？」

照子が息子に目を向けた。「私なんかが行っていいのかしら」

「もちろんだよ」

「じゃ服を新調しなきゃ」

私は内心苦笑した。授賞式の会場に、センスの悪い派手な格好で現れる照子の姿が想像できたのだ。

「お父さんには知らせたの？」

私の質問に、義男の表情が翳《かげ》った。「まだです」

「知らせてあげるべきだよ」

「いいんです。不愉快なことを言われるに決まってますから」

「爪弾《つまはじ》きにすると、余計面倒なことになるよ」

照子が携帯をバッグから取りだした。「私が教えるわ」

「家に帰ってから伝えてよ」

「私が電話する」小百合がきっぱりとした調子で言い、義男に清吉の携帯の番号を訊いた。

私はちょっと驚いた。一緒に暮らして間もないのに、すでに小百合の気持ちは義男の妻だということがはっきりと見てとれた。

清吉の携帯を鳴らした小百合を私と照子がじっと見つめた。義男はそっぽを向いている。

「こんばんは。小百合です……。とてもいいお知らせがありまして、お電話しました。義男さんの戯曲が賞を取ったんです。それをお伝えしたくて……。なかなか取れない賞なんですよ……。それは……」小百合が義男をちらりと見た。「義男さん、バタバタしているので電話できないんです。ですから、代わりに……。そうですけど、いずれは結婚するんですから……」

清吉が〝女房気取りで〟とか何とか嫌味を言ったらしい。

「小百合さん、ちょっと代わって」照子が小百合の携帯に手を伸ばした。

「……はい、ええ、……いらっしゃってますが……」

清吉に照子の声が聞こえたらしい。

小百合が携帯を照子に渡した。「……何してるって、ちょっと寄ったのよ、先生と一緒に。あなた、素直に祝福してあげなさいよ……。先生に？　いいけど、何を話すのよ」

私に視線を向けた照子に、私はうなずいた。

差し出された携帯を耳に当てた。「こんばんは」

「何で、あんたが息子のところにいるんだ」清吉が不機嫌そうに言った。

「娘の様子を見にきたんです。そこで受賞のことを知りました。義男君、すごいですよ」

「その賞がどんな意味を持つか、わしには分からん」

「日本一のすだれ屋になったようなものです」

「またまた、そんな大袈裟《おおげさ》なことを言って」

「ちっとも大袈裟じゃないですよ」

「あんた、まだそこにいるのか」

「もうじき引き上げますが」

「一杯やろう。あんたに言いたいこともあるから」

「からまれるのは御免ですよ」

「いつ俺がからんだ」

「いいでしょう。で、どこで会います？」

「この間、行った辰巳《たつみ》新道《しんどう》の店で待ってる」

「分かりました」

私は話し終えると携帯を小百合に戻した。「清吉さん、お前に何を言ったんだ」

「女房みたいだな、って言われただけ。私、全然気にしてないから」

照子が平謝りに謝った。

「先生、何で親父に会うんですか？」義男に訊かれた。

「お父さんが私に会いたがってる」

「無理することないですよ」

「青井家とは深い縁ができた。これからのことを考えたら、会っておく方がいいと思うよ」

「主人と何を話したか、あとで私に教えてくれませんか」照子が言った。

「どうしてです？」

「あの人、何を言うか分かりませんから、心配で」

「分かりました。お伝えしますよ」

そう言い残して私は部屋を出た。駅まで歩くのが面倒になり、タクシーで門仲《もんなか》に向かった。

なぜ清吉の誘いに乗ったのか、改めて考えてみるとよく分からない。

清吉は、自分とは生き方も考え方もまるで違う人間だ。頑固で直情径行型の性格に辟易《へきえき》することもあるが、やることに迷いがないところが羨《うらや》ましい。そういう態度が取れるのは、世の中を信じ切って生きているからだろう。

私はと言えば、何事につけても懐疑的なところがある。生まれ育った家から離れず、同じ会社に四十年勤め、完璧ではなかったにしろ家族を大事にして生きてきた。だから、他の人から見たら、世の中のことを何も疑わずにすごしてきたように見えるかもしれないが、決してそうではない。自分の考え方にも、これでいいのだろうか、と常に疑いの目を向けている。そうなった原因のひとつは、周りが女ばかりだったからだと思う。女たちは思い込んだことを即座に口にすることが多い。そして、言ったことが間違っていてもさして気にしない。このような態度を取る女たちと一緒に育ったものだから、私はすぱっと物を言うことができなくなったらしい。紳士的な態度と言えば聞こえはいいが、昌子や麗子《れいこ》に揶揄《やゆ》されている通り、結論を先延ばしにしてしまう悪い癖があるのだ。

思い込みが激しい清吉と付き合えるのは、妙な話だが、昌子のような姉をもったからだろう。我が家の女と接する時と清吉に対する態度にはさして違いはないのである。

門仲の交差点で降り、徒歩で辰巳新道の路地に入った。

この間、最後に一緒に飲んだ店の立て付けの悪いドアを開けた。

清吉はすでにきていた。他に客はいなかった。

「いらっしゃい」民子《たみこ》という老いたママが投げやりな調子で私に挨拶をした。

清吉が冷酒、ママはビールを飲んでいた。

「この酒、なかなかいける。あんたも付き合え」清吉は挨拶もなしにそう言った。

「じゃ、同じものを」

ママが酒を用意した。乾杯はしなかった。

「で、話というのは」

「まあ、ゆっくりやろうぜ」

「この間のように、あなたがひっくり返るまでは付き合いませんよ」

ママがくくっと笑った。「そんなことあったわね」

「電話でも言ったけど、義男君、すごいですよ」

「………」

「息子が認められた。素直に喜んだらどうですか？」

「俺には分からん世界だ」

「世界は清吉さんを中心に回ってるわけじゃないんですよ」

「娘が同棲してるところに、へらへら訪ねていくなんてわしには信じられん」

「父親の威厳というものがない。清吉さんはそう言いたいんですね」

「威厳の問題じゃない。けじめのついてない関係は許さないとわしは言ってるんだ」

「話というのはそのことですか？」

「まあ、そうだが」清吉が口ごもった。

「まだ何か？」

「まあ、飲め。わしはあんたと飲みたかった」

「じゃあ、もうつっかかってこないでください」私は笑ってグラスを空けた。

「清ちゃんは、森川さんみたいに素直になりたいのよね」ママが茶化した。

「お前は黙ってろ！」清吉が大声で言い、呷《あお》るように酒を飲み干した。

「清吉さん、なぜ、あのふたりが入籍してないか聞いてないんでしょうね」

「聞くも聞かないもない。義男とは絶縁してるんだから」

「実は、私の母が関係してるんです」

清吉が私に顔を向けた。「あんたの母親が？」

私は母の病状とこれからどうするかを清吉に教えた。

「そうか。そこまできてるのか」清吉は神妙な声でつぶやいた。

「こんな時に式は挙げられない。入籍はできるけど、今は自粛してるんですよ」

「それじゃ、あんたの母親が死ぬのを待ってるみたいじゃないか」

私は噴き出した。「そこまで悪く取ることはないでしょう。晴れがましいことを控えるべきだと思ってるだけなんですから。式はね、八幡様で挙げたいそうですよ」

「母親の話だが延命治療はやるのか」

「まだ決めてません」

「私は絶対に嫌ね、延命治療なんて」ママが口をはさんだ。

「わしの父親が死んだ時はやれることは全部やった。胃瘻《いろう》をしたいって言ったからそれもやった。長くは保《も》たなかったけどな」

「日記には何もしないでいいようなことが書かれてましたが、母の今の気持ちは訊けない」

「それでもやるべきだ。放りだしたら後味が悪いだろうが」

私はもうその話はしたくなかった。周りの人間の意見を聞いてどうなるというような問題ではないのだから。

「義男君と小百合の気持ち、理解できたでしょう」私は話題をあのふたりに戻した。

「だから、もう同棲についてとやかく言うのは止《や》めてください」

「………」

「今更、義男君と仲良くしろとは言いませんが、立派な賞を取ったんですから、おめでとうぐらい言ってあげなさい」

「そうよ。清ちゃんが息子さんを認めてあげれば、それですむことよ。お互い憎しみ合ってるわけじゃないんだから」ママがそう言って、煙草《たばこ》の煙をぷかっと吐《は》きだした。

清吉がまた怒鳴るかと思ったが、何も言わなかった。

　ひょっとすると清吉は私を仲介者にして、義男と和解したいのかもしれない。しかし、手を差し伸べてやるのは難しい。そのことに触れただけで、清吉はいきり立つに決まっている。

　遅かれ早かれ、清吉とは姻戚関係を持つことになるだろう。そう考えると、小百合のためにもうまくいってほしいのだが、義男に私から何か言って、父親と和解させるようなことはしたくない。

「ともかく、清吉さん、ここまできてしまったんだからうまくやりましょうよ」

「何をどううまくやるんだい」清吉の声には迫力はなかった。

「九月に、義男君の授賞式があります。奥さんと一緒に出てください」

「はあ」清吉が鼻で笑った。「義男がわしを招待するわけがないだろう」

「晴れがましい場です。義男君は父親であるあなたに立派なところを見せたいに決まってます」

「それでわしに勝ったと思いたいってことか」

「いい歳をして子供みたいなことを言わないでくださいよ。勝った負けたの問題じゃないでしょう」

「民子、酒がないよ」

ママは新しいボトルを用意した。

「授賞式に来てほしいと言われたら、行きますか？」

「あいつはわしには声をかけんよ」

「かけてきますよ」

清吉がじろりと私を見た。「あんたが義男に何か言ったんだろう？」

「何も言ってやしません」

「あんた、意外とお節介だからな」

「口を出すことがあるとしたら、それは舅《しゅうと》となるあなたが、小百合を泣かせた時だけです」

「わしが、嫁をいびったりする人間だと言いたいのか」清吉が声を荒らげた。

「そうは言ってませんが、さっきも電話で小百合に嫌味を言ったでしょう？」

清吉が目をそらした。「ちょっと言いすぎたかもしれん。義男がわしに直接言ってくることだと思ったから、ついかっとなってな。小百合さんは、義男には過ぎた女だと思ってる」

「清ちゃんね」ママが私を見た。「ここのとこよくひとりで飲みにくるようになったんですよ。家に居づらいんですって」

「民子、余計なことを言うな！」

「この間、そう言ってたじゃない」

ママは、清吉が怒鳴っても、ちっとも応《こた》えていないようだった。

「嘘だ。あの家は俺の家だ。居づらいわけがない」

「家で何かあったんですか？」

清吉はグラスを空け、手酌《てじゃく》で酒を注ぎ、ぼそりと言った。「何もない」

「で、話というのは……」

「もういいんだ。あんたと話せたら気分がよくなった」

本当はさしたる話はなかったのかもしれない。

私は腕時計に目を落とした。十一時少し前だった。「それじゃ私はそろそろ」

「もう帰るのか」

「明日の朝、早いんです」

財布を出したら清吉に止められた。勘定は清吉に任せることにした。

「また飲もう」

私は黙ってうなずき、ママに「お休みなさい」と言って店を出た。

裏道を抜けてぶらぶらと歩いて帰ることにした。歩きながら照子の携帯を鳴らした。照子はすでに家に戻っていた。

「今、ご主人と別れたところです」

「あの人、まだ飲んでるんですか?」

「家に居づらいようですよ」

「少しは応えてるのね」照子が短く笑った。

「何があったんです?」

「私も茂一《しげかず》も、あの人を無視して、ほとんど口をきかないんです」

「なぜ?」

「このところずっとあの人、問題を起こしてきたでしょう。先生のお宅に怒鳴りこみ、先生に暴力を振るい、義男と小百合さんが一緒に住むことにも文句たらたら。付き合ってられないから私、あの人に冷たくしてるんです。そしたら茂一も、仕事以外のことでは口をきかなくなりました」

「〝無視刑〟ってやつですね」私が笑った。

「そう。それをやってるんです」

「効果があったようでだいぶ大人しくなりましたよ。義男君の授賞式にも出る気があるみたいですよ。義男君から一言、清吉さんに言うように伝えてください」

「分かりました。でも、あの子も頑固だから、うんと言わないかもしれないわね」

「今度のことがうまくいくと、和解は成立したようなものです。あなたから義男君に上手に言ってください」

「先生にはお世話になりっぱなしね」

「余計な口出しをしているのは、すべて小百合のためですよ」

「分かりました。義男のことは私に任せてください」

電話を切った私は八幡様の裏を通り、帰路についた。

提灯《ちょうちん》を玄関先に下げている家が目立つようになった。八幡様の本祭りがいよいよ近づいてきたことを実感した。

私は久しぶりに、会社の人間や作家と会った。二ヵ月前に食道癌《しょくどうがん》で亡くなった作家のお別れ会が丸の内のホテルの一室で開かれたのだ。私はその作家の担当を十年ほどやり、本を四冊作った。

出席者は百五十名ほどだった。

仲間だった作家が次々と故人を偲《しの》ぶスピーチをした。一弾目のスピーチが終わり、歓談の時間となった。

死んだ作家は、食べ物を飲み込んだ時に胸がちくちくしたり、熱いものを飲むと沁《し》みる感じがしていたそうである。しかし、そのまま放っておいたらしい。会食中に吐き戻したことで、病院に行ったが手遅れだったという。

食べ物を皿に盛っていた時、斜め後ろに立つ者がいた。振り返ると、相手がにこやかに微笑んだ。

佐久間志乃《さくましの》だった。

「お久しぶり」私は皿を持ったまま、志乃をじっと見つめた。

「何年ぶりかしら」

「三年は経ってますかね。でも、気がつかなかったな、あなたが来てることに」

「ちょっと遅れてきたから」

「故人とは付き合いがあったんだね、知らなかったよ」

「それほどの付き合いはなかったけど、選考会で四年一緒だったから、その時はよく飲んだりしてた。今夜は森川さんが来るだろうと思って出席したの」

私は少し動揺し、周りを見回した。

かつて私は佐久間志乃と関係を持っていた。小田和正《おだかずまさ》の『ラブ・ストーリーは突然に』が流行《はや》っていた頃だから、二十年以上前の話である。担当編集者だったことがきっかけだが、付き合うのは大変だった。エキセントリックで奔放な志乃に私は振り回され、妻にもそのことがばれて一時は大騒動になった。

若い編集者はそのことを知らないだろうが、この会に出席している年輩の編集者や退職した人間の中には噂を聞いたことのある者がいるはずだ。

私は何となく落ち着かなかった。しかし、志乃は何も気にしていないようで、ずっと私から離れなかった。私たちは会場の外に出て、廊下の片隅の椅子に腰を下ろした。

「森川さん、その後、躰の方は？」

「問題ないみたい。五年経《た》っても、ガンの方は再発しなかったし。佐久間さんは、全然変わらないね」

「そうでもないわよ。私、この間還暦になったのよ」

「そうか」

志乃は私の三つ下である。しかし、見てくれが若々しいので、六十になったとは考えもしなかった。

「女の人に、〝還暦、おめでとう〟とは言えないよね」

「私には言っていいわよ。還暦パーティーをやろうかと思ったぐらいだから」

「作家志望の若い恋人がいるって言ってたよね。その後どう？」

「とっくに別れたわ。相手が銀行員の女と結婚するって言い出したから」

「その後は」

志乃がにやりとした。「私、日本を離れることになったの」

「どこに行くの」

「パリよ。今、付き合ってる人、同世代なんだけどフランス人なの」

「はあ」私は天井を見上げた。「大したもんだな」

「何が？　外国人と付き合うことなんか珍しくないじゃない」

「びっくりしたのは日本を離れることだよ。フランス語できるの？」

「全然。彼、日本語ぺらぺらで、私の本だって辞書を引きながらだけど読めるのよ」

「しかし、思いきったものだな。深川で生まれて、この歳まで離れたことがない俺から見たら、今から外国に住むなんて死んでも嫌だな」

「私、どこでも生きられるの」

その言い方が投げやりなものに聞こえた。歳を重ねたことで、少しは穏やかな性格に変わったのか、相変わらずなのかは分からないが、本当はそれほど幸せではないのかもしれない。

志乃のところに或《あ》る評論家が寄ってきた。

私は腰を上げた。

「今日は、あなたにそのことを伝えにきたの」

志乃が私をじっと見つめた。今生《こんじょう》の別れ。そんな雰囲気を漂わせる目つきだった。


八月を迎えてすぐに温子から電話があった。息子の陽一《よういち》が引っ越したという。

私は彼女に言おうかと思ったことがあった。しかし、黙っていた。

私の躰にちょっとした異変が起こっていたのだ。喉《のど》が詰まったような感じがし、胸がちくちくと痛むのだ。ガンが再発したのか。いや、そんなことはあるまい。最初にガンが見つかって五年以上が経っているのだから。しかし、五年というのは目安にしかすぎないではないか。

温子と電話で話した翌日、私は、家からだいぶ離れたところにある、これまで使ったことのない病院に行った。

担当医は木で鼻を括《くく》ったようなしゃべり方をする若い男だった。バリウム検査を勧められた。早速、翌日の午前中にやることにした。家族には言えない。母があんな状態の時に、自分のことで心配をかけたくなかったのだ。

何も食べずに行かなければならないので、朋香に嘘をつくしかなかった。

「お父さん、神輿を担ぐことにしたから、ちょっと運動してくる。明日の朝飯は喫茶店ですませるからいらないよ」

朋香が目を白黒させた。「急な話ね。ご飯、帰ってきてからうちで食べればいいじゃない」

「その間に腹が減っちゃうから、適当にやるよ」

翌日の朝、早めに家を出て木場《きば》公園で暇を潰し、午前九時前には病院に入った。

検査はすぐに終わった。検査室を出て廊下の長椅子で看護師に呼ばれるのを待った。

「あら、崇徳《そうとく》さん」

声をかけられてぎくりとした。顔を上げると、目の前に美沙子《みさこ》が立っていた。

お忍びで、この病院に来ていたから、相手が美沙子とて、知り合いには会いたくなかった。私は軽い動揺を覚えた。

「こんなところで会うなんて」美沙子が私の隣に腰を下ろした。「どうかしたんですか？」

「胃腸の調子が悪いんだよ。祭りで神輿を担ぐことにしたから体調を整えておこうと思って」

「前からこの病院を使ってたの」

「消化器内科はここがいいって聞いたから。美沙ちゃんは、前から使ってるの？」

「耳鼻咽喉科《じびいんこう》に世話になってるの。私、副鼻腔炎《ふくびくうえん》なのよ」

「いわゆる蓄膿症《ちくのう》ってやつかな」

「その言い方、止めてよ。汚らしい感じがするでしょう」

「そうかな。俺たちはずっとそう言ってきたから何も思わないけどね」

「バリウムか何か飲んだの？」

「飲めって医者に勧められたから」

温子にも検査のことは知られたくなかった。しかし、美沙子に口止めするのも変である。

消化器内科のドアが開き、看護師が顔を出し、名前を呼ばれた。

「じゃ、ここで」私は美沙子に軽く手を上げ、診察室に入った。

担当医がX線の写真を貼り、説明を始めた。「この部分が食道です。ここに少し盛り上がった部分があります」

「ということは……」

「今のところは何とも言えません」

「ガンの可能性もあるということですか？」

「可能性は否定できません」あっさりと言われた。「内視鏡検査をやりましょう」

「どうしても必要ですか？」

「ええ」

死んだ作家は物を食べると、胸がちくちくしたという。自分も同じ症状に思えた。

「他には問題はないですね。胃のこの部分が少し荒れているようですが……」

医者の言葉をぼんやりと聞いていた。不安の波がどっと押し寄せてきて気もそぞろだった。

医師の話が一通り終わったところで、私が口を開いた。「内視鏡検査はいつやりますか？」

「そうですね、明後日の土曜日の午前中はどうですか？」

「いいですよ」

医者が、検査前にしてはならないことを教えてくれた。

私は診察室を出て、ロビーで会計が終わるのを待った。

ガンだと宣告されたわけではないが、医者の言い方が気になって仕方がなかった。

自分は人の心を読む力はある方だ。医者はガンをかなりの確率で疑っているように思えた。思いすごしだと心の中で笑ってみたが、気分が晴れることはなかった。

「崇徳さん」

はっとして背筋を伸ばした。声をかけてきたのはまた美沙子だった。

「どうしたのよ、暗い顔して」

「いや、早起きしたから眠くて」

美沙子は一瞬だが、私の答えに納得していないような表情をした。

「軽い胃炎だったよ」

名前を呼ばれた。私は会計をすませると、美沙子のところまで戻り、「お先に」と声をかけた。

「また店に寄って」

「うん」

彼女から離れていく私を美沙子はじっと見つめていた。

喫茶店で軽い食事を摂《と》り、家に戻った。

ネットを開いた。そして食道癌について調べた。そんなことをしても何にもならないのは分かっていたが、症状や治療法を読んだ。

その日は木曜日で講義がある。予習をしておこうとノートを開いた時、圭介から電話が入った。

「お義父さん、ついにやりましたよ」圭介の声が興奮している。

「はあ？」

「嫌だな、忘れちゃったんですか？　美千恵が妊娠してるんです」

「そうか」

「ちっとも嬉しそうじゃないですね」

「そんなことはないよ。喜んでるよ。いや、おめでとう」

「今夜、僕が門仲まで行きますから飲みませんか」

「今夜は講義があるんだ」

「終わるのを待ってます」

「………………」

「お義父さん、どうしたんです？」

「じゃ飲もうか」

美沙子のバーで午後九時に待ち合わせをすることにした。

約束の時間よりも少し早く美沙子の店に着いた。すでに圭介は来ていた。

「早いね」

「八幡様に寄って安産を祈願してきました」

「今、圭介さんから聞いたけど、美千恵ちゃんご懐妊だそうね。おめでとうございます。今夜は私からシャンパンをお祝いに開けるわね」

「そんな無理しなくてもいいよ」

「いいのよ。気持ちだから」

美沙子がシャンパンを用意し始めた。

「今度こそ男の子がほしいね」私が言った。

「大丈夫です。そのことも八幡様にお願いしてきましたから」

私は腕を組み、唸《うな》った。「効き目あるかな。俺は何度もお願いしてきたけど叶わなかったよ」

「お願いする人が変わると、神様の態度も変わります」

「まさか」

「本当ですよ」

「それじゃまるで俺の方が善行を積んでないから聞き入れてもらえなかったみたいじ

やないか」

「そうは言ってません。人が変わると風向きが変わる。神様もいい加減なところがあるものです」

私は苦笑する他なかった。

シャンパンの用意ができた。三人でグラスを合わせた。

美沙子は病院で会ったことを口にするかと思ったが、一言も触れなかった。

食道癌だったら酒は御法度《ごはっと》である。しかし、今更、気をつけてもさして意味はない。もう飲めないかもしれないと思うと、余計に酒が恋しくなった。

「美千恵は今、浜名湖《はまなこ》にいるんじゃないのか」

「ええ。今日のレースは振るわなかったようです」

「いつ妊娠のことを聞いたんだい」

「今、その話をしようと思ってたとこなんです。実は昨日、美千恵から手紙がきました。浜名湖に出発する前に投函したらしいんです。そこに妊娠のことが書かれていて、お義父さんにも知らせてほしいと書かれてありました。嬉しいとも何とも書いてないそっけない手紙でしたよ」

「へーえ。旦那にそんな大事なことを手紙で知らせるなんて、かなり変わってるな」

「美千恵らしいと思いません？　照れくさいんですよ。あれだけ子供はいらないって言ってたんですから」

私は小さくうなずき、シャンパンを口に運んだ。

少女の頃の美千恵は、何でも話してくれる子だったのだが、途中から変わった。父親に好きな女ができたと分かった時から心を閉ざすようになったのだ。あの件が原因で起こった不仲は解消されたはずだが、気持ちを素直に表すことができなくなったようだ。

「美千恵ちゃんって繊細なのね」美沙子が口をはさんだ。

「そうなんですよ」圭介が大きくうなずいた。「強気なのはボートに乗ってる時だけなんです」

「そういうとこが可愛《かわい》いんでしょう？」

「はい」圭介は照れることもなく即座に答えた。

圭介のストレートな物言いが心地よい。鬱々《うつうつ》とした気分が少し晴れた。

「気が早いのは分かってますが、名前をどうするかもう考えてます」

「候補は？」

「まだ一次予選というところです。お義父さんに希望があればお聞きしますよ。採用するかどうかは別にして」

「俺は口は出さんよ」

　圭介が母の様態について訊いてきた。私は、予断を許さない状態だとだけ答え、余計なことは言わなかった。

　十一時すぎに店を出た。

「今夜のお義父さん、何だかお疲れのようですね」別れ際に圭介が言った。

「病院通いで疲れてるんだ」

「八幡様の祭りの時はふたりで見物にいきますよ」

「神輿を一緒に担ぐか」

「いや、見てるだけで十分です」

　私は表通りで圭介と別れ、深川不動の方に向かった。なぜか真っ直ぐに家に戻る気にはなれない。しかし、行きたい場所などなかった。

　深川公園のベンチに腰を下ろした。高速を走る車の音が聞こえてきた。公園の隅で小さな火花が見えた。屈み込んだ若いカップルが線香花火を愉しんでいるのである。女の方は浴衣《ゆかた》姿だった。

　私は深呼吸をして、暗い夜空を見上げた。

以前に見た映画を思いだした。黒澤明《くろさわあきら》が撮った『生きる』という映画である。志村喬《しむらたかし》が演じる市役所の課長は、医者に胃潰瘍《いかいよう》だと言われるが、胃がんだと本人は確信を持つ。漫然と生きていた小市民の課長は、役所を欠勤し、貯金を引き出し、遊び回る。しかし、そんなことをしても気持ちは晴れない。或るきっかけがあり、かねてから住民が望んでいた公園の建設に奔走し成功する。そして、その公園のブランコに乗っている時に息を引き取る。

〝いのち短し　恋せよ乙女〟

私は心の中で口ずさんだ。主人公がブランコに揺られながら歌った曲である。そのシーンがとても切なくて印象に残っていたのだ。

もしも自分が不治の病に冒《おか》されていたら、残された時間をどう生きるだろうか。映画の主人公みたいに飲み歩いたりはしないだろうし、世の中のために何かいいことをしようともしないだろう。

そんなことを考えるのは気が早すぎる。だが、母の病状も影響しているのだろう、ひとりになるとやはり、ガンのことが頭から離れなかった。

家に戻ると、私は美千恵の携帯にメールを入れた。競技が開催されている間は、携帯を取り上げられているので、美千恵はすぐには読めない。却《かえ》って、その方がいい。

即座に返信され、やり取りをするようなことではないのだから。

〝美千恵、今夜、圭介君と飲んだよ。話は聞いた。おめでとう。八幡様のお祭りの時にはこっちにくるそうだね。お父さんが神輿を担ぐのを見てくれよ〟

そう書いて送信した。

妙に神経が冴えていた。しかし、本を読む気にも、生徒の小説の添削をする気持ちにもなれなかった。

昔のことばかりが脳裏をよぎった。家の近くを流れる仙台堀川《せんだいぼりがわ》が貯木場だった頃のこと、初めて好きになった女の子の家の前を自転車で何度も通ったこと、作家のお伴で訪れた造園屋で美枝《みえ》と出会い、果敢にアタックしたこと、作者名の漢字を間違えて印刷に回してしまい、上司に大目玉を食らい、作家からも散々嫌味を言われた時のこと。佐久間志乃の荒れた心と付き合っていた時のこと……。いろいろな思い出が次から次へと浮かんできた。

今回の検査結果で初期のガンだと診断されれば、当然、治療を受ける。しかし、初期の段階では無症状だという。

佐久間志乃が私に会うために、食道癌で亡くなった作家の〝お別れの会〟にやってきた。あれはやはり、虫の知らせだったのかもしれない。

ガンにひとつ救いがあるとすれば、例外はあるにせよ、死に仕度をする時間が用意されていることだ。身辺の整理をし、やっておくべきことを果たせる。母が日記につけていたことを思いだした。〝家にいて、思い出に浸りながら笑って死んでゆくのが一番よ〟。私も同じ気持ちである。

私はパソコンを開いた。そして、〝ベン・ケーシー〟と打ち込んでみた。十二万件がヒットした。画像も出てきた。

YouTubeで短いが動画が観られるらしいので、クリックした。

黒板が映し出された。何が書かれて、どう読み上げられるかよく覚えていた。

♂　♀　＊　†　∞

記号が書かれる度に、男のナレーターが淡々とした調子でこう言うのだ。

男、女、誕生、死亡、そして無限

そこから勇ましい音楽がかかり、緊急治療が必要らしい患者が運ばれてゆくシーンが流れる。

二分もない動画だから、すぐに終わってしまった。

懐《なつ》かしい。特に、黒板に書かれた記号が。

男がいて女がいて誕生があり、そしていつか必ず死が訪れる。その後は無限なのだ。

とてもシンプルなことを言っているのだが、黒板に白墨で記号が書かれることで、却って、そのシンプルなものの持つ深さを感じた。特に無限という言葉が私を、遠くに誘《いざな》ってくれた。死の後に続く無限を実感できたような気になった。

美千恵と圭介という男女はまさに、誕生の時を迎えようとしている。一方、母は限りなく死に近づき、残されているのは無限だけである。

残りの者たちは、誕生と死の間の長い時間を右往左往しながら旅しているのだ。

私の旅はどうなるのか。よく分からないが覚悟しておく必要はあるだろう。

内視鏡検査を受ける日がやってきた。その日も朋香に嘘をつき、何も食べずに出かけた。バリウムを飲んだ時と同じように、検査にはさして時間はかからなかった。検査後の休みを入れても一時間ほどで終了した。

検査結果を聞きにくるのは、ちょうど一週間後の土曜日の午前中になった。

土曜日は十六日。本祭りの前日で、子供神輿が行われる日だった。

検査結果が出る前に、舞《まい》に付き合う気分になれなかった。夕飯の時に、十六日は生徒のひとりに会うから、舞に付き合えないかもしれないと朋香に断っておいた。

「お盆休みに生徒と会うの」

「熱心な生徒でね。その人の情熱に負けたんだよ」私は苦しまぎれの嘘をついた。

翌日、温子から電話があり、泊まりにこないかと誘われた。夕食は彼女が作るという。

電話を切った直後、今度は昌子から連絡が入った。母の延命治療のことで結論を出したいと言ってきたのだ。

温子の家に行く前に寄ることにした。

午後六時少し前に昌子のところに向かった。

昌子が麦茶を入れてくれた。

麗子は病院に行っていていなかったが、麗子の気持ちは聞いてあるという。

「崇徳《むねのり》、もう限界よ。でも、何もせずに放っておくことは私も麗子もできない。だから、あんたが何を言おうが、中心静脈栄養はやりますよ」

「いいよ。姉さんの言う通りにする」

「あんた、元気ないわね」

「別に普通だよ」

「あんたはああだこうだと言うかと思ってたのに」

「今でも迷ってるけど、正解はないんだからやりましょう。俺はその先のことを考えてる。あの病院には九月までしかいられないんだから。新しい病院を見つけないといけない」

「温子さんがいいところ知ってるんじゃないの」

「今度は温子に頼るのか」

「嫌味、言わないでよ。この間は言い過ぎたと思ってる。だから、温子さんに詫びの電話を入れておいた。小百合ちゃんが出ていったことだし、あんたそろそろ、温子さんと同居したら」

「同居するにしても、あの家には住まないよ」

「どうして？」

「朋香の家族と住まわせるなんてできない。鉄雄《てつお》君は男だから赤の他人でも、同じ屋根の下でやっていけるけど、女同士は無理だ。朋香は若いけど、あの家を切り盛りしてきたんだから、あそこはあいつに任せるつもりだよ。もしも朋香たちが家を出るって言ったら、姉さんが住めばいい」

「そんな気はないわ。ここで私、太郎《たろう》と一緒にやってきたのよ。森川家は長男のあんたが守っていくのが筋よ」

「俺が死んだらどうする？　遺産相続の権利は姉さんにも麗子にもあるんだよ。家を売って金にして分けるか」

昌子が怪訝《けげん》な顔をした。「今、そんな話してもしかたないでしょう？」

「考えておいた方がいいよ。俺ぐらいの歳の男には何が起こるか分からないから」

「あんた、どっか悪いの？」

「ピンピンしてますよ。で、中心静脈栄養をやるって誰が医者に伝える？」

「私が言います」

「やる時、付き添わなくてもいいのかな」

「いいみたい。安全で簡単な処置なんだって。でも、私は付き添うわ」

「じゃ、そのことは姉さんに任せるよ」私は腕時計に目を落とした。「俺はそろそろ行くよ。今夜は温子んとこに泊まることになってるんだ」

「息子さんは？」

陽一が引っ越したことを教えた。

「あんた、温子さんの家で暮らすつもり？」

私は黙って首を横に振った。検査の結果がわかるまでは、今後のことなど何も考えられなかった。

東陽町《とうようちょう》まで歩いていくことにした。木場《きば》公園から夕日が見えた。普段よりもとても綺麗で新鮮に見えた。おそらく、私の気持ちの有り様《ありよう》のせいだろう。

エプロン姿の温子がドアを開けてくれた。昌子から電話があったことを彼女は開口一番に話した。母に中心静脈栄養をやらせることにしたと私は教えた。

「昌子さんから聞いたわ。それでいいと思う」

「結局は見放すことはできないってことだよ」

「何か飲む？　飲むんだったら自分で用意して。私、手が離せないから」

「今は何もいらないよ」

「テレビを点《つ》けて。スカパーの音楽番組が流れてくるから」

私は居間に入り、言われた通りにした。洋楽の懐メロのチャンネルだった。フランク・シナトラの『夜のストレンジャー』がかかっていた。

温子は天ぷらを揚げた。味噌汁の具はワカメと油揚げだった。副菜も二品、用意されていた。

私と温子はビールで乾杯した。

「本当にせいせいしたわ。いくら息子でも同居はきつかった」

「陽一君はどう思ってるんだろうね」

「知らない。あの子、何にも言わないから。でも、もうここには戻ってこさせない。お金の面で困ったら、援助してやらなくっちゃならないかもしれないけど」

温子には、他人には話せないことも告白してきたが、自分の病気のこととなると簡単には口にできなかった。悪い結論が出れば話さざるを得なくなるだろうが。

洋楽の懐メロが、また昔のことを思いださせた。ベン・ケーシーの話をした。彼女もよく覚えていた。

ゆるゆると時間がすぎていった。

零時を回った頃、私たちはベッドに入った。温子はワインを飲み続けていた。

「崇徳《そうとく》さん、私に何か隠してるでしょう」温子が淡々とした調子で言った。

「え？」

「美沙子さんから聞いたわ」

やっぱり、美沙子は余計なことを温子に言ったのだ。

「病院に行った話か」

「そうよ。美沙子さん、私に言うつもりはなかったらしいけど、その日の夜に、あなたが圭介さんと店に飲みにきたから、何でもなかったって思って話したのよ」

「胃炎だっただけだよ」

「本当にそうなの」温子が訝《いぶか》しそうな顔をした。「病気に関することを私に一言も言わないなんて変よ」

確かに。医学ジャーナリストである温子には、母のことだけではなく、美千恵が怪我した時もすべて相談してきた。なのに、今回だけ医者に行ったことも教えなかった。変に思われてもしかたがない。

「まさかとは思うけど、再発したんじゃないでしょうね」

「喉は大丈夫だよ」

温子が真っ直ぐに私を見た。「じゃ、どこが悪いの?」

これ以上誤魔化《ごまか》すのはよくない。私は観念してすべてを教えることにした。

私が話している間、温子は一言も口をはさまなかった。

「……医者の話し方からすると、悪性のものがある気がするんだ」

「そんなの内視鏡検査の結果を見なければ分からないじゃない」

「そうなんだけど悪い予感がしてならないんだ。一度ガンをやってるんだよ。転移ではないとしてもガン体質なんだろうね。だから、気にしてる」

「初期の段階だったら治療すればいいだけの話じゃない」

「だとしても爆弾を抱えて生きることになるだろう。そうなったら、君と住むなんていう考えは捨てるよ。俺の看病のために一緒になるなんて馬鹿げてるから」

温子が笑い出した。「もうそこまで先回りしてるの」

「大袈裟だと思われてもしかたないけど、今後のことをいろいろ考えてしまってね」

「悪い方ばかりに気持ちがいくのは分かるけど、私との関係まで考えるなんておかしいよ」

私も躰を起こした。「君に迷惑をかけたくない」

「もしも病気になったら、誰かの助けが必要になる。あなたの場合は家族が多いから、彼女たちが手を差し伸べてくれるわよ。だから、私は何もしないですむ。せいぜい、いい病院や医者を紹介するだけよ」

温子の言い方には棘《とげ》があった。彼女に相談しなかったことが相当気に入らなかったらしい。

「ごめん。君には話すべきだった」

「崇徳さん、もしもあなたの予感が当たっていたら、私、あなたと一緒に住む。私が面倒を見てあげます」

きっぱりと言い切った温子を私は見つめた。

「結果が出る前に、あなたの気持ちが聞けてよかった。結果が出てからだと、私の申し出をあなたは断るでしょうから。今度の土曜日までに籍だけ入れてもいいわよ。もしも何もなかったら、今の生活をしばらく続けるけどね。どう？　明日か明後日にでも婚姻届を出しましょうか」

「温子、そこまで君は……」私は言葉に詰まってしまった。

「あなたとはずっと一緒にいたいって言ったでしょう。末端とはいえ、私、一応医学に携わってる人間よ。看病したり面倒を見たりすることなんか平気。籍を入れる話、冗談で言ってるんじゃないのよ」

「分かってるよ」

「崇徳さんは入籍したくないの」

「俺も望むところだけど、あまりにも突然だからびっくりしてるだけだよ」

「私たちの関係、そして私たちの歳を考えたら、入籍するかしないかなんて、若い人たちに比べたら重いものじゃないって私は思ってる。この間、あなたがここに来た時に言った通り、今の形であなたと付き合っていくのが私にとってはベストよ。でも、いつかはふたりで助け合って生きていこうとも考えてた。だから、入籍についてはいつだっていいのよ。ガンだったら身を引こうっていうのは格好つけすぎ。あなたの取り越し苦労が、いい機会をあたえてくれたわね」

「君が苦労を背負い込むかもしれないと思うと、俺は……」

「明日、私が婚姻届を用意する。証人はふたりいるわね。証人は私の方で何とかするわ。ひとりは美沙子さんでいいでしょう？」

「うん」

「もうひとりは私の友だちにする」

「もしも俺がかなり悪くても、本当にそれでいいのか」

「煮え切らないわね。いいと思ってるから私から提案したんじゃないの。でも、繰り返しになるけど、何もなかったらしばらくは、この生活を続けるよ。一番、面倒なのは公的な書類の名前を変えなきゃならないことね。崇徳さんが、婿《むこ》養子になってくれると簡単なんだけど」

「そんなことしたら、昌子姉さんが、森川家が途絶《とだ》えるって大騒ぎするよ」

「そうね。それは避けたいわね」

小百合と義男は式を挙げるつもりだし、その時に入籍する気でいる。しかし、私たちは式を挙げることはないに決まっている。それならば母が生きているうちに籍を入れ、母が分からずとも報告するのがけじめがついていいかもしれない。

私はおずおずと温子の手を握った。「分かった。入籍しよう。でも、検査結果が出るまでは家族にも言いたくないな。一緒に住むことになるかもしれないんだから」

温子がにっと笑った。「私の勘だと、今すぐ一緒に住むような結果にはならないと思う。さあ、そろそろ寝ましょう。明日、午前十時に或るインタビューを取ることになってるの」

私は感極まって、温子に被いかぶさるようにしてキスをした。

翌朝、温子の作った朝飯を食べてから母の病院に向かった。

午後、美沙子から電話が入った。

「おめでとう。喜んで証人を引き受けたわよ。でも、あんまり急で驚いちゃった」

「彼女と話してるうちにそうなったんだよ。美沙ちゃん、まだ誰にも言わないでください ね」

「いいけど、何で黙ってるの？」

「いろいろあるんだよ」

「分かった。内緒にしておくね。でも、公になったらうちでお祝いやりましょう」

「ありがとう」

それからしばらくして今度は温子から電話があり、婚姻届を病院に持っていくと言われた。

午後七時ごろ温子が来ると、その足で区役所に向かった。なぜか私は緊張していた。温子の表情もちょっと硬かった。

手続きは簡単に終わった。私たちはあっけなく正式な夫婦になった。実感などまるで湧いてこない。

「どこかで食事をしよう」私が誘った。

「そうしましょう」

私たちは東陽町に戻り、よく行くトラットリアに入った。

「まだ何かピンとこないな」カンパリソーダで乾杯した後、私が言った。

「どうってことないって思ってたけど、正直に言って気持ちが落ち着かない」

「後悔してるんじゃないの」

「それはない。今度の入籍はおまじないみたいなものよ」

「おまじない？」

「慌てて入籍することで、そんなに焦ることなかったのにって結果が出る気がしてるの」

「俺もそう願ってる。でもな」私は目を伏せた。

「考えても始まらないことよ」

「まあね」

「森川温子か」温子がしみじみとした調子でつぶやいた。

「昌子姉さんが、これまで以上にいろいろ言ってくるかもしれないけど、聞き流していいよ」

「一緒に住めって言われそうだわね」

目の前にいる女が妻だという気持ちがじわじわと湧いてきた。薄っぺらい紙を区役所に提出しただけなのに。

レース期間が終了した直後、美千恵からメールが入った。

〝メールありがとう。そういうことになりました😄　私も男の子がほしいです〟

あっさりとしたメールだった。

朋香にも連絡がいったようで、彼女が私のところに飛んできた。私はすでに知っていたことを朋香に教えた。

美千恵からメールが入った日に、母の中心静脈栄養の処置が行われた。何の問題もなかったそうだ。結果、見守る人間を雇っておく必要はなくなり、私の病院通いも終わった。もう躰を動かす体力もないので、後は看護師に任せればよくなったのである。

木曜日の授業の帰り、照子に声をかけられた。

「例の件、どうなりました？」私が訊いた。

「義男は主人を授賞式に招待しました」

「で、ご主人は？」

「受けました。先生は人間の添削も上手ですね」

「私はご主人に何も言ってませんよ」

「私が、義男のところに一緒に行って、おめでとうを言おうと言ったら、素直に聞いてくれたんです。ふて腐《くさ》れたような顔はしてましたけどね。先生とのお付き合いが主人を変えたんです」

「義男君の受賞が和解に繋がったんですよ。よかったですね。小百合もほっとしてるでしょう」

「私、主人と駅で待ち合わせしてるんです」

「じゃ今から義男君のところに？」

「はい。ちょっと遅れてますので、お先に失礼します」

照子は深々と頭を下げてから、小走りに去っていった。


検査結果を聞く日がやってきた。

朋香の家族は子供神輿に参加するための用意をしていた。舞も安香音《あかね》も半天姿だった。朋香と鉄雄は冬木《ふゆき》のロゴの入ったTシャツを着ていた。

私は食事をすませた後、生徒と会うと嘘をつき病院に向かった。

往来には半天を着た近所の人が何人も歩いていた。

十時すぎに病院に着いた。

四十分ほど待たされた。その間は、不安で堪《たま》らなかった。

名前を呼ばれ、診察室に入った。

担当医が画像を見ながら一拍おいた。

その一拍が、鼓動《こどう》を高鳴らせた。

「粘膜下腫瘍《ねんまくかしゆよう》ですが、良性のもので特に治療の必要はありません」

「ガンではないんですね」私は念を押した。

「違います。でもこれからはもう少し定期的に診断を受けることをお勧めします」

「分かりました。そうします」

気持ちがいっぺんに晴れた。病院を出た私は温子に、医者から聞いたことをすべて伝えた。

「ほっとした」温子があっさりとした調子で言った。

しかし、心から心配していたことがひしひしと伝わってきた。

「心配かけてすまなかった」私は胸にこみ上げてくるものを抑えてそう言った。

「ちょっと手が離せないの。後で電話するね」

「オーケー」

電話を切るとタクシーで母の病院に向かった。

本祭りの前に母に会っておきたかったのだ。

母の右の鎖骨《さこつ》の下にカテーテルが差し込まれていた。母は目を閉じたまま動かない。

「母さん、俺、温子って女と再婚したよ。一応、報告しておくね」

反応しない母にそう言ってから、病院を後にした。

子供神輿は今頃、どの辺にいるのだろうか。私は家の近所を探した。子供神輿は神酒所《みきしょ》のある通りにちょうど戻ってくるところだった。

私は朋香たちを探した。舞は神輿のところにはおらず、神輿の前をいく山車《だし》に乗って、和太鼓《わだいこ》を叩いていた。

「お義父さん」鉄雄に声をかけられた。

「舞、威勢がいいね」私の声は自分でもびっくりするほど潑剌《はつらつ》としていた。

朋香が安香音を抱いて鉄雄の前を歩いていた。

舞が私に気づいた。「お祖父《じい》ちゃん」

私は山車に近づいた。舞は先ほどよりも激しく太鼓を叩いた。

鉄雄がスマホで舞を撮っていた。「お義父さんも」

私はスマホの方に顔を向け、にこやかに微笑んだ。

温子と入籍したことをいつどうやって家族に告げようか迷っていた時、朋香が私にこう言った。

「本祭りには家族全員が集まるよ。お父さんが神輿を担ぐのを見に」

「どこで見るつもりなんだい」

「昌子伯母さんと相談して、門仲の交差点で神輿が来るのを待つことにした。あそこは盛り上がるから」

私に或る考えが浮かんだ。「祭りが終わった後、みんなで八幡様にお参りしないか」

「いいわよ」

私はお参りの前に境内で発表することに決めたのだ。

第八章　祭りだ！　祭りだ！

本祭りの朝を迎えた。

食事をすませると、私はさらしを巻き、半ダコと呼ばれるパッチを穿《は》き、裏にゴムの入った白足袋《しろたび》を履いた。

準備をしている時に温子《あつこ》が着替えにやってきた。初めての経験だから要領を得ないので、朋香《ともか》が手伝った。

半天の背には柊《ひいらぎ》の文字が印刷されている。帯を締め、捻《ねじ》り鉢巻《はちま》きを巻いた。そして、温子を待った。

温子と朋香が二階から降りてきた。

「温子さん、すごく似合うでしょう」

「なかなか粋《いき》だよ」私も褒《ほ》めた。

私と温子は午前七時頃に永代《えいたい》通りに向かった。空は曇っていて、それほど暑くはなかった。

永代通りには東陽《とうよう》二丁目の神輿《みこし》を先頭にして五十三基が集結していた。冬木は三十二番目である。

車道も歩道も半天を着た各町内の氏子《うじこ》たちで一杯だった。カメラを持った見物人の姿もすでにかなりの数である。

ピッピッという呼子《よびこ》が響き、拍子木《ひょうしぎ》の音も聞こえている。

歩道の端《はし》にはポリバケツが用意されていた。八幡様《はちまん》の祭りは水かけ祭りとも呼ばれている。神輿がやってくると担《かつ》ぎ手に思い切り水をかけるのが習わしなのだ。

総距離は八キロと聞いている。出発予定時刻は七時半。先頭の神輿が八幡様に戻ってくるのは一時半頃で、それから二時間半ほど後にならないと、しんがりの神輿は大《おお》鳥居《とりい》の前には到着しない。

私は町内会長や役員に挨拶をした。里山新太郎《さとやましんたろう》も近くにいた。

「おう。あんたも一緒か」里山が温子に言った。

「その節はお世話になりました」温子が頭を下げた。

「息子さん、なかなかしっかりした子だって聞いてるよ」

「そうですか。里山さんにそう言われるとほっとします」

「あんたも担ぐのかい」

「私は後について歩くだけです」

「うちの神輿は他の町内のものよりも勇ましい感じがするだろう。黒の漆塗《うるしぬ》りがきいてるんだ」里山が自慢げに言った。

「やんちゃな神輿だそうですね」

「今日も暴れるよ」

そんな話をしているうちに、花火の音が聞こえた。それが出発の合図である。

祭りの舞台がどんどん盛り上がっていき、呼子の音と「ワッショイ、ワッショイ」というかけ声が大鳥居の方から聞こえてきた。そして、それが次第に後続の神輿に伝わってゆく。観客の数も増えた。

冬木は三十二番目だから、すぐには動き出さない。神輿が担がれたのは八時すぎである。

私も若いのに混じって担いだ。片方の手でしっかりと担ぎ棒を肩に押さえつけ、膝でタイミングを取る。

神輿が少しずつ前に進んでゆく。

「もーめ、もーめ」という声がかかった。

神輿を三回上下させる合図である。これを揉《も》み上げという。

その後に神輿を頭上に放り投げた。舞い上げと呼ばれている担ぎ方である。

拍手が起こり、水が担ぎ手にかけられた。

温子は列を離れ、私の〝勇ましい〟姿をスマホで撮っていた。

大鳥居の前を通りすぎた辺りで私は担ぐのを止めた。休憩しながらでないと八キロはもたない。

「いい写真が撮れたわよ」

「何かあったら、どんな気持ちで担いでたろうな」

「私が言ったようになったでしょう。賭《か》けをしておけばよかった」

「温子はギャンブルがけっこう好きだな」

「美千恵さんのレースを観たのがきっかけね」

「若いうちにはまらなくてよかったな」

「そうね」

行列は三ツ目《みつめ》通り、木場《きば》五丁目の交差点もすぎた。そして、東陽三丁目の交差点で、神輿が回った。観客が大喜びした。そこで左に曲がり、大門《だいもん》通りに入った。木場公園の裏手の道である。温子の家も近いが、母の入院している病院も目と鼻の先だ。

「崇徳《そうとく》さん、温《あつ》ちゃん」

声のする方に目を向けると美沙子《みさこ》が立っていた。

「崇徳さん、担がないの」

私は大きく手を振り、神輿に近づいた。

　神輿を担いだ瞬間、美沙子が私に向かって勢いよく水をかけた。

「ワッショイ、ワッショイ」

呼子に合わせて、リズミカルに声を発し、進んでいく。

次第に母の入院している病院に近づいてきた。これが母にとって最後の祭りになるに違いない。

母さん、かけ声、聞こえてるか。

そう心の中で言いながら、私は声を張り上げた。

仙台堀川《せんだいぼりがわ》を渡ったところでまた担ぐのを止《や》めた。神輿行列は石島《いしじま》の交差点で再び左に曲がり、江戸資料館通りに入った。

この通りで行列は三十分の休憩を取ることになっている。

私も温子も歩道の端に座り、水を飲んだ。

辺りを見回しながら、着物姿の男がこちらに向かってきた。花笠《はながさ》を被っている。青井清吉《あおいせいきち》だった。その後ろに茂一《しげかず》がいた。

茂一は白河《しらかわ》二丁目の半天を羽織《はお》っている。

白河二丁目は三十七番目である。

「あんたも一緒か。仲がいいね」清吉が言った。

温子は照れ笑いを浮かべ、小さく頭を下げた。

「調子はどうだい」清吉が続けた。

「最高ですよ。清吉さん、花笠、似合うじゃないですか？」

温子がくすりと笑った。

「からかうのもいい加減にしろ。ほら、あんたのいい人が笑ってるだろうが」

「お似合いですよ、本当に」温子が言った。

「馬鹿言うんじゃないよ」

「いろいろと親父がお世話になりまして」茂一が落ち着いた声で言った。

「お父さんとの付き合いが本格的になるのはこれからだよ」

「嫌そうな顔で言うなよ」清吉が笑った。

「奥さんは？」

「家の前にいる。自分の前で先生に神輿を担いでほしいと言ってた。写真を撮りたいそうだ」そう言った後、清吉の顔つきが真剣になった。「わしには文学だとか演劇だとかはよく分からん。義男《よしお》の相談相手になってやってくれ」

私は黙ってうなずき、こう言った。「奥さんの小説にも文句言っちゃ駄目ですよ」

「『甘美なる果実』だって。イチジクが腐《くさ》ったような題名の小説なんか誰が読むか。深川《ふかがわ》を舞台にした時代ものでも書けって言っておいてくれ。じゃわしらは戻る。頑張りすぎてぎっくり腰になんかなるなよ」

そう言い残して、清吉は茂一を連れて去っていった。

「憎めない人ね」温子が言った。

「暑苦しい男だけどね」

再び神輿行列が動きだした。『すだれ屋、清吉』が近づいてきた。

私は神輿を担いだ。

「先生。こっち向いて」照子《てるこ》の声がした。

照子がデジカメで私を撮っている。その間にまた水をかけられた。

母の病院の近くを通り、そして、妙な縁ができた青井家の家の前に来ている。

照子が着替えて電車に乗った日のことを思いだした。そして、清吉が三島由紀夫の『美徳のよろめき』と『愛の渇き』の文庫本を持って家に怒鳴り込んできた夜のことも脳裏に浮かんだ。

たった三ヵ月の間に、母の様態《ようだい》が悪化し、小百合《さゆり》が家を出ていき、美千恵《みちえ》に子供が授かり、そして私は温子と入籍した。

こんなに目まぐるしい展開が退職後に起こるとは想像もしていなかった。

「ワッショイ、ワッショイ」

私はかけ声を発しながら、過ぎ去った日を思い返していた。

新川《しんかわ》まで行く間に、私の足の指がつった。何とか堪《こら》えて歩いた。新川で昼食を摂り、再び出発。永代橋を渡るところで、私はまた神輿を担いだ。橋の上で揉み上げと舞い上げを何度もやったものだから、後続の神輿が前に進めない。

「冬木、早くいけ！」

拡声器が怒鳴っている。しかし、冬木の神輿はなかなか前に進まなかった。

永代橋をすぎ、しばらくいくと、トラックの荷台に乗った連中が、そして、消防署がホースで大量の水をかけてきた。

門仲の交差点までやってきた。沿道に目をやった。

私の家族が銀行の前で一塊《ひとかたまり》となって見物していた。

昌子《まさこ》、麗子《れいこ》、美千恵、圭介《けいすけ》、小百合、義男、朋香、鉄雄《てつお》、舞《まい》、安香音《あかね》、そして香澄《かすみ》の姿もあった。

「お祖父《じい》ちゃん」舞の声が聞こえた。鉄雄と圭介が私の写真を撮っている。

温子が列を離れ、私の家族に加わった。

森川家に女がひとり増えたのだ。

温子との結婚を報告したら、みんなどんな顔をするだろうか。昌子は、なぜ早く言わなかったのかと文句を言うに違いない。

森川家の様子はこれからさらに変わってゆくだろう。

男、女、誕生、死亡、そして無限。

私は万感の思いをこめて、家族に目を向けた。

「させ！」と声がかかった。

担ぎ棒を片手で叩きながら回れという合図である。

私は忘我の境地で、神輿を回した。

激しい放水がなされた。

私の目に飛び込んできたのは束《つか》の間の虹だった。


（完）

本祭りの際には冬木の皆様にお世話になりました。
この場を借りましてお礼を申し上げます。

解説

北上次郎（文芸評論家）

藤田宜永『女系の総督』はホントに愉《たの》しい小説であった。主人公は、五十九歳の森川崇徳。正式には「むねのり」だが、友人の中には「そうとく」と呼ぶ者もいる。森川家は曾祖父の代から生まれてくる子のほとんどが女で、完全な女系家族である。

森川家は木場《きば》の隣町、江東《こうとう》区冬木《ふゆき》にあるが、その冬木という地名の由来を少しだけ。上野国《こうずけのくに》から出てきた人物が茅場町《かやばちよう》で冬木屋という材木商を始め、やがて豪商となった三代目がこの地を買って移転し、深川冬木町と名付けたと言われている。昭和四十年代後半に材木屋が現在の新木場《しんきば》への移転を余儀なくされ、冬木から材木屋は姿を消してしまった。森川家の家業も材木問屋だったが、移転話が出たのを機に、崇徳の父が店を畳み、跡地にマンションを建てて、一家はそのそばで暮らすことになったという経緯がある。その父は心不全であっけなく他界。結局、崇徳が一家の柱となるのだが、なぜこの冬木という地名の由来と、森川家の変転について最初に書いたのかというと、この長編の底のほうに商人の心があるような気がするからだ。森川崇徳は最初から材木問屋を継ぐ気はなく、勤め人になるが、しかし身体《からだ》の奥のほうに、下町商人の心意気が眠っているような気がするのである。人当たりがよく、誰からも好かれるという崇徳の性格は、女系家族に育ったとの理由だけでなく、先祖から面々と続く商人の遺伝子が影響しているのではないか。そんな気がするのだ。

『女系の総督』の段階で、一緒に住んでいたのは、年老いた母親の基子、崇徳の次女小百合、三女朋香（と夫と娘）、妹麗子の娘香澄。これだけで女五人。三女朋香の亭主鉄雄という男性も一緒に住んでいるが、この男は大学の研究室で働く昆虫学者。痩《や》せこけた小柄な男で、崇徳から見るとなんとなく「情けない感じ」がする。森川家の女性軍からは「カメムシ」と呼ばれているような男だから頼りにならない。さらに、二匹の飼い猫までご丁寧に雌猫《めす》だ。

姉の昌子がすぐ近くに住んでいて、何かあるたびに、いや何もなくてもしょっちゅうやってくるから、賑《にぎ》やかだ。昌子の夫太郎もいるのだが、こちらはいてもいなくても同じように存在感のない男だから、鉄雄・太郎という男二人は、頼りにならない。結局は、長男の崇徳が何事に対しても先頭にたたなければならない。そういう意味で

「女系の総督」なのである。単行本の帯に「反論はしない。意見は控えめに。意見を述べたらしばらく黙る。それが女系の家に生まれた男の処世術」とあったのを思い出す。名コピーだ。これを読むだけで本を手に取りたくなる。ちなみに、崇徳の妻は十六年前に亡くなっている。崇徳は昔、問題を起こしたことがあるので、出世街道からは外れていたが、出版社の役員になれた。そのずいぶん昔の嵐のような出来事と、いまでも不仲状態が続いている長女美千恵を始めとして、さまざまな問題に振りまわされる初老男の日々を、軽快に、そしてリアルに描いたのが、『女系の総督』であった。

本書はシリーズ第二弾。たまたま書店で本書を見かけて、前作を未読だからどうしようと迷っている人がいたら、安心して本書をレジに持っていくように薦めたい。これが面白ければ、あとで前作に遡《さかのぼ》ればいいのである。それで全然、問題ない。

前作から三年後が本書の舞台。主人公の森川崇徳は六十二歳になっている。前作との違いは、母親の基子が施設に入っていること。崇徳の姉昌子の夫太郎が二年前に急死したこと。崇徳の長女美千恵が結婚したこと。この美千恵は競艇選手で、次女小百合はフリーのアナウンサーであることも急いで書いておく。

美千恵と結婚することになる岩政という男が味のあるキャラクターで、こういう造形が藤田宜永は滅法《めっぽう》うまい。たぶん、じゃがいものような顔をした男で（作者は、がたいの大きな男と書いているだけで、どこにも「じゃがいも」などとは書いていないのだが、たぶんそうだと思う)、崇徳に対して、共同戦線を組むことを提案するのだ。お父さんと美千恵さんが仲良くなることを応援しますから、ぼくと彼女の結婚を応援してくださいと。おっと、これは前作『女系の総督』に出てくる挿話だった。

今回の物語の軸は、崇徳の次女小百合の恋だ。その前に、少しだけストーリーを紹介しておくと、出版社を定年退職した崇徳はカルチャーセンターの文芸講座の講師になっているのだが、その教え子(とはいっても六十代だ)青井照子の夫、清吉がある日、崇徳の家に怒鳴り込んでくるのが発端。この清吉に対して、「年老いたデブの海坊主」と論評するから森川家の人間は口が悪い。で、この海坊主はいきなり、「貴様が不埒なことを教えてるんだな」と怒るんである。投げつけた二冊の文庫本は、『愛の渇き』と『美徳のよろめき』だ。そこでようやく、この海坊主が文芸講座の教え子の身内、亭主であることがわかる。その二冊は、崇徳が受講生に薦めた本だからだ。三島由紀夫の名作だが、小説に縁がなさそうな清吉は「不埒なやつ」と、どうやら勘違いしたらしい。

というところから、崇徳と清吉の意外な交友が始まるのだが、この二人の性格は水と油だから、最後までぎくしゃくしっぱなしというのがおかしい。さらに捩《ね》じれてくるのは、ここに小百合の恋が絡んでくるからだ。

　清吉には二人の息子がいて、長男義男は家業を嫌って家を飛び出している。四十にもなって売れない役者をしているから（念のために書いておくと、丸顔で目が大きく、頰に贅肉《ぜいにく》がついているので、父親にそっくりだ）、清吉にしてみれば、勘当である。ちなみに、清吉は深川のすだれ屋だ。家業は次男の茂一（こちらは父親に似ず、いい男）が継いでいる。この茂一が小百合に一目惚《ぼ》れするのである。問題は、小百合にその気がまったくないこと。それだけならいいのだが、小百合が惚れるのが、ひょんなことから知り合った義男。これでまた、清吉が怒りだす。崇徳にしてみれば、小百合の相手がどちらでも、結婚ということになれば、清吉と姻戚関係になるわけで、それだけは勘弁してほしい、という気持ちなのだが、果たしてどうなるか。恋の行方《ゆくえ》は風雲急を告げるのである。

　藤田宜永が、中年男、あるいは初老男を描くのに秀でた作家であることを最後に触れておきたい。たとえば特に、『幸福《しあわせ》を売る男』『前夜のものがたり』『左腕の猫』など、五十代の男を主人公にしたものが個人的には好きだ。一人暮らしの日々を静かに描いた作品が多いが、この手のものを読むだけで「いいなあ」と私は感じ入ってしまう。ずっと、こういうものを読んでいたいと考えているときに、前作『女系の総督』

が出て、本書『女系の教科書』が出た。実は、この「そうとく二部作」と、前記三作は裏表の関係にある。『幸福を売る男』『前夜のものがたり』『左腕の猫』が、初老男の静かな孤独をきりりと描いているのに対し、「そうとく二部作」は、そういう初老男を賑やかな局面に置いてみるとどうなるかという実験でもある。森川崇徳の中に、前記三作の男たちがいないわけではないのだ。物語の芯にいるのは、孤独な初老男なのだ。しかし、そういう男を、女系家族の真ん中に置くと、また違って見えてくるというのがこの「ニュー家族小説」の愉しさなのである。この先にどういう展開を用意していたのか、それを確認できないのは残念だが、とりあえず、藤田宜永が残してくれたこの二冊を、いまはゆっくりと、そして愉しく、味わいたい。面白いぞ。

この作品は二〇一七年五月に、小社より単行本として
刊行されました。

JASRAC 出 2105504-101

|著者| 藤田宜永　1950年福井県生まれ。'86年に『野望のラビリンス』でデビュー。'95年『鋼鉄の騎士』で第48回日本推理作家協会賞長編部門、第13回日本冒険小説協会大賞特別賞をダブル受賞。'96年『巴里からの遺言』で第14回日本冒険小説協会最優秀短編賞受賞。'99年『求愛』で第6回島清恋愛文学賞受賞。2001年に『愛の領分』で第125回直木賞を受賞。'17年には『大雪物語』で第51回吉川英治文学賞を受賞した。2020年1月逝去。

女系《じょけい》の教科書《きょうかしょ》
藤田宜永《ふじたよしなが》

2021年8月12日第1刷発行

発行者――鈴木章一
発行所――株式会社　講談社
東京都文京区音羽2-12-21　〒112-8001
電話　出版（03）5395-3510
　　　販売（03）5395-5817
　　　業務（03）5395-3615
Printed in Japan

講談社文庫
定価はカバーに
表示してあります

KODANSHA

デザイン―菊地信義
本文データ制作―講談社デジタル製作
印刷――――豊国印刷株式会社
製本――――株式会社国宝社

ISBN978-4-06-524596-5

講談社文庫刊行の辞

二十一世紀の到来を目睫に望みながら、われわれはいま、人類史上かつて例を見ない巨大な転換期をむかえようとしている。

世界も、日本も、激動の予兆に対する期待とおののきを内に蔵して、未知の時代に歩み入ろうとしている。このときにあたり、創業の人野間清治の「ナショナル・エデュケイター」への志を現代に甦らせようと意図して、われわれはここに古今の文芸作品はいうまでもなく、ひろく人文・社会・自然の諸科学から東西の名著を網羅する、新しい綜合文庫の発刊を決意した。

激動の転換期はまた断絶の時代である。われわれは戦後二十五年間の出版文化のありかたへの深い反省をこめて、この断絶の時代にあえて人間的な持続を求めようとする。いたずらに浮薄な商業主義のあだ花を追い求めることなく、長期にわたって良書に生命をあたえようとつとめるところにしか、今後の出版文化の真の繁栄はあり得ないと信じるからである。

同時にわれわれはこの綜合文庫の刊行を通じて、人文・社会・自然の諸科学が、結局人間の学にほかならないことを立証しようと願っている。かつて知識とは、「汝自身を知る」ことにつきていた。現代社会の瑣末な情報の氾濫のなかから、力強い知識の源泉を掘り起し、技術文明のただなかに、生きた人間の姿を復活させること。それこそわれわれの切なる希求である。

われわれは権威に盲従せず、俗流に媚びることなく、渾然一体となって日本の「草の根」をかたちづくる若く新しい世代の人々に、心をこめてこの新しい綜合文庫をおくり届けたい。それは知識の泉であるとともに感受性のふるさとであり、もっとも有機的に組織され、社会に開かれた万人のための大学をめざしている。大方の支援と協力を衷心より切望してやまない。

一九七一年七月

野間省一

講談社文芸文庫

成瀬櫻桃子

久保田万太郎の俳句

解説＝齋藤礎英　年譜＝編集部

小説家・劇作家として大成した万太郎は生涯俳句を作り続けた。自ら主宰した俳誌「春燈」の継承者が哀惜を込めて綴る、万太郎俳句の魅力。俳人協会評論賞受賞作。

なV1

978-4-06-524300-8

水原秋櫻子

高濱虚子　並に周囲の作者達

解説＝秋尾 敏　年譜＝編集部

虚子を敬慕しながら、志の違いから「ホトトギス」を去り、独自の道を歩む決意をした秋櫻子の魂の遍歴。俳句に魅せられた若者達を生き生きと描く、自伝の名著。

みN1

978-4-06-514324-7

講談社文庫　目録

百田尚樹　影　法　師
百田尚樹　ボックス！(上)(下)
百田尚樹　海賊とよばれた男(上)(下)
平田オリザ　十六歳のオリザの冒険をしるす本
平田オリザ　幕が上がる
東　直子　さようなら窓
蛭田亜紗子　凜
樋口卓治　ボクの妻と結婚してください。
樋口卓治　続・ボクの妻と結婚してください。
樋口卓治　もう一度、お父さんと呼んでくれ。
樋口卓治　「ファミリーラブストーリー」
樋口卓治　喋　る　男
平山夢明　〈大江戸怪談どたんばたん(土壇場譚)〉魂《たま》豆《どう》腐《ふ》
東川篤哉　純喫茶「一服堂」の四季
東山彰良　流《りゅう》
東山彰良　女の子のことばかり考えていたら、1年が経っていた。
樋口直哉　偏差値68の目玉焼き〈星ヶ丘高校料理部〉
平田研也　小さな恋のうた
日野　草　ウエディング・マン

藤沢周平　新装版 春秋の檻〈獄医立花登手控え(一)〉
藤沢周平　新装版 風雪の檻〈獄医立花登手控え(二)〉
藤沢周平　新装版 愛憎の檻〈獄医立花登手控え(三)〉
藤沢周平　新装版 人間の檻〈獄医立花登手控え(四)〉
藤沢周平　新装版 闇の歯車
藤沢周平　新装版 市　塵(上)(下)
藤沢周平　新装版 決闘の辻
藤沢周平　新装版 雪明かり〈レジェンド歴史時代小説〉
藤沢周平　義民が駆ける
藤沢周平　喜多川歌麿女絵草紙
藤沢周平　闇の梯子
藤沢周平　長門守の陰謀
船戸与一　新装版 カルナヴァル戦記
藤田宜永　樹下の想い
藤田宜永　女系の総督
藤田宜永　血の弔旗
藤田宜永　大雪物語
藤　水名子　紅嵐記(上)(中)(下)
藤原伊織　テロリストのパラソル

藤本ひとみ　新・三銃士 少年編・青年編〈ダルタニャンとミラディ〉
藤本ひとみ　皇妃エリザベート
福井晴敏　亡国のイージス(上)(下)
福井晴敏　川の深さは
福井晴敏　終戦のローレライ I～IV
藤原緋沙子　遠花火〈見届け人秋月伊織事件帖〉
藤原緋沙子　春《はる》疾《はや》風《て》〈見届け人秋月伊織事件帖〉
藤原緋沙子　暖《ぬくめ》鳥《どり》〈見届け人秋月伊織事件帖〉
藤原緋沙子　霧の路《みち》〈見届け人秋月伊織事件帖〉
藤原緋沙子　鳴《なる》子《こ》守《もり》〈見届け人秋月伊織事件帖〉
藤原緋沙子　夏ほたる〈見届け人秋月伊織事件帖〉
藤原緋沙子　笛吹川〈見届け人秋月伊織事件帖〉
藤原緋沙子　青《せい》嵐《らん》〈見届け人秋月伊織事件帖〉
椹野道流　亡羊の嘆〈鬼籍通覧〉
椹野道流　新装版 暁天の星〈鬼籍通覧〉
椹野道流　新装版 無《む》明《みょう》の闇〈鬼籍通覧〉
椹野道流　新装版 壺《こ》中《ちゅう》の天〈鬼籍通覧〉
椹野道流　新装版 隻《せき》手《しゅ》の声〈鬼籍通覧〉
椹野道流　新装版 禅《ぜん》定《じょう》の弓〈鬼籍通覧〉

講談社文庫　目録

講談社文庫 目録

2021年6月15日現在